新　潮　文　庫

# 外科室・天守物語

泉　鏡　花著



新　潮　社　版

11808

目次

# 外科室・天守物語

化<ruby>け<rt></rt></ruby>

鳥<ruby>ちょう<rt></rt></ruby>

一

愉快《おもしろ》いな、愉快いな、お天気が悪くって外へ出て遊べなくっても可《い》いや、笠《かさ》を着て、蓑《みの》を着て、雨の降るなかをびしょびしょ濡《ぬ》れながら、橋の上を渡って行くのは猪《いのしし》だ。

菅笠《すげがさ》を目深《まぶか》に被《かぶ》って、潵《しぶき》に濡れまいと思って向風《むかいかぜ》に俯向《うつむ》いてるから顔も見えない、着ている蓑の裙《すそ》が引摺《ひきず》って長いから、脚も見えないで歩行《ある》いて行く、脊《せ》の高さは五尺ばかりあろうかな、猪としては大《おおき》なものよ、大方猪ン中の王様があんな三角形《さんかくなり》の冠を被《き》て、市《まち》へ出て来て、そして、私の母様《おっかさん》の橋の上を通るのであろう。

トこう思って見ていると愉快《おもしろ》い、愉快い、愉快い。

寒い日の朝、雨の降ってる時、私の小さな時分、何日《いっか》でしたっけ、窓から顔を出して見ていました。

「母様《おっかさん》、愉快《おもしろ》いものが歩行《ある》いて行くよ。」

その時母様《おっかさん》は私の手袋を拵《こしら》えていて下すって、

「そうかい、何が通りました。」

「あのウ猪。」

「そう。」といって笑っていらっしゃる。

「ありゃ猪だねえ、猪の王様だねえ。母様《おっかさん》。だって、大《おおき》いんだもの、そして三角形《さんかくなり》の冠を被《き》ていました。そうだけれども、王様だけれども、雨が降るからねえ、びしょぬれになって、可哀相《かわいそう》だったよ。」

母様《おっかさん》は顔をあげて、こっちをお向きで、

「吹込みますから、お前もこっちへおいで、そんなにしていると、衣服《きもの》が濡れますよ。」

「戸を閉めよう、母様《おっかさん》、ね、ここんとこの。」

「いいえ、そうしてあけておかないと、お客様が通っても橋銭《はしせん》*を置いて行ってくれません。ずるいからね、引籠《ひっこも》って誰も見ていないと、そそくさ通抜けてしまいますもの。」

私はその時分は何《なん》にも知らないでいたけれども、母様《おっかさん》と二人ぐらしは、この橋銭で立って行ったので、一人前幾千《ひとりまえいくらか》ずつ取って渡しました。

橋のあったのは、市《まち》を少し離れたところで、堤防《どて》に松の木が並んで植《うわ》っていて、橋の袂《たもと》に榎《えのき》が一本、時雨榎《しぐれえのき》とかいうのであった。

この榎の下に、箱のような、小さな、番小屋を建てて、そこに母様《おっかさん》と二人で住んでいたので、橋は粗造な、宛然《まるで》、間に合せといったような拵え方、杭《くい》の上へ板を渡して竹を欄干にしたばかりのもので、それでも五人や十人ぐらい一時《いっとき》に渡ったからッて、少し揺れはしようけれど、折れて落ちるような憂慮《きづかい》はないのであった。

ちょうど市《まち》の場末に住んでる日《ひ》傭取《ようとり》、土方、人足、それから、三《さ》味《み》線《せん》を弾いたり、太鼓を鳴《なら》して飴《あめ》を売ったりする者、越後《えちご》獅子《じし》*やら、猿廻《さるまわし》*やら、附木《つけぎ》*を売る者だの、唄《うた》を謡《うた》うものだの、元結《もっとい》より*だの、早附木《はやつけぎ》の箱を内職にするものなんぞが、目貫《めぬき》*の市《まち》へ出て行く往帰《ゆきかえ》りには、是非母様《おっかさん》の橋を通らなければならないので、百人と二百人ずつ朝晩賑《にぎや》かな人通りがある。

それからまた向うから渡って来て、この橋を越して場末の穢《きたな》い町を通り過ぎると、野原へ出る。そこンとこは梅林で、上の山が桜の名所で、その下に桃谷《ももだに》というのがあって、谷間《たにあい》の小流《こながれ》には、菖蒲《あやめ》、燕子花《かきつばた》が一杯咲く。頰白《ほおじろ》、山雀《やまがら》、雲雀《ひばり》などが、ばらばらになって唄《うた》っているから、綺《き》麗《れい》な着物を着た問屋の女《むすめ》だの、金満家《かねもち》の隠居だの、瓢《ひさご》を腰へ提げたり、花の枝をかついだりして千鳥足で通るのがある。それは春のことで。夏になると納涼《すずみ》だといって人が出る。秋は蕈狩《たけがり》に出懸けて来る、遊《ゆ》山《さん》をするのが、皆《みんな》内の橋を通らねばならない。

この間も誰《たれ》かと二三人づれで、学校のお師匠さんが、内の前を通って、私の顔を見たから、丁寧にお辞儀をすると、おや、といったきりで、橋銭を置かないで行ってしまった。

「ねえ、母様《おっかさん》、先生もずるい人なんかねえ。」

と窓から顔を引込《ひっこ》ませた。

二

「お心易立《こころやすだて》なんでしょう、でもずるいんだよ。余程《よっぽど》そういおうかと思ったけれど、先生だというから、また、そんなことで悪く取って、お前が憎まれでもしちゃなるまいと思って、黙っていました。」

といいい母様《おっかさん》は縫っていらっしゃる。

お膝《ひざ》の上に落ちていた、一ツの方の手袋の、恰好《かっこう》が出来たのを、私は手に取って、掌《てのひら》にあててみたり、甲の上へ乗ッけてみたり、

「母様《おっかさん》、先生はね、それでなくっても僕のことを可愛《かわい》がっちゃあ下さらないの。」

と訴えるようにいいました。

こういった時に、学校で何だか知らないけれど、私がものをいっても、快く返事を

おしでなかったり、拗《す》ねたような、けんどんなような、おもしろくない言《ことば》をおかけであるのを、いつでも情《なさけ》ないと思い思いしていたのを考え出して、少し鬱《ふさ》いで来て俯向いた。

「何故《なぜ》さ。」

何、そういう様子の見えるのは、つい四五日前からで、その前《さき》には些少《ちっと》もこんなことはありはしなかった。帰って母様《おっかさん》にそういって、何故だか聞いてみようと思ったんだ。

けれど、番小屋へ入ると直《すぐ》飛出して遊んであるいて、帰ると、御飯を食べて、そしちゃあ横になって、母様《おっかさん》の気高い美しい、頼母《たのも》しい、穏当な、そして少し痩《や》せておいでの、髪を束ねてしっとりしていらっしゃる顔を見て、何か談話《はなし》をしいしい、ぱっちりと眼をあいてるつもりなのが、いつか、そのまんまで寝てしまって、眼がさめると、また直《すぐ》支度を済《すま》して、学校へ行くんだもの。そんなことといってる隙《ひま》がなかったのが、雨で閉籠《とじこも》って、淋《さび》しいので思い出した、次手《ついで》だから聞いたので。

「何故だって、何なの、この間ねえ、先生が修身のお談話《はなし》をしてね、人は何だから、世の中に一番えらいものだって、そういったの。母様《おっかさん》、違ってるわねえ。」

「むむ。」

「ねッ違ってるワ、母様《おっかさん》。」

と揉《もみ》くちゃにしたので、吃驚《びっくり》して、ぴったり手をついて畳の上で、手袋をのした。横に皺《しわ》が寄ったから、引張《ひっぱ》って、

「だから僕、そういったんだ、いいえ、あの、先生、そうではないの。人も、猫も、犬も、それから熊《くま》も、皆《みんな》おんなじ動物《けだもの》だって。」

「何とおっしゃったね。」

「馬鹿《ばか》なことをおっしゃいって。」

「そうでしょう。それから、」

「それから、(だって、犬や、猫が、口を利《き》きますか、ものをいいますか)ッて、そういうの。いいます。雀《すずめ》だってチッチッチッチッて、母様《おっかさん》と、父様《おとっさん》と、児《こども》と朋達《ともだち》と皆《みんな》で、お談話《はなし》をしてるじゃありませんか。僕眠い時、うっとりしてる時なんぞは、耳ンとこに来て、チッチッチて、何かいって聞かせますのッてそういうとね、(詰《つま》らない、そりゃ囀《さえず》るんです。ものをいうのじゃあなくッて囀るの、だから何をいうんだか分りますまい)ッて聞いたよ。僕ね、あのウだってもね、先生、人だって、大勢で、皆《みんな》が体操場《たいそうば》で、てんでに何かいってるのを遠くンとこで聞いていると、何をいってるのか些少《ちっと》も分らないで、ざあざあッて流れてる川の音とおんなしで、僕分りませんも

の。それから僕の内の橋の下を、あのウ舟漕《こ》いで行くのが何だか唄って行くけれど、何をいうんだかやっぱり鳥が声を大きくして長く引《ひっ》ぱって鳴いてるのと違いませんもの。ずッと川下の方で、ほうほうッて呼んでるのは、あれは、あの、人なんか、犬なんか、分りませんもの。雀だって、四十雀《しじゅうから》だって、軒だの、榎だのに留《とま》ってないで、僕と一所《いっしょ》に坐《すわ》って話したら皆分《みんな》るんだけれど、離れてるから聞えませんの。だって、ソッとそばへ行って、僕、お談話《はなし》しようと思うと、皆《みんな》立っていってしまいますもの、でも、いまに大人になると、遠くでいても分りますッて。小さい耳だから、沢山いろんな声が入らないのだって、母様《おっかさん》が僕、あかさんであった時分からいいました。犬も猫も人間もおんなじだって。ねえ、母様《おっかさん》、だねえ母様《おっかさん》、いまに皆《みんな》分るんだね。」

三

母様《おっかさん》は莞爾《にっこり》なすって、

「ああ、それで何かい、先生が腹をお立ちのかい。」

それればかりではなかった、私の児心《こどもごころ》にも、アレ先生が嫌な顔をしたな、トこう思って取ったのは、まだモ少し種々《いろん》なことをいいあってから、それから後の事で。

はじめは先生も笑いながら、ま、あなたがそう思っているのなら、しばらくそうしておきましょう。けれども人間には智慧《ちえ》というものがあって、これには他の鳥だの、獣《けだもの》だのという動物が企て及ばないということを、私が河岸に住まっているからって、例をあげておさとしであった。

釣《つり》をする、網を打つ、鳥をさす、皆人《みんな》の智慧で、何も知らない、分らないから、つられて、刺されて、たべられてしまうのだトこういうことだった。そんなことは私聞かないで知っている、朝晩見ているもの。

橋を挟んで、川を溯《さかのぼ》ったり、流れたりして、流網《ながれあみ》をかけて魚《うお》を取るのが、川ン中に手拱《てあぐら》かいて、ぶるぶるふるえて突立《つッた》ってるうちは、顔のある人間だけれど、そらといって水に潜ると、逆《さかさ》になって、水潜《みずくぐり》をしいしい五分間ばかりも泳いでいる、足ばかりが見える。その足の恰好の悪さといったらない。うつくしい、金魚の泳いでる尾鰭《おひれ》の姿や、ぴらぴらと水銀色を輝かして跳ねてあがる鮎《あゆ》なんぞの立派さには全然《まるで》くらべものになるのじゃあない。そうしてあんな、水浸《みずびたし》になって、大川の中から足を出してる、そんな人間がありますものか。で、人間だと思うとおかしいけれど、川ン中から足が生えたのだと、そう思って見ているとおもしろくッて、ちっとも嫌なことはないので、つまらない観世物《みせもの》を見に行くより、ずっとましなのだって、母様《おっかさん》がそう謂《い》いだから、私はそう思っていますもの。

それから、釣をしてますのは、ね、先生、とまたその時先生にそういいました。あれは人間じゃあない、蕈《きのこ》なんで、御覧なさい。片手懐《かたてふところ》って、ぬうと立って、笠を被ってる姿というものは、堤防《どて》の上に一本占治茸《いっぽんしめじ》が生えたのに違いません。

夕方になって、ひょろ長い影がさして、薄暗い鼠色《ねずみいろ》の立姿《たちすがた》にでもなると、ますます占治茸《しめじ》で、ずっと遠い遠いところまで一ならびに、十人も三十人も、小さいのだの、大きいのだの、短いのだの、長いのだの、一番橋手前のを頭《かしら》にして、さかり時は毎日五六十本も出来るので、またあっちこっちに五六人ずつも一団《ひとかたまり》になってるのは、千本しめじッて、くさくさに生えている、それは小さいのだ。木だの、草だのだと、風が吹くと動くんだけれど、蕈だから、あの、蕈だからゆっさりともしませぬ。これが智慧があって釣をする人間で、些少《ちっと》も動かない。その間に魚は皆《みんな》で悠々と泳いであいていますわ。

また智慧があるっても、口を利かれないから鳥とくらべッこすりゃ、五分五分のがある、それは鳥さしで。

過日《いつかじゅう》見たことがありました。

余所《よそ》のおじさんの鳥さしが来て、私ンとこの橋の詰《つめ》で、榎の下で立留まって、六本めの枝のさきに可愛い頰白がいたのを、棹《さお》でもってねらったから、あらあらッてそういったら、叱《し》ッ、黙って、黙って。恐《こわ》い顔をして私を睨《ね》めたから、あとじさりをして、そッと見ていると、呼吸《いき》もしないで、じっとして、石のように黙ってしまって、こう据身《すえみ》になって、中空《なかぞら》を貫くように、じりっと棹をのばして、覘《ねら》ってるのに、頬白は何にも知らないで、チ、チ、チッチッてッて、おもしろそうに、何かいってしゃべっていました。それをとうとう突《つッつ》いてさして取ると、棹のさきで、くるくると舞って、まだ烈《はげ》しく声を出して鳴いてるのに、智慧のある小父《おじ》さんの鳥さしは、黙って、鰌攫《どじょうづかみ》にして、腰の袋ン中へ捻《ねじ》り込んで、それでもまだ黙って、ものもいわないで、のっそり去《い》っちまったことがあったんで。

四

頬白は智慧のある鳥さしにとられたけれど、囀ってましたもの。ものをいっていましたもの。おじさんは黙《だんま》りで、傍に見ていた私までものを言うことが出来なかったんだもの。何もくらべっこして、どっちがえらいとも分りはしないって。

何でもそんなことをいったんで、ほんとうに私そう思っていましたから。

でも、それを先生が怒ったんではなかったらしい。

で、まだまだいろんなことをいって、人間が、鳥や獣《けだもの》よりえらいものだとそういっ

てお さとしであったけれど、海ン中だの、山奥だの、私の知らない、分らないところのことばかり譬《たとえ》に引いていうんだから、口答《くちごたえ》は出来なかったけれど、ちっともなるほどと思われるようなことはなかった。

だって、私、母様《おっかさん》のおっしゃること、虚言《うそ》だと思いませんもの。私の母様《おっかさん》がうそをいって聞かせますものか。

先生は同一組《おなじクラス》の小児達《こども》を三十人も四十人も一人で可愛がろうとするんだし、母様《おっかさん》は私一人可愛いんだから、どうして、先生のいうことは私を欺《だま》すんでも、母様《おっかさん》がいってお聞かせのは、決して違ったことではない、トそう思ってるのに、先生のは、まるで母様《おっかさん》のと違ったことというんだから心服はされないじゃありませんか。

私が頷《うなず》かないので、先生がまた、それでは、皆《みんな》あなたの思ってる通りにしておきましょう。けれども木だの、草だのよりも、人間が立ち優《まさ》った、立派なものであるということは、いかな、あなたにでも分りましょう、まずそれを基礎《どだい》にして、お談話《はなし》をしようからって、聞きました。

分らない、私そうは思わなかった。

「あのウ母様《おっかさん》、(だって、先生、先生より花の方がうつくしゅうございます)ッてそう謂ったの。僕、ほんとうにそう思ったの、お庭にね、ちょうど菊の花の咲いてるのが見えたから。」

先生は束髪に結った、色の黒い、なりの低い巌乗《がんじょう》な、でくでく肥《ふと》った婦人《おんな》の方で、私がそういうと顔を赤うした。それから急にツッケンドンなものいいおしだから、大方それが腹をお立ちの原因であろうと思う。

「母様《おっかさん》、それで怒ったの、そうなの。」

母様《おっかさん》は合点合点《がってんがってん》をなすって、

「おお、そんなことを坊や、お前いいましたか。そりゃ御道理だ。」

といって笑顔をなすったが、これは私の悪戯《いたずら》をして、母様《おっかさん》のおっしゃること肯《き》かない時、ちっとも叱《しか》らないで、恐い顔しないで、莞爾《にっこり》笑ってお見せの、それとかわらなかった。

そうだ。先生の怒ったのはそれに違いない。

「だって、虚言《うそ》をいっちゃあなりませんって、そういつでも先生はいうくせになあ。ほんとうに僕、花の方がきれいだと思うもの。ね、母様《おっかさん》、あのお邸《やしき》の坊ちゃんの、青だの、紫だの交《まじ》った、着物より、花の方がうつくしいって、そういうのね。だもの、先生なんざ。」

「あれ、だってもね、そんなこと人の前でいうのではありません。お前と、母様《おっかさん》のほかには、こんないいこと知ってるものはないのだから。分らない人にそんなことというと、怒られますよ。ただ、ねえ、そう思っていれば可《い》いのだから、いってはなりませんよ。可いかい。そして先生が腹を立ってお憎みだって、そういうけれど、何そんなことがありますものか。それは皆《みんな》お前がそう思うからで、あの、雀だって餌《え》を与《や》って、拾ってるのを見て、嬉《うれ》しそうだと思えば嬉しそうだし、頬白がおじさんにさされた時悲しい声だと思って見れば、ひいひいいって鳴いたように聞えたじゃないか。

それでも先生が恐い顔をしておいでなら、そんなものは見ていないで、今お前がいった、そのうつくしい菊の花を見ていたら可いでしょう。ね、そして何かい、学校のお庭に咲いてるのかい。」

「ああ沢山。」

「じゃあその菊を見ようと思って学校へおいで。花はね、ものをいわないから耳に聞えないでも、そのかわり眼にはうつくしいよ。」

モひとつ不平なのはお天気の悪いことで、戸外《おもて》には、なかなか雨がやみそうにもない。

## 五

また顔を出して窓から川を見た。さっきは雨脚《あめあし》が繁《しげ》くって、宛然《まるで》、薄墨で刷《は》いたよう、堤防《どて》だの、石垣だの、蛇籠《じゃかご》*だの、中洲《なかす》に草の生えたところだのが、点々《ぽっちりぽっちり》、あちらこちらに黒ずんでいて、それで湿っぽくって、暗かったから見えなかったが、少し晴れて来たから、ものの濡れたのが皆《みんな》見える。

遠くの方に堤防《どて》の下の石垣の中ほどに、置物のようになって、畏《かしこま》って、猿がいる。

この猿は、誰《たれ》が持主というのでもない。細引《ほそびき》の麻縄で棒杭に結《ゆわ》えつけてあるので、あの、湿地茸《しめじたけ》が、腰弁当の握飯を半分与《や》ったり、坊ちゃんだの、乳母《ばあや》だのが、袂の菓子を分けて与ったり、紅《あか》い着物を着ている、みいちゃんの紅雀《べにすずめ》だの、青い羽織を着ている吉公《きちこう》の目白だの、それからお邸のかなりやの姫様《ひいさん》なんぞが、皆《みんな》で、からかいに行っては、花を持たせる、手拭《てぬぐい》を被《かぶ》せる、水鉄砲を浴《あび》せるという、好きな玩弄物《おもちゃ》にして、その代《かわり》何でもたべるものを分けてやるので、誰《たれ》といって、きまって世話をする、飼主はないのだけれど、猿の餓《う》えることはありはしなかった。

時々悪戯をして、その紅雀の天窓《あたま》の毛を挘《むし》ったり、かなりやを引掻《ひっか》いたりすることがあるので、あの猿松《さるまつ》がいては、うっかり可愛らしい小鳥を手放《てばなし》にして戸外《おもて》へ出してはおけない、誰か見張っててもいないと、危険《けんのん》だからって、ちょいちょい縄を解いて放してやったことが幾度もあった。

放すが疾《はや》いか、猿は方々を駈《かけ》ずり廻って勝手放題な道楽をする。夜中に月が明《あかる》い時、寺の門を叩《たた》いたこともあったそうだし、人の庖厨《くりや》へ忍び込んで、鍋《なべ》の大《おおき》いのと飯櫃《めしびつ》を大屋根へ持って、あがって、手摑《てづかみ》で食べたこともあったそうだし、ひらひらと青いなかから紅い切《きれ》のこぼれている、うつくしい鳥の袂を引張って、遥《はるか》に見える山を指《ゆびさ》して気絶さしたこともあったそうなり、私の覚えてからも一度誰《たれ》かが、縄を切ってやったことがあった。その時はこの時雨榎の枝の両股《りょうまた》になってるところに、仰向《あおむけ》に寝転んでいて、烏《からす》の脛《あし》を捕《つかま》えた。それから畚《びく》に入れてある、あのしめじ蕈《たけ》が釣った、沙魚《はぜ》をぶちまけて、散々《さんざ》悪巫山戯《わるふざけ》をした挙句が、橋の詰《つめ》の浮世床*のおじさんに摑まって、額の毛を真四角《まっしかく》に鋏《はさ》まれた、それで堪忍《かんにん》をして追放《おっぱな》したんだそうだのに、夜が明けてみると、また平時《いつも》のところに棒杭にちゃんと結えてあッた。蛇籠の上の、石垣の中ほどで、上の堤防《どて》には柳の切株があるところ。

またはじまった、この通りに猿をつかまえてここへ縛っとくのは誰《だれ》だろう誰だろうッて一《ひと》しきり騒いだのを私は知っている。

で、この猿には出処がある。

それは母様《おっかさん》が御存じで、私にお話しなすった。

八九年前のこと、私がまだ母様《おっかさん》のお腹《なか》ん中に小さくなっていた時分なんで、正月、春のはじめのことであった。

今はただ広い世の中に母様《おっかさん》と、やがて、私のものといったら、この番小屋と仮橋の他にはないが、その時分はこの橋ほどのものは、邸の庭の中の一ツの眺望《ながめ》に過ぎないのであったそうで。今、市《まち》の人が春、夏、秋、冬、遊山に来る、桜山も、桃谷も、あの梅林も、菖蒲《あやめ》の池も皆父様《みんなおとっさん》ので、頬白だの、目白だの、山雀だのが、この窓から堤《ど》防《て》の岸や、柳の下《もと》や、蛇籠の上にいるのが見える、その身体《からだ》の色ばかりがそれである、小鳥ではない、ほんとうの可愛らしい、うつくしいのがちょうどこんな工合に朱塗の欄干のついた二階の窓から見えたそうで。今日はまだお言いでないが、こういう雨の降って淋《さみ》しい時なぞは、その時分《ころ》のことをいつでもいってお聞かせだ。

## 六

今ではそんな楽しい、うつくしい、花園がないかわり、前に橋銭を受取る笊《ざる》の置いてある、この小さな窓から風がわりな猪だの、希代《きたい》な蕈《きのこ》だの、不思議な猿だの、まだその他《た》に人の顔をした鳥だの、獣《けもの》だのが、いくらでも見えるから、ちっとは思出《おもいで》になるといっちゃあ、アノ笑顔《わらいがお》をおしなので、私もそう思って見るせいか、人があるいて行く時、片足をあげたところは一本脚の鳥のようでおもしろい。人の笑うのを見ると獣《けだもの》が大きな赤い口をあけたよと思っておもしろい。みいちゃんがものをいうと、おや小鳥が囀るかとそう思っておかしいのだ。で、何でも、おもしろくッて、おかしくッて、吹出さずにはいられない。

だけれど今しがたも母様《おっかさん》がおいいの通り、こんないいことを知ってるのは、母様《おっかさん》と私ばかりで、どうして、みいちゃんだの、吉公だの、それから学校の女の先生なんぞに教えたって分るものか。

人に踏まれたり、蹴《け》られたり、後足《あとあし》で砂をかけられたり、苛《いじ》められて責《さいな》まれて、煮湯を飲ませられて、砂を浴せられて、鞭《むち》うたれて、朝から晩まで泣通しで、咽喉《のど》がかれて、血を吐いて、消えてしまいそうになってるところを、人に高見で見物されて、おもしろがられて、笑われて、慰《なぐさみ》にされて、嬉しがられて、眼が血走って、髪が動いて、唇が破れたところで、口惜《くや》しい、口惜しい、口惜しい、口惜しい、畜生め、獣《けだもの》めと始終そう思って、五年も八年も経《た》たなければ、真個《ほんとう》に分ることではない、覚えられることではないんだそうで、お亡《なく》なんなすった、父様《おとっさん》とこの母様《おっかさん》とが聞いても身震《みぶるい》がするような、そういう酷《ひど》いめに、苦しい、痛い、苦しい、辛《つら》い、惨酷《ざんこく》なめに逢《あ》って、そうしてようようお分りになったのを、すっかり私に教えて下すったので。私はただ母ちゃん母ちゃんてッて母様《おっかさん》の肩をつかまえたり、膝にのっかったり、針箱の引出《ひきだし》を交ぜかえしたり、物さしをまわしてみたり、裁縫《おしごと》の衣服《きもの》を天窓《あたま》から被ってみたり、叱られて遁《に》げ出したりしていて、それでちゃんと教えて頂いて、それをば覚えて分ってから、何でも、鳥だの、獣《けだもの》だの、草だの、木だの、虫だの、蕈だのに人が見えるのだから、こんなおもしろい、結構なことはない。しかし私にこういういいことを教えて下すった母様《おっかさん》は、とそう思う時は鬱《ふさ》ぎました。これはちっともおもしろくなくって悲しかった、勿体《もったい》ない、とそう思った。

だって母様《おっかさん》がおろそかに聞いてはなりません。私がそれほどの思《おもい》をしてようようお前に教えらるるようになったんだから、うかつに聞いていては罰があたります。人間も、鳥獣も草木《そうもく》も、昆虫類も、皆《みんな》形こそ変っていてもおんなじほどのものだということを。

とこうおっしゃるんだから。私はいつも手をついて聞きました。

で、はじめの内はどうしても人が、鳥や、獣《けだもの》とは思われないで、優しくされれば嬉しかった、叱られると恐かった、泣いてると可哀相だった、そしていろんなことを思った。そのたびにそういって母様《おっかさん》にきいてみると何、皆《みんな》鳥が囀ってるんだの、犬が吠《ほ》えるんだの、あの、猿が歯を剝《む》くんだの、木が身ぶるいをするんだのとちっとも違ったことはないって、そうおっしゃるけれど、矢張《やっぱり》そうばかりは思われないで、いじめられて泣いたり、撫《な》でられて嬉しかったりしいしいしたのを、その都度母様《おっかさん》に教えられて、今じゃあモウ何とも思っていない。

そしてまだああ濡れては寒いだろう、冷たいだろうと、さきのように雨に濡れてびしょびしょ行くのを見ると気の毒だったり、釣をしている人がおもしろそうだとそう思ったりなんぞしたのが、この節じゃもう、ただ、変な蕈だ、妙な猪だと、おかしいばかりである、おもしろいばかりである、つまらないばかりである、見ッともないばかりである、馬鹿馬鹿しいばかりである、それからみいちゃんのようなのは可愛らしいのである、吉公のようなのはうつくしいのである、けれどもそれは紅雀がうつくしいのと、目白が可愛らしいのと些少《ちっと》も違いはせぬので、うつくしい、可愛らしい。うつくしい、可愛らしい。

七

また憎らしいのがある、腹立たしいのも他にあるけれども、それも一《ある》場合に猿が憎らしかったり、鳥が腹立たしかったりするのとかわりは無いので。詮《せん》ずれば皆《みな》おかしいばかり、矢張噴飯材料《やっぱりふきだすたね》なんで、別に取留めたことがありはしなかった。

で、つまり情を動かされて、悲《かな》しむ、愁《うれ》うる、楽《たの》しむ、喜ぶなどいうことは、時に因《よ》り場合においての母様《おっかさん》ばかりなので。余所のものはどうであろうと些少《ちっと》も心には懸けないように日ましにそうなって来た。しかしこういう心になるまでには、私を教えるために、毎日、毎晩、見る者、聞くものについて、母様《おっかさん》がどんなに苦労をなすって、丁寧に深切《しんせつ》に、飽かないで、熱心に、懇《ねんごろ》に噛《か》んで含めるようになすったかも知れはしない。だもの、どうして学校の先生をはじめ、余所のものが少々位《ぐらい》のことで、分るものか、誰だって分りやしません。

ところが、母様《おっかさん》と私とのほか知らないことを、モ一人他に知ってるものがあるそうで、始終母様《おっかさん》がいってお聞かせの、それはあすこに置物のように畏っている、あの猿——あの猿の旧《もと》の飼主であった——老父《じい》さんの猿廻だといいます。

さっき私がいった、猿に出処があるというのはこのことで。

まだ私が母様《おっかさん》のお腹にいた時分だッて、そういいましたっけ。

初卯《はつう》の日、母様《おっかさん》が腰元を二人連れて、市《まち》の卯辰《うたつ》の方の天神様へお参んなすって、晩方帰っていらっしゃった。ちょうど川向うの、いま猿のいるところで、堤防《どて》の上のあの柳の切株に腰をかけて猿のひかえ綱を握ったなり、俯向いて、小さくなって、肩で呼吸《いき》をしていたのがその猿廻のじいさんであった。

大方今の紅雀のその姉さんだの、頬白のその兄さんだのであったろうと思われる。

男だの、女だの、七八人寄って、たかって、猿にからかって、きゃあきゃあいわせて、わあわあ笑って、手を拍《う》って、喝采《かっさい》して、おもしろがって、おかしがって、散々《さんざ》慰んで、そら菓子をやるワ、蜜柑《みかん》を投げろ、餅《もち》をたべさすわって、皆《みんな》でどっさり猿に御馳《ごち》走《そう》をして、暗くなるとどやどやいっちまったんだ。で、じいさんをいたわってやったものは、ただの一人《いちにん》もなかったといいます。

あわれだとお思いなすって、母様《おっかさん》がお銭《あし》を恵んで、肩掛《ショオル》を着せておやんなすったら、じいさん涙を落して拝んで喜びましたって、そうして、（ああ、奥様、私《わたくし》は獣《けだもの》になりとうございます。あいら、皆《みんな》畜生で、この猿めが夥間《なかま》でござりましょう。それで、手前達の同類にものをくわせながら、人間一疋《ぴき》の私《わたくし》には目を懸けぬのでござります。）とそういってあたりを睨《にら》んだ、恐らくこのじいさんなら分るであろう、いや、分るまでもない、人が獣《けだもの》であることをいわないでも知っていようと、そういって、母様《おっかさん》がお聞かせなすった。

うまいこと知ってるな、じいさん。じいさんと母様《おっかさん》と私と三人だ。その時じいさんがそのまんまで控綱《ひかえづな》をそこンとこの棒杭に縛りッ放しにして猿をうっちゃって行こうとしたので、供の女中が口を出して、どうするつもりだって聞いた。母様《おっかさん》もまた傍からまあ棄児《すてご》にしては可哀相でないかッて、お聞きなすったら、じいさんにやにやと笑

ったそうで、

（はい、いえ、大丈夫でございます。人間をこうやっといたら、餓えも凍えもしようけれど、獣《けだもの》でございますから今に長い目で御覧《ごろう》じまし、こいつはもう決してひもじい目に逢うことはございませぬから。）

とそういって、かさねがさね恩を謝して、分れてどこへか行っちまいましたッて。

果して猿は餓えないでいる。もう今では余程《よっぽど》の年紀《とし》であろう。すりゃ、猿のじいさんだ。道理で、功《こう》を経た、ものの分ったような、そして生まじめで、けろりとした、妙な顔をしているんだ。見える見える、雨の中にちょこなんと坐っているのが手に取るように窓から見えるワ。

八

朝晩見馴《みな》れて珍しくもない猿だけれど、いまこんなこと考え出して、いろんなこと思って見ると、また殊《こと》にものなつかしい。あのおかしな顔早くいって見たいなと、そう思って、窓に手をついてのびあがって、ずっと肩まで出すと潵《しぶき》がかかって、眼のふちがひやりとして、冷たい風が頰を撫でた。

その時仮橋ががたがたいって、川面《かわづら》の小糠雨《こぬかあめ》を掬《すく》うように吹き乱すと、流《ながれ》が黒くなって颯《さっ》と出た。といっしょに向岸から橋を渡って来る、洋服を着た男がある。

橋板がまた、がッたりがッたりいって、次第に近づいて来る、鼠色の洋服で、釦《ぼたん》をはずして、胸を開けて、けばけばしゅう襟飾を出した、でっぷり紳士で、胸が小さくッて、下腹《したっぱら》の方が図ぬけにはずんでふくれた、脚の短い、靴の大きな、帽子の高い、顔の長い、鼻の赤い、それは寒いからだ。そして大跨《おおまた》に、その逞《たくまし》い靴を片足ずつ、やりちがえにあげちゃあ歩行《ある》いて来る。靴の裏の赤いのがぽっかり、ぽっかりと一ツずつこっちから見えるけれど、自分じゃあ、その爪《つま》さきも分りはしまい。何でもあんなに腹のふくれた人は、臍《へそ》から下、膝から上は見たことがないのだとそういいます。あら！　あら！　短服《チョッキ》に靴を穿《は》いたものが転がって来るぜと、思って、じっと見ていると、橋のまんなかあたりへ来て鼻目金《はなめがね》をはずした、澁《しぶき》がかかって曇ったと見える。

で、衣兜《かくし》*から手巾《ハンケチ》を出して、拭《ふ》きにかかったが、蝙蝠傘《こうもりがさ》を片手に持っていたから手を空けようとして咽喉《のど》と肩のあいだへ柄を挟んで、うつむいて、珠《たま》を拭《ぬぐ》いかけた。

これは今までに幾度《いくたび》も私見たことのある人で、何でも小児《こども》の時は物見高いから、そら、婆《ばあ》さんが転んだ、花が咲いた、といって五六人人だかりのすることが眼の及ぶところにあれば、必ず立って見るが、どこに因らず、場所は限らない。すべて五十人以上の人が集会したなかには必ずこの紳士の立交《たちまじ》っていないということはなかった。

見る時にいつも傍《はた》の人《もの》を誰《たれ》かしらつかまえて、尻上《しりあが》りの、すました調子で、何かものをいっていなかったことはほとんど無い。それに人から聞いていたことはかつてないので、いつでも自分で聞かせている。が、聞くものがなければ独《ひとり》で、むむ、ふむ、といったような、承知したようなことを独言《ひとりごと》のようでなく、聞かせるようにいってる人で。母様《おっかさん》も御存じで、あれは博士ぶりというのであるとおっしゃった。けれども鰤《ぶり》ではたしかにない、あの腹のふくれた様子といったら、宛然《まるで》、鮟鱇《あんこう》に肖《に》ているので、私は蔭《かげ》じゃあ鮟鱇博士とそういいますワ。この間も学校へ参観に来たことがある。その時も今被《かむ》っている、高い帽子を持っていたが、何だってまたあんな度はずれの帽子を着たがるんだろう。

だって、目金を拭こうとして、蝙蝠傘を頤《おとがい》で押えて、うつむいたと思うと、ほら、ほら、帽子が傾いて、重量《おもみ》で沈み出して、見てるうちにすっぽり、赤い鼻の上へ被さるんだもの。目金をはずした上へ帽子がかぶさって、眼が見えなくなったんだから驚いた、顔中帽子、ただ口ばかりが、その口を赤くあけて、あわてて、顔をふりあげて、帽子を揺りあげようとしたから蝙蝠傘がばったり落ちた。落《おっ》こちると勢《いきお》よく三ツばかりくるくると舞った間に、鮟鱇博士は五ツばかりおまわりをして、手をのばすと、ひょいと横なぐれに風を受けて、斜めに飛んで、遥か川下の方へ憎らしく落着いた風でゆったりしてふわりと落ちると、たちまち矢のごとくに流れ出した。

博士は片手で目金を持って、片手を帽子にかけたまま、烈しく、急に、ほとんど数える隙《ひま》がないほど靴のうらで虚空《こくう》を踏んだ、橋ががたがたと動いて鳴った。

「母様《おっかさん》、母様、母様。」

と私は足ぶみした。

「あい。」としずかに、おいいなすったのが背後《うしろ》に聞える。

窓から見たまま振向きもしないで、急込《せきこ》んで、

「あらあら流れるよ。」

「鳥かい、獣《けだもの》かい。」と極めて平気でいらっしゃる。

「蝙蝠なの、傘《からかさ》なの、あら、もう見えなくなったい、ほら、ね、流れッちまいました。」

「蝙蝠ですと。」

「ああ、落ッことしたの、可哀相に。」

と思わず歎息《たんそく》をして呟《つぶや》いた。

母様《おっかさん》は笑《えみ》を含んだお声でもって、

「廉《れん》や、それはね、雨が晴れるしらせなんだよ。」

この時猿が動いた。

九

一廻《ひとまわり》くるりと環《わ》にまわって、前足をついて、棒杭の上へ乗って、お天気を見るのであろう、仰向いて空を見た。晴れるといまに行くよ。

母様《おっかさん》は嘘《うそ》をおっしゃらない。

博士は頻《しきり》に指《ゆびさ》ししていたが、口が利けないらしかった。で、一散《いっさん》に駈けて来て、黙って小屋の前を通ろうとする。

「おじさんおじさん。」

と厳しく呼んでやった。追懸けて、

「橋銭を置いていらっしゃい、おじさん。」

とそういった。

「何だ！」

一通《ひととおり》の声ではない。さっきから口が利けないで、あのふくれた腹に一杯固くなるほど詰め込み詰め込みしておいた声を、紙鉄砲ぶつようにはじきだしたものらしい。で、赤い鼻をうつむけて、額越《ひたいごし》に睨みつけた。

「何か。」と今度は鷹揚《おうよう》である。

　私は返事をしませんかった。それは驚いたわけではない、恐かったわけではない。鮟鱇にしては少し顔がそぐわないから何にしよう、何に肖《に》ているだろう、この赤い鼻の高いのに、さきの方が少し垂れさがって、上唇におっかぶさってる工合といったない、魚《うお》より獣《けもの》よりむしろ鳥の嘴《はし》によく肖ている。雀か、山雀か、そうでもない。それでもないト考えて七面鳥に思いあたった時、なまぬるい音調で、

「馬鹿め。」

　といいすてにして、沈んで来る帽子をゆりあげて行こうとする。

「あなた。」とおっかさんが屹《きっ》とした声でおっしゃって、お膝の上の糸屑《いとくず》を、細い、白い、指のさきで二ツ三ツはじき落して、すっと出て窓のところへお立ちなすった。

「渡《わたし》をお置きなさらんではいけません。」

「え、え、え。」

　といったがじれったそうに、

「俺は何じゃが、うう、知らんのか。」

「誰です、あなたは。」と冷《ひや》やかで、私こんなのを聞くとすっきりする。眼のさきに見える気にくわないものに、水をぶっかけて、天窓《あたま》から洗っておやんなさるので、いつ

でもこうだ、極めていい。

鮟鱇は腹をぶくぶくさして、肩をゆすったが、衣兜《かくし》から名刺を出して、笊のなかへまっすぐに恭《うやうや》しく置いて、

「こういうものじゃ、これじゃ、俺じゃ。」

といって肩書のところを指《ゆびさ》した、恐しくみじかい指で、黄金《きん》の指環の太いのをはめている。

手にも取らないで、口のなかに低声《こごえ》におよみなすったのが、市内衛生会委員、教育談話会幹事、生命保険会社社員、一六会会長、美術奨励会理事、大野喜太郎。

「この方ですか。」

「うう。」といった時ふっくりした鼻のさきがふらふらして、手で、胸にかけた何だか徽章《きしょう》をはじいたあとで、

「分ったかね。」

こんどはやさしい声でそういったまままた行きそうにする。

「いけません。お払《はらい》でなきゃアあとへお帰んなさい。」とおっしゃった。

先生妙な顔をしてぼんやり立ってたが少しむきになって、

「ええ、こ、細《こまか》いのがないんじゃから。」

「おつりを差上げましょう。」

おっかさんは帯のあいだへ手をお入れ遊ばした。

十

母様《おっかさん》はうそをおっしゃらない。博士が橋銭をおいて遁《に》げて行くと、しばらくして雨が晴れた。橋も蛇籠も皆《みんな》雨にぬれて、黒くなって、あかるい日中《ひなか》へ出た。榎の枝からは時々はらはらと雫《しずく》が落ちる。中流へ太陽《ひ》がさして、みつめているとまばゆいばかり。

「母様《おっかさん》遊びに行こうや。」

この時鋏《はさみ》をお取んなすって、

「ああ。」

「ねえ、出かけたって可《い》いの、晴れたんだもの。」

「可いけれど、廉や、お前またあんまりお猿にからかってはなりませんよ。そう可い塩梅《あんばい》にうつくしい羽の生えた姉さんがいつでもいるんじゃありません。また落っこちようもんなら。」

ちょいと見向いて、清《すずし》い眼で御覧なすって、莞爾《にっこり》してお俯向きで、せっせと縫っていらっしゃる。

　そう、そう！　そうだった。ほら、あの、いま頬《ほ》っぺたを掻いて、むくむく濡れた毛からいきりをたてて日向《ひなた》ぼっこをしている、憎らしいッたらない。

いまじゃあもう半年も経ったろう。暑さの取着《とッつき》の晩方頃で、いつものように遊びに行って、人が天窓《あたま》を撫でてやったものを、業畜《ごうちく》*、悪巫山戯《わるふざけ》をして、キッキッと歯を剝いて、引掻きそうな剣幕をするから、吃驚《びっくり》して飛退《とびの》こうとすると、前足でつかまえた、放さないから力を入れて引張り合った奮《はず》みであった。左の袂がびりびりと裂けて断《ちぎ》れて取れた、はずみをくって、踏占《ふみし》めた足がちょうど雨上りだったから、堪《たま》りはしない。石の上を辷《すべ》って、ずるずると川へ落ちた。わっといった顔へ一波かぶって、呼吸《いき》をひいて仰向けに沈んだから、面くらって立とうとすると、また倒れて、眼がくらんで、アッとまたいきをひいて、苦しいので手をもがいて身体を動かすとただどぶんどぶんと沈んで行く。情《なさけ》ないと思ったら、内に母様《おっかさん》の坐っていらっしゃる姿が見えたので、また勢づいたけれど、やっぱりどぶんどぶんと沈むから、どうするのかなと落着いて考えたように思う。それから何のことだろうと考えたようにも思われる。今に眼が覚めるのであろうと思ったようでもある、何だか茫乎《ぼんやり》したが俄《にわか》に水ん中だと思って叫ぼうとすると水をのんだ。もう駄目だ。

　もういかんとあきらめるトタンに胸が痛かった、それから悠々と水を吸った、するとうっとりして何だか分らなくなったと思うと、燦《ぱっ》と糸のような真赤な光線がさして、一幅《ひとはば》あかるくなったなかにこの身体が包まれたので、ほっといきをつくと、山の端《は》が遠く見えて、私のからだは地《つち》を放れて、その頂より上のところに冷いものに抱えられていたようで、大きなうつくしい目が、濡髪をかぶって私の頬んところへくっついたから、ただ縋《すが》り着いてじっとして眼を眠った覚《おぼえ》がある。夢ではない。

やっぱり片袖《かたそで》なかったもの。そして川へ落《おっ》こちて溺《おぼ》れそうだったのを救われたんだって、母様《おっかさん》のお膝に抱かれていて、その晩聞いたんだもの。

だから夢ではない。

一体助けてくれたのは誰ですッて、母様《おっかさん》に問うた。私がものを聞いて、返事に躊躇《ちゅうちょ》をなすったのはこの時ばかりで、また、それは猪だとか、狼《おおかみ》だとか、狐《きつね》だとか、頰白だとか、山雀だとか、鮟鱇だとか、鯖《さば》だとか、蛆《うじ》だとか、毛虫だとか、草だとか、竹だとか、松蕈《まつたけ》だとか、湿地茸《しめじ》だとかおいいでなかったのもこの時ばかりで、そして顔の色をおかえなすったのもこの時ばかりで、それに小さな声でおっしゃったのもこの時ばかりだ。

そして母様《おっかさん》はこうおいいであった。

（廉や、それはね、大きな五色《ごしき》の翼《はね》があって天上に遊んでいるうつくしい姉さんだよ。)

十一

(鳥なの、母様《おっかさん》。)とそういってその時私が聴いた。

これにも母様《おっかさん》は少し口籠《くちごも》っておいでであったが、

(鳥じゃあないよ、翼《はね》の生えた美しい姉さんだよ。)

どうしても分らんかった。うるさくいったら、しまいにゃ、お前には分らない、とそうおいいであったのを、また推返《おしかえ》して聴いたら、やっぱり、

(翼《はね》の生えたうつくしい姉さんだってば。)

それで仕方がないからきくのはよして、見ようと思った。そのうつくしい翼のはえたもの見たくなって、どこにいますいますッて、せッついても、知らないと、そういってばかりおいでであったが、毎日毎日あまりしつこかったもんだから、とうとう余儀なさそうなお顔色《かおつき》で、

(鳥屋の前にでもいって見て来るが可《い》い。)

そんならわけはない。

小屋を出て二町ばかり行くと、直《す》ぐ坂があって、坂の下口《おりくち》に一軒鳥屋があるので。

樹蔭《こかげ》も何にもない、お天気のいい時あかるいあかるい小さな店で、町家《まちや》の軒ならびにあった。鸚鵡《おうむ》なんざ、くるッとした、露のたりそうな、小さな眼で、あれで瞳《ひとみ》が動きますよ。毎日毎日行っちゃあ立っていたので、しまいにゃあ見知顔《みしりがお》で私の顔を見て頷くようでしたっけ、でもそれじゃあない。

　駒鳥《こま》はね、丈の高い、籠《かご》ん中を下から上へ飛んで、すがって、ひょいと逆《さかさ》に腹を見せて熟柿《じゅくし》の落《おっ》こちるようにぼたりとおりて、餌《え》をつついて、私をばかまいつけない、ちっとも気に懸けてくれようとはしなかった、それでもない。皆違ってる。翼《はね》の生えたうつくしい姉さんはいないのッて、一所に立った人をつかまえちゃあ、聞いたけれど、笑うものやら、嘲《あざ》けるものやら、聞かないふりをするものやら、つまらないとけなすものやら、馬鹿だというものやら、番小屋の媽々《かか》に似てこいつもどうかしていらあ、というものやら。皆獣《みんなけだもの》だ。

（翼《はね》の生えたうつくしい姉さんはいないの。）ッて聞いた時、莞爾《にっこり》笑って両方から左右の手でおうように私の天窓《あたま》を撫でて行った、それは一様に緋羅紗《ひらしゃ》のずぼん*を穿いた二人の騎兵で――聞いた時――莞爾《にっこり》笑って、両方から左右の手で、おうように私の天窓《あたま》をなでて、そして手を引《ひき》あって黙って坂をのぼって行った。長靴の音がぽっくりして、銀の剣の長いのがまっすぐに二ツならんで輝いて見えた。そればかりで、あとは皆《みな》馬鹿にした。

五日ばかり学校から帰っちゃあその足で鳥屋の店へ行って、じっと立って、奥の方の暗い棚ん中で、コトコトと音をさしているその鳥まで見覚えたけれど、翼《はね》の生えた姉さんはいないので、ぼんやりして、ぼッとして、ほんとうに少し馬鹿になったような気がしいしい、日が暮れると帰り帰りした。で、とても鳥屋にはいないものとあきらめたが、どうしても見たくッてならないので、また母様《おっかさん》にねだって聞いた。どこにいるの、翼の生えたうつくしい人はどこにいるのッて。何とおいいでも肯分《ききわ》けないものだから母様《おっかさん》が、

(それでは林へでも、裏の田圃《たんぼ》へでも行って、見ておいで。何故ッて、天上に遊んでいるんだから、籠の中にいないのかも知れないよ。)

それから私、あの、梅林のあるところに参りました。

あの桜山と、桃谷と、菖蒲《あやめ》の池とあるところで。

しかし、それはただ青葉ばかりで、菖蒲の短いのがむらがってて、水の色の黒い時分、ここへも二日、三日続けて行きましたっけ、小鳥は見つからなかった。烏が沢山《たんと》いた。あれが、かあかあ鳴いて一しきりして静まるとその姿の見えなくなるのは、大方その翼《はね》で、日の光をかくしてしまうのでしょう。大きな翼《はね》だ、まことに大い《おおき》翼《つばさ》だ、

けれどもそれではない。

十二

日が暮れかかると、あっちに一ならび、こっちに一ならび、横縦になって、梅の樹《き》が飛々《とびとび》に暗くなる。枝々のなかの水田《みずた》の水がどんよりして淀《よど》んでいるのに際立《きわだ》って真白に見えるのは鷺《さぎ》だった、二羽一処に、ト三羽一処に、トいて、そして一羽が六尺ばかり空へ斜《ななめ》に足から糸のように水を引いて立ってあがったが音がなかった、それでもない。

蛙《かわず》が一斉に鳴きはじめる。森が暗くなって、山が見えなくなった。

宵月《よいづき》の頃だったのに、曇ってたので、星も見えないで、陰々として一面にものの色が灰のようにうるんでいた、蛙がしきりになく。

仰いで高いところに、朱の欄干のついた窓があって、そこが母様《おっかさん》のうちだったと聞く。仰いで高いところに、朱の欄干のついた窓があって、そこから顔を出す、その顔が自分の顔であったんだろうにトそう思いながら破れた垣の穴んとこに腰をかけてぼんやりしていた。

いつでもあの翼《はね》の生えたうつくしい人をたずねあぐむ、その昼のうち精神の疲労《つかれ》ないうちは可《い》いんだけれど、度が過ぎて、そんなに晩《おそ》くなると、いつも、こう滅入《めい》ってしまって、何だか、人に離れたような、世間に遠ざかったような気がするので、心細くもあり、裏悲しくもあり、覚束《おぼつか》ないようでもあり、恐しいようでもある。嫌な心持だ、嫌な心持だ。

早く帰ろうとしたけれど、気が重くなって、そのくせ神経は鋭くなって、それでいてひとりでにあくびが出た。あれ！

赤い口をあいたんだなと、自分でそうおもって、吃驚《びっくり》した。

ぼんやりした梅の枝が手をのばして立ってるようだ。あたりを眴《みまわ》すと真暗で、遠くの方で、ほう、ほうッて、呼ぶのは何だろう。冴《さ》えた通る声で野末を押《おし》ひろげるように、鳴く、トントントントンと谺《こだま》にあたるような響きが遠くから来るように聞える鳥の声は、梟《ふくろう》であった。

一ツでない。

二ツも三ツも。私に何を談《はな》すのだろう、私に何を話すのだろう。鳥がものをいうと慄然《ぞっ》として身の毛が弥立《よだ》った。

ほんとうにその晩ほど恐かったことはない。

蛙の声がますます高くなる、これはまた仰山な、何百、どうして幾千といて鳴いてるので、幾千の蛙が一ツ一ツ眼があって、口があって、足があって、身体があって、水ン中にいて、そして声を出すのだ。一ツ一ツ、トわなないた。寒くなった。風が少し出て、樹がゆっさり動いた。

蛙の声がますます高くなる。いても立ってもいられなくッて、そっと動き出した。

身体がどうにかなってるようで、すっと立ち切れないで踞《つくば》った、裾《すそ》が足にくるまって、帯が少し弛《ゆる》んで、胸があいて、うつむいたまま天窓《あたま》がすわった。ものがぼんやり見える。

見えるのは眼だトまたふるえた。

ふるえながら、そっと、大事に、内証で、手首をすくめて、自分の身体を見ようと思って、左右へ袖をひらいた時、もう、思わずキャッと叫んだ。だって私が鳥のように見えたんですもの。どんなに恐かったろう。

この時、背後《うしろ》から母様《おっかさん》がしっかり抱いて下さらなかったら、私どうしたんだか知れません。それはおそくなったから見に来て下すったんで、泣くことさえ出来なかったのが、

「母様《おっかさん》！」といって離れまいと思って、しっかり、しっかり、しっかり襟んとこへかじりついて仰向いてお顔を見た時、フット気が着いた。

どうもそうらしい、翼《はね》の生えたうつくしい人はどうも母様《おっかさん》であるらしい。もう鳥屋には、行くまい。わけてもこの恐しいところへと、その後《のち》ふっつり。

しかしどうしてもどう見ても、母様《おっかさん》にうつくしい五色の翼《はね》が生えちゃあいないから、またそうではなく、他にそんな人がいるのかも知れない、どうしても判然《はっきり》しないで疑われる。

雨も晴れたり、ちょうど石原も辷《すべ》るだろう。母様《おっかさん》はああおっしゃるけれど、故《わざ》とあの猿にぶつかって、また川へ落ちてみようか不知《しら》。そうすりゃまた引上げて下さるだろう。見たいな！　羽の生えたうつくしい姉さん。だけれども、まあ、可《い》い。母様《おっかさん》がいらっしゃるから、母様《おっかさん》がいらっしゃったから。

# 霰《あられ》ふる

一

若いのと、少し年の上なると……

この二人の婦人《おんな》は、民也《たみや》のためには宿世《すぐせ》からの縁と見える。ふとした時、思いも懸けないところへ、夢のように姿を露《あら》わす——

ここで、夢のように、と云《い》うものの、実際はそれが夢だった事もないではない。けれども、夢の方は、また……と思うだけで、取り留めもなく、すぐに陽炎《かげろう》の乱るるごとく、記憶の裡《うち》から乱れて行く。

しかし目前《まのあたり》、歴然《ありあり》とその二人を見たのは、何時《いつ》になっても忘れぬ。峰を視《なが》めて、山の端《は》に彳《たたず》んだ時もあり、岸づたいに川船に乗って船頭もなしに流れて行くのを見たり、揃《そろ》って、すっと抜けて、二人が床の間の柱から出て来た事もある。

民也は九ツ……十歳《とお》ばかりの時に、はじめて知って、三十を越すまでに、四度《よたび》か五度《いつたび》は確《たしか》に逢《あ》った。

これだと、随分中絶《なかだ》えして、久しいようではあるけれども、自分には、さまでたまさかのようには思えぬ。人は我が身体《からだ》の一部分を、何年にも見ないで済ます場合が多いから……姿見に向わなければ、顔にも逢わないと同一《おなじ》かも知れぬ。で、見なくっても、逢わないでも、忘れもせねば思出《おもいだ》すまでもなく、何時も身に着いていると同様に、二個《ふたつ》、二人の姿もまた、十年見なかろうが、逢わなかろうが、そんなに間を隔てたとは考えない。

が、つい近くは、近く、一昔前は矢張《やっぱ》り前、道理において年を隔てない筈《はず》はないから、十《とお》から三十までとしても、その間は言わずとも二十年経《た》つのに、最初逢った時から幾歳《いくとせ》を経ても、婦人《おんな》二人は何時も違わぬ、顔容《かおかたち》に年を取らず、些《ちっ》とも変らず、同一《おなじ》である。

水になり、空になり、面影は宿っても、虹《にじ》のように、すっと映って、たちまち消えて行く姿であるから、しかと取留《とりと》めた事はないが——何時でも二人連《ふたりづれ》の——その一人は、年紀《とし》の頃、どんな場合にも二十四五の上へは出ない……一人は十八九で、この少《わか》い方は、ふっくりして、引緊《ひきしま》った肉づきの可《い》い、中背《ちゅうぜい》で、……年上の方は、すらりとして、細いほど瘠《や》せている。

その背《せい》の高いのは、極めて、品の可《よ》い艶《つや》やかな円髷《まるまげ》で顕《あらわ》れる。少《わか》いのは時々《よりより》に髪が違う、銀杏返《いちょうがえ》し*の時もあった、高島田の時もあった、三輪《みつわ》と云うのに結ってもいた。

そのかわり、衣服《きもの》は年上の方が、紋着《もんつき》だったり、お召《めし》*だったり、時にはしどけない伊達巻《だてまき》の寝着《ねまき》姿と変るのに、若いのは、屹《きっ》と縞《しま》ものに定《さだま》って、帯をきちんと〆《し》めている。

二人とも色が白い。

が、少《わか》い方は、ほんのりして、もう一人のは沈んで見える。

その人柄、風采《とりなり》、姉妹《きょうだい》ともつかず、主従でもなし、親しい中の友達とも見えず、従姉妹《いとこ》でもないらしい。

と思うばかりで、何故《なぜ》と云う次第は民也にも説明は出来ぬと云う。――なにしろ、遁《のが》れられない間と見えた。孰方《どっち》か乳母の児《こ》で、乳姉妹《ちきょうだい》。それとも嫂《あによめ》と弟嫁《おとよめ》か、敵同士《かたき》か、いずれ二重《ふたえ》の幻影である。

時に、民也が、はじめてその姿を見たのは、揃って二階からすらすらと降りる所。で、彼が九ツか十の年、その日は、小学校の友達と二人で見た。

霰《あられ》の降った夜更《よふけ》の事――

二

山国の山を、町へ掛けて、戸外《おもて》の夜の色は、部屋の裡からよく知れる。雲は暗かろう……水はもの凄《すご》く白かろう……空の所々に颯《さっ》と薬研《やげん》*のようなひびが入《い》って、霰はその中から、銀河の珠《たま》を砕くがごとく迸《ほとばし》る。

ハタと止《や》めば、その空の破《わ》れたところへ、むらむらとまた一重《ひとえ》冷い雲が累《かさな》りかかって、薄墨色に縫合《ぬいあ》わせる、と風さえ、そよとのもの音も、蜜蠟《みつろう》を以《もっ》て固く封じたごとく、乾坤寂《けんこんじゃく》となる*。……

建着《たてつけ》の悪い戸、障子、雨戸も、カタリとも響かず。鼬《いたち》が覗《のぞ》くような、鼠《ねずみ》が匍匐《はらば》ったような、切って塡《は》めた菱《ひし》の実が、ト、べっかっこをして、ぺろりと黒い舌を吐くような、いや、念の入《い》った、雑多な隙間《すきま》、破《や》れ穴が、寒さにきりきりと歯を噛《か》んで、呼吸《いき》を詰めて、うむと堪《こら》えて凍着《こごえつ》くが、古家《ふるいえ》の煤《すす》にむせると、時々遣切《やりき》れなくなって、潜めた嚔《くしゃめ》、ハッと噴出《ふきだ》しそうで不気味な真夜中。

板戸一つが直《す》ぐ町の、店の八畳、古畳の真中に机を置いて対向《さしむか》いに、洋燈《ランプ》に額を突合わせた、友達と二人で、その国の地誌略《ちしりゃく》*と云う、学校の教科書を読んでいた。——その頃、風《ふう》をなして行われた試験間際《まぎわ》に徹夜の勉強、終夜と称《とな》えて、気の合った同志が夜あかしに演習《おさらい》をする、なまけものの節季仕事と云うのである。

一枚……二枚、と両方で、ペエジを遣《ヤッ》つ、取《トッ》つして、眠気ざましに声を出して読んでいたが、恁《こ》う夜が更《ふ》けて、可恐《おそろ》しく陰気に閉《とざ》されると、低い声さえ、びりびりと氷を削るように唇へきしんで響いた。

常《つね》さんと云うお友達が、読み掛けたのを、フッと留めて、

「民さん。」

と呼ぶ、……本を読んでたとは、からりと調子が変って、引入れられそうに滅入《めい》って聞えた。

「……何《なあに》、」

ト、一つ一つ、自分の睫《まつげ》が、紙の上へばらばらと溢《こぼ》れた、本の、片仮名まじりに落《おち》葉《ば》する、山だの、谷だのをそのままの字を、熟《じっ》と相手に読ませて、傍目《わきめ》も触らず視《み》ていたのが。

呼ばれて目を上げると、笠《かさ》は破れて、紙を被《かぶ》せた、黄色に燻《くすぶ》ったほやの上へ、眉《まゆ》の優しい額を見せた、頬のあたりが、ぽっと白く、朧夜《おぼろよ》に落ちた目《め》かずら*と云う顔色《かおつき》。

「寂しいねえ。」

「ああ……」

「何時だねえ。」

「先刻《さっき》二時うったよ。眠くなったの？」

対手《あいて》はたちまち元気づいた声を出して、

「何、眠いもんか……だけどもねえ、今時分になると寂しいねえ。」

「そこに皆《みんな》寝ているもの……」

と云った――大きな戸棚、と云っても先祖代々、刻み着けていつが代《だい》にも動かした事のない、……その横の襖《ふすま》一重《ひとえ》の納戸《なんど》の内には、民也の父と祖母とが寝ていた。

母は世を早《はよ》うしたのである……

「常さんの許《とこ》よりか寂しくはない。」

「どうして？」

「だって、君の内はお邸《やしき》だから、広い座敷を二つも三つも通らないと、母《おっか》さんや何か寝ている部屋へ行けないんだもの。この間、君の許《とこ》で、徹夜をした時は、僕は、そりゃ、寂しかった……」

「でもね、僕ン許《とこ》は二階がないから……」

「二階が寂しい？」

と民也は真黒な天井を。……

常さんの目も、斉《ひと》しく仰いで、冷く光った。

「寂しいって、別に何でもないじゃないの。」

と云ったものの、両方で、机をずって、ごそごそと火鉢に噛着《かじりつ》いて、ひったりと寄合わす。

三

炭は黒いが、今しがた継いだばかりで、尉《じょう》*にもならず、火気の立ちぎわ。それよりも、徹夜の温習《おさらい》に、何よりか書入《かきい》れな夜半《やはん》の茶漬で忘れられぬ、大福めいた餡餅《あんも》を烘《あぶ》ったなごりの、餅網《もちあみ》が、侘《わび》しく破蓮《やればす》*の形で畳に飛んだ。……御馳走《ごちそう》は十二時と云うと早《は》や済んで、——一つは二人ともそれがために勇気がないので。……

常さんは耳の白い頬を傾けて、民也の顔を覗《のぞ》くようにしながら、

「でも、誰もいないんだもの……君の許《とこ》の二階は、広いのに、がらんとしている。

……」

「病気の時はね、お母さんが寝ていたんだよ。」

コツコツ、炭を火箸《ひばし》で突《つつ》いて見たっけ、はっと止《や》めて、目を一つ瞬《また》いて、

「え、そして、亡《な》くなった時、矢張《やっぱり》、二階。」

「ううむ……違う。」

とかぶりを掉《ふ》って、

「そこのね、奥……」

「小父《おじ》さんだの、寝ている許《とこ》かい。……じゃ可《い》いや。」と莞爾《にっこり》した。

「弱虫だなあ……」

「でも、小母《おば》さんは病気の時寝ていたかって、今は誰もいないんじゃないか。」

と観世《かんぜ》捩《より》*が挫《ひしゃ》げた体《てい》に、元気なく話は戻る……

「常さんの許《とこ》だって、あの、広い座敷が、風はすうすう通って、それで人っ子はいませんよ。」

「それでも階下《した》ばかりだもの。――二階は天井の上だろう、空に近いんだからね、高い所には何がいるか知れません。……」

「階下《した》だって……君の内《うち》でも、この間、僕が、あの空間《あきま》を通った時、吃驚《びっくり》したものがあったじゃないか。」

「どんなものさ、」

「床の間に鎧《よろい》が飾ってあって、便所へ行く時に晃々《ぴかぴか》光った……わッて、そう云ったのを覚えていないかい。」

「臆病《おくびょう》だね、……鎧は君、可恐《おそろし》いものが出たって、あれを着て向って行けるんだぜ、向って、」

と気勢《きお》って肩を突構《つきかま》え。

「こんな、寂しい時の、可恐《こわ》いものにはね、鎧なんか着たって叶《かな》わないや……向って行きゃ、消《きえ》っちまうんだもの……これから冬の中頃になると、軒の下へ近く来るってさ、あの雪女郎《ゆきじょろう》＊見たいなもんだから、」

「そうかなあ、……雪女郎って真個《ほんと》にあるんだってね。」

「勿論《もちろん》だっさ。」

「雨のびしょびしょ降る時には、油舐坊主《あぶらなめぼうず》＊だの、とうふ買小僧《かいこぞう》＊だのって……あるだろう。」

「ある……」

「可厭《いや》だなあ。こんな、霰の降る晩には何にも別にないだろうか。」

「町の中には何にもないとさ。それでも、人の行かない山寺だの、峰の堂だのの、額の絵がね、霰がぱらぱらと降る時、ぱちくり瞬《まばた》きをするんだって……」

「嘘《うそ》を吐《つ》く……」

とそれでも常さんは瞬《またた》きした。からりと廂《ひさし》を鳴らしたのは、樋竹《といだけ》を辷《すべ》る、落《おち》たまりの霰らしい。

「うそなもんか、それは真暗な時……ちょうど今夜見たような時なんだね。それから……雲の底にお月様が真蒼《まっさお》に出ていて、そして、降る事があるだろう……そう云う時は、八田潟《はったがた》の鮒《ふな》が皆《みな》首を出して打たれるって云うんです。」

「痛かろうなあ。」

「そこが化けるんだから、……皆《みんな》、兜《かぶと》を着ているそうだよ。」

「じゃ、僕ン許《とこ》の蓮池の緋鯉《ひごい》なんかどうするだろうね？」

そこには小船も浮べられる。が、穴のような真暗な場末の裏町を抜けて、大川に架けた、近道の、ぐらぐらと揺れる一銭橋《いちもんばし》と云うのを渡って、土塀ばかりで家《うち》の疎《まばら》な、畠《はたけ》も池も所々、侍町《さむらいまち》を幾曲《いくまが》り、で、突当りの松の樹《き》の中のその邸に行く、……常さんの家《うち》を思うにも、恰《あたか》もこの時、二更《にこう》の鐘の音《おと》、幽《かすか》。

# 四

町なかのここも同じ、一軒家の思《おもい》がある。

民也は心もその池へ、目も遥々《はるばる》となって恍惚《うっとり》しながら、

「蒼《あお》い鎧を着るだろうと思う。」

「真赤な鰭《ひれ》へ。凄い月で、紫色に透通《すきとお》ろうね。」

「そこへ玉のような霰が飛ぶんだ……」

「そして、八田潟の鮒と戦をしたら、どっちが勝つ？……」

「そうだね、」

と真顔に引込まれて、

「緋鯉は立派だから大将だろうが、鮒は雑兵《ぞうひょう》でも数が多いよ……潟《かた》一杯なんだもの。」

「蛙《かわず》はどっちの味方をする。」

「君の池の？」

「ああ、」

「そりゃ同じ所に住んでるから、緋鯉に属《つ》くが当前《あたりまえ》だけれどもね、君が、よくお飯粒《まんまつぶ》で、糸で釣上げちゃ投げるだろう。ブッと咽喉《のど》を膨らまして、ぐるりと目を円くして腹を立つもの……鮒の味方になろうも知れない。」

「あ、また降るよ……」

凄《すさ》まじい霰の音、八方から乱打《みだれう》つや、大屋根の石もからからと転げそうで、雲の渦《うずま》く影が入って、洋燈《ランプ》の笠が暗くなった。

「按摩《あんま》の笛が聞えなくなってから、三度目だねえ。」

「矢が飛ぶ。」

「弾が走るんだね。」

「緋鯉と鮒とが戦うんだよ。」

「紫の池と、黒い潟で……」

「蔀《しとみ》をちょっと開けてみようか、」

と魅せられた体で、ト立とうとした。

民也は急に慌《あわただ》しく、

「お止《よ》し？……」

「でも、何だか暗い中で、ひらひら真黒なのに交って、緋だか、紫だか、飛んでいそうで、面白いもの、」

「面白くはないよ……可恐《こわ》いよ。」

「何故？」

「だって、緋だの、紫だの、暗い中《うち》に、霰に交って——それだと電《いなびかり》がしているようだもの……その蔀をこんな時に開けると、そりゃ可恐《こわ》いぜ。

さあ……これから海が荒れるぞ、と云う前触れに、廂よりか背の高い、大《おおき》な海坊主＊が、海から出て来て、町の中を歩行《ある》いていてね……人が覗《のぞ》くと、蛇のように腰を曲げて、その窓から睨返《にらみかえ》して、よくも見たな、よくも見たな、と云うそうだから。」

「嘘だ！　嘘ばっかり。」

「真個《ほんと》だよ、霰だって、半分は、その海坊主が蹴上《けあ》げて来る、波の沫《しぶき》が交ってるんだとさ。」

「へえ？」

と常さんは未《ま》だ腑《ふ》に落ちないか、立掛《たちか》けた膝《ひざ》を落《おと》さなかった……

霰は屋根を駈廻《かけまわ》る。

民也は心に恐怖のある時、その蔀を開けさしたくなかった。

母がまだ存生《ぞんじょう》の時だった。……一夏《あるなつ》、日の暮方から凄じい雷雨があった……電光《いなびかり》絶間《たえま》なく、雨は車軸を流して、荒金《あらがね》*の地《つち》の車は、轟《とどろ》きながら奈落《ならく》の底に沈むと思う。——雨宿りに駈込んだ知合の男が一人と、内中《うちじゅう》、この店にいすくまった。十時を過ぎた頃、一呼吸《ひといき》吐《つ》かせて、もの音は静まったが、裾《すそ》を捲《ま》いて、雷神《はたがみ》*を乗せながら、赤黒《あかぐろ》に黄を交えた雲が虚空《そら》へ、舞い舞い上《あが》って、昇る気勢《けはい》に、雨が、さあと小止《おや》みになる。

その喜びを告《もう》さんため、神棚に燈火《みあかし》を点じようとして立った父が、そのまま色をかえて立窘《たちすく》んだ。

ひい、と泣いて雲に透《とお》る、……あわれに、悲しげな、何とも異様な声が、人々の耳をも胸をも突貫《つきつらぬ》いて響いたのである。

## 五

笛を吹く……と皆思った。笛もある限り悲哀を籠《こ》めて、呼吸《いき》の続くだけ長く、かつ細く叫ぶらしい。

雷鳴に、ほとんど聾《し》いなんとした人々の耳に、驚破《すわ》や、天地一つの声。誰《たれ》もその声の長さだけ、気を閉じて呼吸《いき》を詰めたが、引く呼吸《いき》はその声の一度止むまでは続かなかった。

皆戦《おのの》いた。

ヒイと尾を微《かす》かに、その声が切れた、と思うと、雨がひたりと止んで、また二度めの声が聞えた。

「鳥か。」

「いいや。」

「何だろうの。」

祖母と、父と、その客と言《ことば》を交わしたが、その言葉も、晃々《きらきら》と、震えて動いて、目を遮る電光《いなびかり》は隙間を射た。

「近い。」

「直《じ》きそこだ。」

と云う。叫ぶ声は、確かに筋向いの二階家の、軒下のあたりと覚えた。

それが三声《みこえ》めになると、泣くような、怨《うら》むような、呻吟《うめ》くような、苦《くるし》み踠《もが》くかと思う意味が明《あきら》かに籠《こも》って来て、新《あた》らしくまた耳を劈《つんざ》く……

「見よう、」

年少《としわか》くて屈竟《くっきょう》なその客は、身震いして、すっくと立って、内中《うちじゅう》で止めるのも肯《き》かないで、タン、ド、ドン！　とその、そこの蔀を開けた。――

「何、」

とここまで話した時、常さんは堅くなって火鉢を摑《つか》んだ。

「その時の事を思出《おもいだ》すもの、外《ほか》に何がいようも知れない時、その蔀を開けるのは。」

と民也は言う。

却説《さて》、大雷《たいらい》の後の希有《けう》なる悲鳴を聞いた夜、客が蔀を開けようとした時の人々の顔は……年月《としつき》を長く経ても眼前《まのあたり》見るような、いずれも石を以て刻みなしたごときものであった。

蔀を上げると、格子戸《こうしど》を上へ切った……それも鳴るか、簫《しょう》の笛のごとき形した窓のような隙間があって、衝《つ》と電光《いなびかり》に照される。と思うと、引緊《ひきし》めるような、柔《やわら》かな母の両の手が強く民也の背に掛った。既に膝に乗って、噛り着いていた小児《こども》は、それなり、薄青い襟を分けて、真白な胸の中へ、頬も口も揉込《もみこ》むと、恍惚《うっとり》となって、もう一度、ひょいと母親の腹の内へ安置され終《おわ》んぬで、トもんどりを打って手足を一つに縮めたところは、滝を分けて、すとんと別の国へ出た趣がある、……そして、透通る胸の、暖かな、鮮血《からくれない》の美しさ。真紅の花の咲満《さきみ》ちた、雲の白い花園に、朗らかな月の映るよ、とその浴衣《ゆかた》の色を見たのであった。が、その時までの可恐《おそろ》しさ。——

「常さん、今君が蔀を開けて、何かが覗《のぞ》いたって、僕は潜込《もぐりこ》む懐中《ふところ》がないんだもの……」

簫の窓から覗いた客は、何も見えなかった、と云いながら、真蒼になっていた。

その夜から、筋向うのその土蔵附《どぞうつき》の二階家に、一人気が違った婦《おんな》があったのである。

寂寞《ひっそり》と霰が止む。

民也は、ふと我に返ったようになって、

「去年、母《おっか》さんがなくなったからね……」

火桶《ひおけ》の面《おもて》を背けると、机に降込《ふりこ》んだ霰があった。

じゅうと火の中にも溶けた音。

「勉強しようね、僕は父《おとっ》さんがないんだよ。さあ、」

鮒が兜を着ると云う。……

「八田潟のところを読もう。」

と常さんは机の向うに居直った。

洋燈《ランプ》が、じいじいと鳴る。

その時であった。

六

二階の階子壇《はしごだん》の一番上《いっちうえ》の一壇目……と思うところへ、欄間の柱を真黒に、くッきりと空《そら》にして、袖《そで》を欄干摺《てすりず》れに……その時は、濃いお納戸と、*薄い茶と、左右に両方、褄前《つまさき》を揃えて裾を踏みくぐむようにして、円髷《まげ》と島田の対丈《ついたけ》に、面影白く、ふッと立った、両個《ふたり》の見も知らぬ婦人《おんな》がある。

トその色も……薄いながら、判然《はっきり》と煤の中に、塵《ちり》を払ってくっきりと鮮麗《あざやか》な姿が、二人が机に向った横手、畳数《たたみかず》二畳ばかり隔てたところに、寒き夜なれば、ぴったり閉めた襖一枚……台所へ続くだだっ広い板敷との隔《へだて》になる……出入口《ではいりぐち》の扉《ひらき》があって、むしゃむしゃと巌《いわ》の根に蘭《らん》を描いたが、年数算《さん》するに堪えず、で深山《みやま》の色に燻《くす》ぼった、引手《ひきて》の傍《わき》に、嬰児《あかんぼ》の掌《てのひら》の形して、ふちのめくれた穴が開いた――その穴から、件《くだん》の板敷を、向うの反古張《ほごばり》の古壁へ突当って、ぎりりと曲って、直角に蒟蒻色《こんにゃくいろ》の干乾《ひから》びた階子壇……十《とお》ばかり、遥《はる》かに穴のごとくに高いその真上。即《すなわ》ち襖の破目《やれめ》を透《とお》して、一つ突当って、折屈《おりまが》った上に、たとえば月の影に、一刷《ひとはけ》彩《いろど》ったごとく見えたのである。

トンと云う。

と思うと、トントントンと軽い柔かな音に連れて、褄が揺れ揺れ、揃った裳《もすそ》が、柳の二枝靡《ふたえだなび》くよう……すらすらと段を下りた。

肩を揃えて、雛《ひな》の絵に見る……袖を左右から重ねた中に、どちらの手だろう、手燭《てしょく》か、台か、裸火《はだかび》の蠟燭《ろうそく》を捧《ささ》げていた。

蠟の火は白く燃えた。

胸のあたりに蒼味が射《さ》す。

頬のかかり白々《しろじろ》と、中にも、円髷《まるまげ》に結ったその細面の気高く品の可《い》い女性《にょしょう》の、縺《もつ》れた鬢《びん》の露ばかり、面窶《おもやつ》れした横顔を、瞬《また》きもしない双《そう》の瞳《ひとみ》に宿した途端に、スーと下りて、板の間で、もの優しく肩が動くと、その蠟の火が、件の絵襖の穴を覗《のぞ》く……その火が、洋燈《ランプ》の心《しん》の中へ、爍《ぱっ》と入って、一つになったようだった。

やあ！　開けると思う。

「きゃッ、」

と叫んで、友達が、前《さき》へ、背後《うしろ》の納戸へ刎込《はねこ》んだ。

口も利《き》けず……民也もその身体へ重なり合って、父の寝た枕頭《まくらもと》へ突伏《つっぷ》した。

ここの障子は、幼いものの夜更《よふか》しを守って、寒いに一枚開けたまま、霰の中にも、父と祖母の情《なさけ》の夢は、紙一重の遮るさえなく、机のあたりに通《かよ》ったのであった。

父は夢だ、と云って笑った、……祖母もともに起きて出《い》で、火鉢の上には、再び芳《かんば》しい香《かおり》が満つる、餅網がかかったのである。

茶の煮えた時、真夜中にまた霰が来た。

後で、常さんと語合《かたりあ》うと……二人の見たのは、しかもそれが、錦絵《にしきえ》を板《はん》に合わせたように同一《おなじ》かったのである。

これが、民也の、ともすれば、フト出逢う、二人の姿の最初《はじめ》であった。

常さんの、三日ばかり学校を休んだのはさる事ながら、民也は、それが夢でなくとも、さまで可恐《おそろし》いとも可怪《あやし》いとも思わぬ。

あえて思わぬ、と云うではないが、恁《こ》うしたあやしみには、その時分馴《な》れていた。

毎夜のごとく、内井戸の釣瓶《つるべ》の、人手を借らず鳴ったのも聞く……

轆轤《ろくろ》が軋《きし》んで、ギイと云うと、キリキリと二つばかり井戸縄の擦合《すれあ》う音して、少須《しばらく》して、トンと幽《かす》かに水に響く。

極《きま》ったように、そのあとを、ちょきちょきと細かに俎《まないた》を刻む音。時雨《しぐれ》の頃からなお冴《さ》えて、ひとり寝の燈火《ともしび》を消した枕に通う。

七

続いて、台所を、ことことと云う跫音《あしおと》がして、板の間へ掛る。――この板の間へ、その時の二人の姿は来たのであるが――また……実際より、寝ていて思う板の間の広い事。

民也は心に、これを板の間ケ原だ、と称《とな》えた。

伝え言う……孫右衛門《まごえもん》と名づけた気の可《い》い小父さんが、独酌の酔醒《よいざめ》に、我がねたを首あげて見る寒さかな、と来山張《らいざん*ばり》の屏風《びょうぶ》越しに、魂消《たまげ》た首を出して覗《のぞ》いたと聞く。

台所の豪傑儕《ごうけつばら》、座《ざ》敷方《しきがた》の僭上《せんじょう》、栄耀《えいよう》栄華に憤《いきどお》りを発し、しゃ討て、緋《ひ》縮緬《ぢりめん》小褄《こづま》の前を奪取《ばいと》れとて、竈《かまど》将軍が押取《おっと》った柄杓《ひしゃく》の采配《さいはい》、火吹竹の貝を吹いて、鍋釜《なべかま》の鎧武者が、のんのんのんのんと押出したとある……板の間ケ原や、古戦場。

襖一重は一騎打で、座敷方では切所《せっしょ》を防いだ、そこの一段低いのも面白い。トその気で、頬杖《ほおづえ》をつく民也に取っては、寝床から見るその板の間は、遥々《はるばる》としたものであった。

跫音はそこを通って、ちょっと止んで、やがて、トントンと壇を上《あが》る、と高い空で、すらりと響く襖の開く音。

「ああ、二階のお婆《ばあ》さんだ。」

と、熟《じっ》と耳を澄ますと、少時《しばらく》して、

「ええん。」

と云う咳《せきばらい》。

「今度は二階のお爺《じい》さん。」

この二人は、母の父母で、同家《ひとついえ》に二階住居《ずまい》で、睦《むつま》じく暮したが、民也のもの心を覚えて後、母に先だって、前後して亡くなられた……

その人たちを、ここにあるもののように、あらぬ跫音を考えて、咳《しわぶき》を聞く耳には、人気勢《ひとけはい》のない二階から、手燭して、するすると壇を下りた二人の姿を、さまで可恐《おそろし》いとは思わなかった。

かえって、日を経《ふ》るに従って、物語を聞きさしたごとく、床《ゆか》しく、可懐《なつか》しく、身に染《し》みるようになったのである。……

霰が降れば思《おもい》が凝る。……

そうした折よ、もう時雨の頃から、その一二年は約束のように、井戸の響、板の間の跫音、人なき二階の襖の開くのを聞馴れたが、婦《おんな》の姿は、当時また多日《しばらく》の間見えなかった。

白菊の咲く頃、大屋根へ出て、棟瓦《むねがわら》をひらりと跨《また》いで、高く、高く、雲の白きが、微《かすか》に動いて、瑠璃《るり》色《いろ》に澄渡《すみわた》った空を仰ぐ時は、あの、夕立の夜を思出す……そして、美しく清らかな母の懐《ふところ》にある幼児《おさなご》の身にあこがれた。

この屋根と相向《あいむか》って、真蒼な流《ながれ》を隔てた薄紫の山がある。

医《い》王山《おうぜん》。

頂《いただき》を虚空《こくう》に連ねて、雪の白銀《しろがね》の光を放って、遮る樹立《こだち》の影もないのは、名にし負う白山《はくさん》である。

やや低く、山の腰にその流を繞《めぐ》らして、萌黄《もえぎ》まじりの朱の袖を、俤《おもかげ》のごとく宿したのは、つい、まのあたり近い峰、向山《むかいやま》と人は呼ぶ。*

その裾を長く曳《ひ》いた蔭《かげ》に、円い姿見のごとく、八田潟の波、一所《ひとところ》の水が澄む。

島かと思う白帆に離れて、山の端《は》の岬の形、にっと出た端《はし》に、鶴《つる》の背に、緑の被衣《かつぎ》させた風情《ふぜい》の松がある。

遥かに望んでも、その枝の下は、一筵《ひとむしろ》、掃清《はききよ》めたか、と塵も留めぬ。

ああ山の中に葬《ほうむ》った、母のおくつきはかしこに近い。*

その松の蔭に、その後《のち》、時々二人して佇《たたず》むように、民也は思った、が、母にはそうした女のつれはなかったのである。

月の冴ゆる夜は、峰に向った二階の縁《えん》の四枚《よまい》の障子に、それか、あらぬか、松影射しぬ……戸袋かけて床の間へ。……

また前に言った、もの凄い暗い夜も、年経て、なつかしい人を思えば、降積《ふりつも》る霰も、白菊。

# 外科室

## 上

実は好奇心の故《ゆえ》に、しかれども予は予が画師《えし》たるを利器として、兎《と》も角《かく》も口実を設けつつ、予と兄弟もただならざる医学士高峰《たかみね》を強いて、某《それ》の日東京府下の一病院《ある》において、渠《かれ》が刀《とう》を下すべき、貴船伯爵《きふねはくしゃく》夫人の手術をば予をして見せしむることを余儀なくしたり。

その日午前九時過ぐる頃家を出《い》でて病院に腕車《わんしゃ》*を飛ばしつ。直ちに外科室の方《かた》に赴く時、先方《むこう》より戸を排してすらすらと出来《いでき》たれる華族の小間使とも見ゆる容目《みめ》妍《よ》き婦人《おんな》二三人と、廊下の半ばに行違えり。

見れば渠等の間には、被布《ひふ》着たる一個七八歳の娘を擁しつ、見送るほどに見えずなれり。これのみならず玄関より外科室、外科室より二階なる病室に通うあいだの長き廊下には、フロックコオト着たる紳士、制服着けたる武官、あるいは羽織袴《はかま》の扮装《いでたち》の人物、その他、貴夫人令嬢等いずれも尋常《ただ》ならず気高きが、彼方《あなた》に行違い、此方《こなた》に落合い、あるいは歩し、あるいは停し、往復恰《あたか》も織るがごとし。予は今門前において見たる数台《すだい》の馬車に思い合せて、密《ひそ》かに心に頷《うなず》けり。渠等のある者は沈痛に、ある者は憂慮《きづかわ》しげに、はたある者は慌《あわただ》しげに、いずれも顔色穏《おだやか》ならで、忙《せわ》しげなる小刻《こきざみ》の靴の音、草履の響《ひびき》、一種寂寞《せきばく》たる病院の高き天井と、広き建具と、長き廊下との間にて、異様の跫音《きょうおん》を響かしつつ、転《うた》た陰惨の趣をなせり。

予はしばらくして外科室に入《い》りぬ。

時に予と相目《あいもく》して、唇辺《しんぺん》に微笑を浮べたる医学士は、両手を組みて良《やや》あおむけに椅《い》子《す》に凭《よ》れり。今にはじめぬことながら、ほとんど我国の上流社会全体の喜憂に関すべき、この大《おおい》なる責任を荷《にな》える身の、恰も晩餐《ばんさん》の筵《むしろ》に望みたるごとく、平然として冷《ひやや》かなること、恐らく渠のごときは稀《まれ》なるべし。助手三人と、立会の医博士一人《にん》と、別に赤十字の看護婦五名あり。看護婦その者にして、胸に勲章帯びたるも見受けたるが、あるやんごとなきあたりより特に下したまえるもありぞと思わる。他《た》に女性《にょしょう》とてはあらざりし。なにがし公と、なにがし侯と、なにがし伯と、皆立会《たちあい》の親族なり。しかして一種形容すべからざる面色《おももち》にて、愁然として立ちたるこそ、病者の夫の伯爵なれ。

室内のこの人々に瞻《みまも》られ、室外の彼《か》の方々に憂慮《きづか》われて、塵《ちり》をも数うべく、明るくして、しかも何となく凄《すさ》まじく侵すべからざるごとき観あるところの外科室の中央に据えられたる、手術台なる伯爵夫人は、純潔なる白衣《びゃくえ》を絡《まと》いて、死骸《しがい》のごとく横《よこた》われる、顔の色飽くまで白く、鼻高く、頤《おとがい》細りて手足は綾羅《りょうら》＊にだも堪えざるべし。唇の色少しく褪《あ》せたるに、玉のごとき前歯幽《かす》かに見え、眼は固く閉《とざ》したるが、眉《まゆ》は思いしか顰《ひそ》みて見られつ。纔《わずか》に束《つか》ねたる頭髪は、ふさふさと枕《まくら》に乱れて、台の上にこぼれたり。

そのかよわげに、かつ気高く、清く、貴く、美《うる》わしき病者の俤《おもかげ》を一目見るより、予は慄然《りつぜん》として寒さを感じぬ。

医学士はと、不図《ふと》見れば、渠は露ほどの感情をも動かしおらざるもののごとく、虚心に平然たる状露《さまあらわ》れて、椅子に坐《すわ》りたるは室内にただ渠のみなり。その太く落着《いた》きたる、これを頼母《たのも》しと謂《い》わば謂え、伯爵夫人の爾《しか》き容体を見たる予が眼よりはむしろ心憎きばかりなりしなり。

折からしとやかに戸を排して、静《しずか》にここに入来《いりきた》れるは、先刻《さき》に廊下にて行逢《ゆきあ》いたりし三人の腰元の中に、一際《ひときわ》目立ちし婦人《おんな》なり。

そと貴船伯に打向《うちむか》いて、沈みたる音調似《も》て、

「御前《ごぜん》、姫様《ひいさま》はようようお泣き止《や》み遊ばして、別室に大人しゅういらっしゃいます。」

伯はものいわで頷けり。

看護婦は吾《わ》が医学士の前に進みて、

「それでは、貴下《あなた》。」

「宜《よろ》しい。」

と一言答えたる医学士の声は、この時少しく震《ふるい》を帯びてぞ予が耳には達したる。その顔色はいかにしけむ、俄《にわか》に少しく変りたり。

さてはいかなる医学士も、驚破《すわ》という場合に望みては、さすがに懸念《けねん》のなからむやと、予は同情を表したりき。

看護婦は医学士の旨《むね》を領して後、彼《か》の腰元に立向《たちむか》いて、

「もう、何ですから、あのことを、ちょっと、貴下から。」

腰元はその意を得て、手術台に擦寄《すりよ》りつ。優に膝《ひざ》の辺《あたり》まで両手を下げて、しとやかに立礼し、

「夫人《おくさま》、ただ今、お薬を差上げます。どうぞそれを、お聞き遊ばして、いろはでも、数字でも、お算《かぞ》え遊ばしますように。」

伯爵夫人は答なし。

腰元は恐る恐る繰返して、

「お聞済《ききずみ》でございましょうか。」

「ああ。」とばかり答えたまう。

念を推して、

「それでは宜しゅうございますね。」

「何かい、痲酔剤《ねむりぐすり》をかい。」

「唯《はい》、手術の済みますまで、ちょっとの間でございますが、御寝《げし》なりませんと、不可《いけ》ませんそうです。」

夫人は黙して考えたるが、

「いや、よそうよ。」と謂える声は判然として聞えたり。一同顔を見合せぬ。

腰元は諭すがごとく、

「それでは夫人《おくさま》、御療治が出来ません。」

「はあ、出来なくッても可《い》いよ。」

腰元は言葉は無くて、顧みて伯爵の色を伺えり。伯爵は前に進み、

「奥、そんな無理を謂っては不可《いけ》ません。出来なくッても可《い》いということがあるものか。我儘《わがまま》を謂ってはなりません。」

侯爵はまた傍《かたわら》より口を挟めり。

「あまり、無理をお謂《い》やったら、姫《ひい》を連れて来て見せるが可《い》いの。疾《はや》く快《よ》くならんで

どうするものか。」

「はい。」

「それでは御得心でございますか。」

腰元はその間に周旋せり。夫人は重げなる頭《かぶり》を掉《ふ》りぬ。看護婦の一人《にん》は優しき声にて、

「何故《なぜ》、そんなにお嫌い遊ばすの、ちっとも厭《いや》なもんじゃございませんよ、うとうと遊ばすと、直《す》ぐ済んでしまいます。」

この時夫人の眉は動き、口は曲《ゆが》みて、瞬間苦痛に堪えざるごとくなりし。半ば目を瞬《みひら》きて、

「そんなに強いるなら仕方がない。私はね、心に一つ秘密がある。痲酔剤《ねむりぐすり》は譫言《うわごと》を謂うと申すから、それが恐《こわ》くってなりません、どうぞもう、眠らずにお療治が出来ないようなら、もうもう快《なお》らんでも可《い》い、よして下さい。」

聞くがごとくんば、伯爵夫人は、意中の秘密を夢現《むげん》の間に人に呟《つぶや》かむことを恐れて、死を以《も》てこれを守ろうとするなり。良人《おっと》たる者がこれを聞ける胸中いかん。この言《ことば》をしてもし平生《へいぜい》にあらしめば必ず一条の紛紜《ふんぬん》*を惹起《ひきおこ》すに相違なきも、病者に対して看護の地位に立てる者は何等のこともこれを不問に帰せざるべからず。しかも吾が口より

して、あからさまに秘密ありて人に聞かしむることを得ずと、断乎《だんこ》として謂出《いいいだ》せる、夫人の胸中を推すれば。

伯爵は温乎として、*

「私《わし》にも、聞かされぬことなンか。え、奥。」

「はい、誰《たれ》にも聞かすことはなりません。」

夫人は決然たるものありき。

「何も痲酔剤《ますいざい》を嗅《か》いだからって、譫言を謂うという、極《きま》ったことも無さそうじゃの。」

「いいえ、このくらい思っていれば、屹《きっ》と謂いますに違いありません。」

「そんな、また、無理を謂う。」

「もう、御免下さいまし。」

投棄《なげすつ》るがごとく恪《かく》謂いつつ、伯爵夫人は寝返りして、横に背かむとしたりしが、病める身のままならで、歯を鳴らす音聞えたり。

ために顔の色の動かざる者は、ただ彼《か》の医学士一人《いちにん》あるのみ。渠は先刻《さき》にいかにしけむ、一度《ひとたび》その平生を失せしが、今やまた自若となりたり。

侯爵は渋面造りて、

「貴船、こりゃ何でも姫《ひい》を連れて来て、見せることじゃの、なんぼでも児《こ》の可愛《かわい》さには我折《がお》*れよう。」

伯爵は頷きて、

「これ、綾《あや》。」

「は。」と腰元は振返る。

「何を、姫《ひい》を連れて来い。」

夫人は堪《たま》らず遮りて、

「綾、連れて来んでも可《い》い。何故《なぜ》、眠らなけりゃ、療治は出来ないか。」

看護婦は窮したる微笑《えみ》を含みて、

「お胸を少し切りますので、お動き遊ばしちゃあ、危険《けんのん》でございます。」

「なに、私ゃ、じっとしている。動きゃあしないから、切っておくれ。」

予はそのあまりの無邪気さに、覚えず森寒《しんかん》*を禁じ得ざりき。恐らく今日の切開術は、眼《まなこ》を開きてこれを見るものあらじとぞ思えるをや。

看護婦はまた謂えり。

「それは夫人《おくさま》、いくら何んでも些少《ちっと》はお痛み遊ばしましょうから、爪《つめ》をお取り遊ばすとは違いますよ。」

夫人はここにおいてぱっちりと眼を睜《ひら》けり。気もたしかになりけむ、声は凛《りん》として、

「刀《とう》を取る先生は、高峰様だろうね！」

「はい、外科科長です。いくら高峰様でも痛くなくお切り申すことは出来ません。」

「可《い》いよ、痛かあないよ。」

「夫人、貴下《あなた》の御病気はそんな手軽いのではありません。肉を殺《そ》いで、骨を削るのです。ちっとの間御辛抱なさい。」

臨検の医博士はいまはじめて愕《かく》謂えり。これ到底関雲長《かんうんちょう》*にあらざるよりは、堪え得べきことにあらず。しかるに夫人は驚く色なし。

「その事は存じております。でもちっともかまいません。」

「あんまり大病なんで、どうかしおったと思われる。」

と伯爵は愁然たり。侯爵は傍《かたわら》より、

「兎《と》も角《かく》、今日はまあ見合すとしたらどうじゃの。後でゆっくりと謂聞かすが可《よ》かろう。」

伯爵は一議もなく、衆皆これに同ずるを見て、彼の医博士は遮りぬ。

「一時後《ひとときおく》れては、取返しがなりません。一体、あなた方は病を軽蔑《けいべつ》しておらるるから埒《らち》あかん。感情をとやかくいうのは姑息《こそく》です。看護婦ちょっとお押え申せ。」

いと厳《おごそか》なる命の下《もと》に五名の看護婦はバラバラと夫人を囲みて、その手と足とを押えんとせり。渠等は服従を以《もっ》て責任とす。単に、医師の命をだに奉ずれば可し、あえて他の感情を顧みることを要せざるなり。

「綾！　来ておくれ。あれ！」

と夫人は絶入る呼吸《いき》にて、腰元を呼びたまえば、慌《あわ》てて看護婦を遮りて、

「まあ、ちょっと待って下さい。夫人《おくさま》、どうぞ、御堪忍《ごかんにん》遊ばして。」と優しき腰元はおろおろ声。

夫人の面《おもて》は蒼然《そうぜん》として、

「どうしても肯《き》きませんか。それじゃ全快《なお》っても死んでしまいます。可《い》いからこのまま手術をなさいと申すのに。」

と真白く細き手を動かし、辛うじて衣紋《えもん》を少し寛《くつろ》げつつ、玉のごとき胸部を顕《あらわ》し、

「さ、殺されても痛かあない。ちっとも動きやしないから、大丈夫だよ。切っても可《い》い。」

決然として言放《いいはな》てる、辞色《じしょく》＊ともに動かすべからず。さすが高位の御身《おんみ》とて、威厳あたりを払うにぞ、満堂斉《ひと》しく声を呑《の》み、高き咳《しわぶき》をも漏らさずして、寂然《せきぜん》たりしその瞬間、先刻《さき》より些《ち》との身動きだもせで、死灰《しかい》のごとく、見えたる高峰、軽く身を起して椅子を離れ、

「看護婦、刀《メス》を。」

「ええ。」と看護婦の一人《にん》は、目を瞬《みは》りて猶予《ためら》えり。一同斉しく愕然《がくぜん》として、医学士の面《おもて》を瞻《みまも》る時、他《た》の一人の看護婦は少しく震えながら、消毒したる刀《メス》を取りてこれを高峰に渡したり。

医学士は取るとそのまま、靴音軽く歩を移して、衝《つ》と手術台に近接せり。

看護婦はおどおどしながら、

「先生、このままでいいんですか。」

「ああ、可《い》いだろう。」

「じゃあ、お押え申しましょう。」

医学士はちょっと手を挙げて、軽く押留《おしとど》め、

「なに、それにも及ぶまい。」

謂う時疾《はや》くその手は既に病者の胸を掻開《かきあ》けたり。夫人は両手を肩に組みて身動きだもせず。

恁《かか》りし時医学士は、誓うがごとく、深重厳粛なる音調もて、

「夫人、責任を負って手術します。」

時に高峰の風采《ふうさい》は一種神聖にして犯すべからざる異様のものにてありしなり。

「どうぞ。」と一言答《いら》えたる、夫人が蒼白なる両の頰に刷《は》けるがごとき紅《くれない》を潮《ちょう》しつ。じっと高峰を見詰めたるまま、胸に臨める鋭刀《ナイフ》にも眼《まなこ》を塞《ふさ》がむとはなさざりき。

と見れば雪の寒紅梅、血汐《ちしお》は胸よりつと流れて、さと白衣を染むるとともに、夫人の顔は旧《もと》のごとく、いと蒼白《あおじろ》くなりけるが、果せるかな自若として、足の指をも動かさざりき。

ことのここに及べるまで、医学士の挙動脱兎《だっと》のごとく神速にして聊《いささ》か間《かん》なく、伯爵夫人の胸を割くや、一同はもとより彼《か》の医博士に到《いた》るまで、言《ことば》を挟《さしはさ》むべき寸隙《すんげき》とてもなかりしなるが、ここにおいてか、わななくあり、面《おもて》を蔽《おお》うあり、背向《そがい》になるあり、あるいは首《こうべ》を低《た》るるあり、予のごとき、我を忘れて、ほとんど心臓まで寒くなりぬ。

三秒《セコンド》にして渠が手術は、ハヤその佳境に進みつつ、刀骨《メス》に達すと覚しき時、

「あ。」と深刻なる声を絞りて、二十日《はつか》以来寝返りさえも得せずと聞きたる、夫人は俄然《がぜん》器械のごとく、その半身を跳起《はねお》きつつ、刀《とう》取れる高峰が右手《めて》の腕《かいな》に両手をしかと取縋《とりすが》りぬ。

「痛みますか。」

「いいえ、貴下《あなた》だから、貴下だから。」

恁《かく》言懸けて伯爵夫人は、がっくりと仰向きつつ、凄冷極《せいれいきわま》り無き最後の眼《まなこ》に、国手《こくしゅ》*を

じっと瞻《みまも》りて、

「でも、貴下《あなた》は、貴下は、私《わたくし》を知りますまい！」

謂う時晩《おそ》し、高峰が手にせる刀《メス》に片手を添えて、乳《ち》の下深く掻切りぬ。医学士は真《まっ》蒼《さお》になりて戦《おのの》きつつ、

「忘れません。」

その声、その呼吸《いき》、その姿、その声、その呼吸、その姿。伯爵夫人は嬉《うれ》しげに、いとあどけなき微笑《えみ》を含みて高峰の手より手をはなし、ばったり、枕に伏すとぞ見えし、唇の色変りたり。

その時の二人が状《さま》、恰《あたか》も二人の身辺には、天なく、地なく、社会なく、全く人なきがごとくなりし。

下

数うれば、はや九年前《ぜん》なり。高峰がその頃は未《いま》だ医科大学に学生なりし砌《みぎり》なりき。一日《あるひ》予は渠《かれ》とともに、小石川なる植物園に散策しつ。五月五日躑躅《つつじ》の花盛《さかん》なりし。渠とともに手を携え、芳草《ほうそう》の間を出つ、入りつ、園内の公園なる池を繞《めぐ》りて、咲揃《さきそろ》いた

る藤《ふじ》を見つ。

歩を転じてかしこなる躑躅の丘に上らんとて、池に添いつつ歩める時、彼方《かなた》より来《きた》りたる、一群《ひとむれ》の観客あり。

一個《ひとり》洋服の扮装《いでたち》にて煙突帽＊を戴《いただ》きたる蓄髯《ちくぜん》＊の漢《おとこ》前衛して、中に三人の婦人を囲みて、後よりもまた同一様《おなじさま》なる漢来れり。渠等は貴族の御者なりし。中なる三人の婦人《おんな》等《たち》は、一様に深張《ふかばり》の涼傘《ひがさ》を指翳《さしかざ》して、裾捌《すそさばき》の音最冴《いとさや》かに、するすると練来《ねりきた》れる、ト行違いざま高峰は、思わず後を見返りたり。

「見たか。」

高峰は頷きぬ。「むむ。」

恁《かく》て丘に上りて躑躅を見たり。躑躅は美《び》なりしなり。されどただ赤かりしのみ。

傍《かたわら》のベンチに腰懸けたる、商人体《あきゅうどてい》の壮者《わかもの》あり。

「吉《きっ》さん、今日は好《い》いことをしたぜなあ。」

「そうさね、偶《たま》にゃお前の謂うことを聞くも可《い》いかな、浅草へ行ってここへ来なかったろうもんなら、拝まれるんじゃなかったっけ。」

「何しろ、三人とも揃ってらあ、どれが桃やら桜やらだ。」

「一人は丸髷《まるまげ》じゃあないか。」

「どの道はや御相談になるんじゃなし、丸髷でも、束髪でも、乃至《ないし》しゃぐま*でも何でも可《い》い。」

「ところでと、あの風じゃあ、是非、高島田と来るところを、銀杏《いちょう》*と出たなあどういう気だろう。」

「銀杏、合点がいかぬかい。」

「ええ、わりい洒落《しゃれ》だ。」

「何でも、貴姑方《あなたがた》がお忍びで、目立たぬようにという肚《はら》だ。ね、それ、真中《まんなか》のに水際が立ってたろう。いま一人が影武者というのだ。」

「そこでお召物は何と踏んだ。」

「藤色と踏んだよ。」

「え、藤色とばかりじゃ、本読《ほんよみ》が納まらねえぜ*。足下《そこ》*のようでもないじゃないか。」

「眩《まばゆ》くってうなだれたね、おのずと天窓《あたま》が上らなかった。」

「そこで帯から下へ目をつけたろう。」

「馬鹿《ばか》をいわっし、勿体《もったい》ない。見しやそれとも分かぬ間だったよ。ああ残惜《のこりおし》い。」

「あのまた、歩行振《あるきぶり》といったらなかったよ。ただもう、すうッとこう霞《かすみ》に乗って行くようだっけ。裾捌、褄《つま》はずれなんということを、なるほどと見たは今日が最初《はじめ》てよ。

どうもお育柄《そだちがら》はまた格別違ったもんだ。ありゃもう自然、天然と雲上になったんだな。

どうして下界の奴儕《やつばら》が真似《まね》ようたって出来るものか。」

「酷《ひど》くいうな。」

「ほんのコッたが私《わっし》ゃそれ御存じの通り、北廓《なか》*を三年が間、金毘羅様《こんぴらさま》に断ったというもんだ。ところが、何のこたあない。肌守《はだまもり》を懸けて、夜中に土堤《どて》を通ろうじゃあないか。罰のあたらないのが不思議さね。もうもう今日という今日は発心《ほっしん》切った。あの醜婦《すべった》どもどうするものか。見なさい、アレアレちらほらとこうそこいらに、赤いものがちらつくが、どうだ。まるでそら、芥塵《ごみ》か、蛆《うじ》が蠢《うご》めいているように見えるじゃあないか。馬鹿馬鹿しい。」

「これはきびしいね。」

「串戯《じょうだん》じゃあない。あれ見な、やっぱりそれ、手があって、足で立って、着物も羽織もぞろりとお召《めし》で、おんなじ様な蝙蝠傘《こうもりがさ》で立ってるところは、憚《はばか》りながらこれ人間の女だ、しかも女の新造《しんぞ》だ。女の新造に違いはないが、今拝んだのと較《くら》べて、どうだい。まるでもって、くすぶって、何といって可いか汚れ切っていらあ。あれでもおんなじ女だっさ、へん、聞いて呆《あき》れらい。」

「おやおや、どうした大変なことを謂出したぜ。しかし全くだよ。私《わっし》もさ、今まではこう、ちょいとした女を見ると、ついそのなんだ。一所《いっしょ》に歩くお前《めえ》にも、随分迷惑を懸けたっけが、今のを見てからもうもう胸がすっきりした。何だかせいせいとする、以来女はふッつりだ。」

「それじゃあ生涯ありつけまいぜ。源吉とやら、みずからは、とあの姫様《ひいさま》が、言いそうもないからね。」

「罰があたらあ、あてこともない。*」

「でも、あなたやあ、と来たらどうする。」

「正直なところ、私《わっし》は遁《に》げるよ。」

「足下《そこ》もか。」

「え、君は。」

「私《わっし》も遁げるよ。」と目を合せつ。しばらく言途《ことば》絶えたり。

「高峰、ちっと歩こうか。」

予は高峰と共に立上りて、遠く彼《か》の壮佼《わかもの》を離れし時、高峰はさも感じたる面色《おももち》にて、

「ああ、真の美の人を動かすことあの通りさ、君はお手のものだ、勉強したまえ。」

予は画師たるが故に動かされぬ。行くこと数百歩、彼の樟《くす》の大樹の鬱蓊《うつおう》たる木の下《こした》蔭《かげ》の、稍《やや》薄暗きあたりを行く藤色の衣《きぬ》の端を遠くよりちらとぞ見たる。

園を出ずれば丈高く肥えたる馬二頭立ちて、磨硝子《すりがらす》入りたる馬車に、三個《みたり》の馬丁《べっとう》休らいたりき。その後九年を経て病院の彼のことありしまで、高峰は彼の婦人のことにつきて、予にすら一言《ひとこと》をも語らざりしかど、年齢においても、地位においても、高峰は室《しつ》あらざるべからざる身なるにも関《かかわ》らず、家を納むる夫人なく、しかも渠は学生たりし時代より品行一層謹厳にてありしなり。予は多くを謂わざるべし。

青山の墓地と、谷中の墓地と所こそは変りたれ、同一日《おなじひ》に前後して相逝《あいゆ》けり。

語を寄す、天下の宗教家、渠等二人は罪悪ありて、天に行くことを得ざるべきか。

# 高《たか》桟《さ》敷《じき》

一

「もし、そこは突当りではございません、抜けられますよ。」

「参られますか。」

と鳥打《とりうち》*を被《かぶ》った懐手《ふところで》、別に用も無さそうな、ぶらぶら歩行《あるき》で来た青年《わかもの》が振返った。

春もたけなわと云《い》う、一《ある》土曜日の日暮前の事で。――これは近頃、強力松《ごうりきまつ》の裏あたりへ越した、どこか私立学校でちょっと何か教えている、木崎時松《きざきときまつ》と云うのが、当《あて》なしに大通りを西へ入って、谷町辺《たにまちへん》の坂下の窪地《くぼち》をぶらついていたのである。

そこいら、屋敷町に、ところどころまだ取払いを済まさない、卵塔場《らんとうば》*の交ったのを抜けて、がっくりと坂へ沈んだ、下《お》り口は、急にわやわやと賑《にぎわ》しく、両側には、下積《したづみ》の荷物を釘《くぎ》を放して捩開《ねじあ》けた形だが、それでも店が続いて、豆腐屋の喇叭《らっぱ》も鳴れば、羅苧屋《らおや》*の湯煙《ゆけぶり》もむらむらと立つ。小児《こども》も駆廻《かけまわ》れば犬も走る。

が、少し行くと、もうこわれごわれの長屋ばかり。夕春日《ゆうづくひ》の縁台へ欠けた竈《かまど》をがったりと据えたのが見える、と隣の軒下には、溝へ渡して附木《つけぎ》細工の板流しが張出してある。手桶《ておけ》も、飯櫃《めしびつ》もごたごた大掃除の時のように、穴だらけの戸障子から遮るものもないくらい。露骨《あらわ》に世帯《しょたい》が溢出《はみだ》して、そのままべたべたと正札を貼《は》れば、すぐにがらくたの市が栄えよう……

それも道理か、——何も各自《てんでん》が嗜《すき》このんで、往来端《おうらいばた》へ勝手を曝《さら》したわけではない。この片側は一帯に裏が見上げるほどな崖《がけ》で、早や下萌《したもえ》の濃い煙《けぶり》、一面の草の叢、蛇の蜒蜿《ぬたく》った跡らしい茶色の路《みち》が空《そら》さまに見え隠れで、狗《いぬ》がのそのそと戸惑《とまどい》をしたように歩行《ある》く。見ても慄然《ぞっ》とするばかり、じめじめと湿《し》けていて、ところどころに樹《き》の繁《しげ》った、この崖に押被《おっかぶ》せられて、いつが世にも、長屋長屋、その裏口には日の当《あた》る瀬はあるまい。

ために家中、戸外《おもて》へ、戸外《そと》へ、と背後《うしろ》から小突かれて、主人《あるじ》は愚か、女房、小児《こども》、その日稼ぎに追廻《おいま》わされて、内《うち》に端然《ちゃん》としているのなどは、見たくてもない境遇。

屋《や》の棟へ、どろどろと崖の雪崩《なだ》れたところには、蜜柑《みかん》の皮、瀬戸物の欠片《かけら》と一緒になって、上の墓地からであろう、卒都婆《そとば》の挫折《ひしお》れたの、石碑の砕けたのが、赤土まじりに、草の根に落掛《おちかか》って、しょぼしょぼ雨の陰気さだと、昼も蒼白《あおじろ》く燃えそうである。

まだ凄《すさま》じいのは、流《ながれ》に青苔《あおごけ》の生えた総井戸より、高いところに、崖の腹へ打《ぶ》ッつけた埃溜《はきだめ》で。いやもう、雑多な芥《ごみ》が、ぞろぞろぐしゃぐしゃして汚い滝のように流れ懸《かか》る。

　即効散《そっこうさん》、一粒丸《いちりゅうがん》など、古めかしい広告が、破葛籠《やぶれつづら》に下貼《したばり》した体《てい》に、上へ、上へ、と路地、抜裏《ぬけうら》*の透いたところを貼塞《はりふさ》いで、この膏薬《こうやく》を潜《くぐ》らない新らしい風も通わず。恁《かか》る中にも、勲八等在郷軍人の門札《かどふだ》*は、頼母《たのも》しや、町内鎮座の軍神《いくさがみ》である。尤《もっと》も件《くだん》の名前に並べて、

(じょうぶな草鞋《わらじ》あり。)

と紙切《かみきれ》に貼出したは彦左衛門《ひこざえもん》殿*。

　軒の、その下に、襤褸《ぼろ》半纏《ばんてん》を着た、鉄漿《おはぐろ》斑々《まだら》な中婆《ちゅうばあ》さんと、襷掛《たすきが》けの胸を開《はだ》けて、大《おおき》な乳をむっと押附《おッつ》けながら嬰児《あかんぼ》を抱いた、円髷《まるまげ》の手絡《てがら》*の汚れたのと、……通懸《とおりがか》りの一寸見《ちょっとみ》によくは覚えぬが、もう一人、それも女で、三人。悟ったように、晩方《ばんがた》の青黒い崖を見て、薄茫乎《うすぼんやり》と立っていたのが、背後《うしろ》から呼留めて、……そうした声を掛けたのである。いま洪水《おおみず》がひいた跡と云うではなし、路の真中に、糠味噌桶《ぬかみそおけ》、炭取《すみとり》*が流留《ながれと》まったわけではなけれど、露顕《むきだし》な、流元《ながしもと》、竈の前、何か他所《よそ》の台所でも抜けて行くようで、斜《はす》に渡した溝板《どぶいた》を幾つも飛び飛び、とぼとぼとした足つきで、

「御免……」と、肚《はら》の中でつい言いながら辿《たど》ったところ。

二

前途《ゆくて》にぴたりと、可なり大構《おおがまえ》の門がある。それから左右へ黒板塀を押廻《おしま》わした……その塀の角と崖の腹が、犇《ひし》とつぼまって薬研《やげん》のごとく、中窪みに向うが行詰《ゆきつ》まりになって、一ツ身震いをして、むっくと起《た》って、ぬいと伸びを打った状《さま》に、樹の根の土を擡《もた》げているのが網を張ったように見える。下を潜って、崖の腰を、ちょろちょろと水が流れる。

樹の下なれば、早《は》や暗い。

透かして、そこは行止りだ、と思って引返したその途端であった。

「その塀際《へいぎわ》を、ちょろちょろ水について構わずおいでなさいまし。」

「難有《ありがと》う、」

と鉄漿《かね》斑《まだら》な笑顔で言った。

「しかし、他所《よそ》の構内《かまえうち》じゃないのですか。」

「いいえ、貴下《あなた》」と、ちょいと抜衣《ぬきえ》紋《もん》。

「どちらへいらっしゃいますの、」……と小児《こども》を胸に揺上《ゆすりあ》げるようにしながら、少《わか》いのが下駄《げた》を引摺《ひきず》って少し出た。

「どこと云って、……ぶらぶら運動に歩行《ある》きます。急ぎはしません、引返したって可《いい》んですよ。」

時《とき》が言うのを聞き聞き、二人で顔を見て、両方が瞬《また》き交わした。

「え？」

「ええ？」

と頷《うなず》き合う。

「でも、行かれますかね。」

これには答えないで、

「大丈夫だね、先生方《あなたがた》だもの、何、お前、」と鉄漿斑が若いのに言った。

「そうねえ。」と納得したらしく、白歯《しらは》が頷いて、も一ツ手を廻《ま》わして、小児《こども》の背を抱添《だきそ》える。

「いらっしゃいましよ……路なんでさあね、ほほほほほ。」

とまた斑。どうやらそれが意地の悪そうな顔色《かおつき》に見えた。

かつその笑方《わらいかた》が、妙に嘲《あざ》けるごとく聞えたので、フト気になって猶予《ためら》ったのが、妙に引返しては蔑《さげす》まれるように思って、聊《いささ》か憤然とした気構え。

何を！　で、ずかずか。

「気をつけておいでなさいましよ、路が悪うございますわ。」

「難有《ありがと》う。」

と振返って鳥打に手を掛けたなり、その少《わか》い優しらしいのが、小児《こども》を横に抱直して、襟を合わせたのを見たが、そのまま塀について崖下へずッと入った。

上は樹の間《こま》に、草を覗《のぞ》いて、墓石が薄《すすき》のほうけたように、すくすくある、足許《あしもと》はもう暗い。溝の色は真黒で、上澄《うわずみ》のした水が、ちらちらと樹の根を映して流るるともなく、ただ揺れる。……そのへりを、畝《うね》って穴のような路は、漸《や》ッと人一人、崖と板塀とに、それも袂《たもと》が擦れ擦れで。

塀の大《おおき》な破目《やぶれめ》から、心するともなしに中を覗くと、五輪が見える、手水鉢《みたらし》が見える。向うに、干からびた藤棚《ふじだな》があって、水は濁ったが、歴《れき》とした池がある。境内の存外大《おおき》い、これも寺院《てら》で、その池の面《おも》に、大空の雲がかかった。

少し行く、と向うがまた突当りになりそうな、崖がぐるり取巻いた、……よく言うたとえながら擂鉢《すりばち》の底のようなところらしい。

直きに、それも抜けられそう。で、別に仔細《しさい》はない。女同士が囁《ささや》いたのも、扨《さて》は、こちらが念を入れたために、ちょいと答えに淀《よど》んだので、実は矢張《やっぱ》り表向きの抜路ではなく、便宜のために、居まわりのものばかり覚えた抜裏《ぬけうら》などであろうも知れぬ。

気安く、また懐手《ふところで》のぶらりとなって、板塀の破目、透穴《すきあな》から、五ツばかり寺の池を数えて行ったが、一本、樹の大《おおき》なのを向うへ抜けると、崖が引包んだ……その突当りのような上の、ずッと立樹《たちき》の梢《うれ》を離れた、遥《はるか》な空に、上町《うわまち》の家の二階があって、欄干もともに目に附いた。

けれどもそれは二階ではなかった。

が、三階四階と云うほど高い……崖の頂辺《てっぺん》から、桟橋のごとく、宙へ釣った平家《ひらや》なのである。

三

勾配《こうばい》も随分嶮《けわ》しい、一《ひと》なだれの草の中から、足代《あししろ》＊のごとく煤《すす》びた柱を、すくすくと組んで築上《つきあ》げて、崖からはまるで縁の離れた中途で、その欄干づきの一座敷を、樹の上に支えたが、真仰向《まあおむ》きになって見上げるばかり。で、恰《あたか》も橋の杭《くい》、また芝居の舞台の奈落《ならく》とか云うものめく。

芝居と云うにぞ、桟敷《さじき》を一間《けん》、空に張出した形である。

襖《ふすま》の模様は奥深《おくふか》く、もう夜の色も迫ったろう、遠くかつ暗くて見えぬ。

障子は一枚もなく、明放《あけはな》しで、廻り縁の総欄干。

時が彳《たたず》んだところからは、その横手が見えて、一方は壁の、その色も真暗で、足代めいた橋柱は固《もと》より、透いて見える舟底のごとき天井も、件の縁も、一体に煤け古びて、欄干の小間《こま》もそちこちばらばらに抜けている。

背後《うしろ》正面は、これなる寺の屋根さえ、下界一片《いっぺん》の瓦《かわら》にして、四谷の半分赤坂かけて、どこまで見通しか計り知られぬ。

からりと広いから、気の所為《せい》もあろうけれども、なかなか八畳六畳と云う座敷でない、十五畳二十畳、まだあろうとも思われた。

下から見えるのは、ただその一室《ひとま》ばかりであった。いずれ上町通りの門口には、——京が見える、大阪が見える、と斜めに貸家札を貼って、雑作《ぞうさく》がわりに、家相伝《いえそうでん》の望遠鏡《とおめがね》を売りでもしよう。

が、土蜘蛛《つちぐも》の脊《せ》と蝦蟇《がま》の頭を礎《いしずえ》にしたような、床下の柱を見ても、十年来の貸家が知れる。

と時は目を睜《みは》って舌を巻いた。が、ぶらりと歩行《ある》いて、その桟敷の正面へ廻ると、やあやあ、空屋どころか。

ちょうどその間に、二抱えもありそうな、何の樹か、春早く葉の茂ったのが、崖の裾《すそ》、やがて、溝越しに行くものの手の届きそうなところに、ずしりとあって、すッくと高い。

　この樹の蔓《はびこ》った枝と、向い合った廻り縁の角の柱と、さしわたしに遮られて、横手からは見えなかっただろう。

　その縁の曲角《まがりかど》に、夕視《ゆうなが》めと云う、つれづれ姿で、正面の欄干に凭懸《よりかか》った、絵の抜出《ぬけだ》したらしい婦《おんな》がいた。

が、東、西、夕日、宵月《よいづき》の景色を視める風情《ふぜい》ではない。

此方《こなた》へ、雪のような襟脚と、すらりとした艶《つや》やかな鬢《びん》を向けた、すねた柳の坐《すわ》りよう。風にも堪えまい、細《ほっそ》りした滝縞《たきじま》の、お召縮緬《めしちりめん》であろう、黒繻子《くろじゅす》の襟とその長い襟脚をすっきりと水際立《みずぎわだ》てたは、濃い浅葱《あさぎ》、あとで心着《こころづ》くと、遠目だのに、――その半襟の無地だったのも不思議なほど判然《はっきり》見えた。

　髪も浅葱の手絡《てがら》を捲《ま》いて、三《み》ツ輪《わ》と云う、婀娜《あだ》に媚《なまめ》かしい結方《ゆいかた》して、紺地に白で独《とっ》鈷《こ》*の入った、博多らしい丸帯を、浅葱絞りの背負上《しょいあ》げはずれに、がッくりと弛《ゆる》く結んだ。結目《むすびめ》は小間の横木に隠れたが、上についた袖《そで》が颯《さっ》と雲に沈んだように空へ掛《かか》って、うしろへ反らして肱《ひじ》をついた、八《や》ツ口《くち》深き緋縮緬《ひぢりめん》は、居坐居《いずまい》の裾にも散って、黄昏《たそがれ》かかる崖の上も、ほんのり明るく、薄紫の霞《かすみ》を彩《いろど》る。

　時は茫然《ぼうぜん》とした。

空なる婦《おんな》も、暫時《しばらく》、身動《みじろ》ぎもしないで、熟《じっ》として、部屋の向《むかい》の、突当りの黒ずんだ広い壁を見ていたのである。

ちらりと白い爪尖《つまさき》で、紅《くれない》の褄《つま》を、崩るるごとく、横坐りに、もう一息、欄干に撓《しな》うばかり、たおやかなその脊を凭《も》たす、と思わず、青年《わかもの》が、板塀にほとんど魂の抜けた身体《からだ》を寄掛《よっか》からせた時であった。

横手の縁側を前後《あとさき》に、二人、二三尺間を置いて、またこれは……羽先の黒い白鳩《しらはと》が、ひらひらと木隠れに梢《こずえ》を潜るように来たのは、対《つい》の白衣《びゃくえ》に墨染の腰法衣《こしごろも》を裾短かく着た、剃《そり》たてらしい、頭のあおあおと藍色《あいいろ》して真円《まんまる》な、色の白い、揃《そろ》って目《め》鼻立《はなだち》の愛くるしい、いずれも年紀《とし》は十三四。

四

お小僧らしいその二人が、摺足《すりあし》かと思う恭《うやうや》しい運びで廊下を渡って……今正面へ来たのを見ると、二人とも紙を折って、ぴたりと口蓋《くちおおい》を掛けていた。で、いずれ飲料《のみもの》か何ぞであろう、両方が、斉《ひと》しく小さな器を手に捧《ささ》げていて、と見るとやがて、婦《おんな》の前へ順に並べて、つっと腰衣《こしごろも》を黒く、姿を白く、板を辷《すべ》って一様に跪《ひざまず》いた。

その時、何か差心得《さしこころえ》たものであろう、二人とも、ちょろちょろと立って、欄干へ出て、手を支《つ》いて、半身中空《なかぞら》へ乗出すような形で此方《こなた》を瞰下《みお》ろす。白衣の下に薄紅《うすくれない》の颯《さっ》と透通《すきとお》って見えたのは、婦《おんな》の間近になったため、その長襦袢《ながじゅばん》が照映えて、二人の膚《はだ》に染《し》みたようであったが、よく見ると羅《うすもの》に襲《かさ》ねたので、お小僧達は、目許口許、見紛《みまご》う方《かた》なき女《め》の童《わらわ》なのである。

不審《いぶかし》さに、渠《かれ》は水を浴びたようにひやりとして、背後《うしろ》を見ると、凭懸《よりかか》った板塀の節穴に、背後《うしろ》なる寺《てら》院のその境内の池が、黄昏の色に染み出したように急に大《おお》さも広さも増して、ふわりと浮いて、ひたひたと水が背中を浸しそうに見えて、そして波を立てて、緋鯉《ひごい》がすらすらと行く。

その影も、燐火《おにび》のように凄《すご》かった。

頭の上でごうごうと沈んだ陰気な音がする。

「樵夫《きこり》だ。」

と、声を出して呟《つぶや》いた。

婦《おんな》に見惚《みと》れて、恍惚《うっとり》となって忘れていたろう、崖に近い、その大樹の梢高《うらたか》いところで、鋸《のこぎり》を使う気勢《けはい》である。

枝さし繁りたれば、葉隠れて烏《からす》の蹲《うずくま》った影も見えぬが、ごうごうごうごうとして幹の骨髄に響く。

と心着けば、向うの欄干の角の柱に生えた、やどり木の枝のような梢の一処《ひとところ》、特に緑を籠《こ》めて暗い中に、風のない日だったが、ざわざわとそよいで、かつらを捲く体《てい》に、木《こ》の葉《は》の渦巻くのがありありと認められる。……

「これは。」

羽織の襟、帯を懸けて、袖の皺《しわ》にもばらばらと、少しずつ、少しずつ、霜が下りたように木屑《きくず》が落溜《おちたま》っていたのである。かつその色が生々《なまなま》として朱《あか》い。

時は、慌《あわただ》しく、総身《そうしん》に震揺《ゆすぶり》をくれて、袂をはたはたと払いながら、樹の下を摺抜けた。

雨も鎗《やり》も厭《いと》わぬが、暮に及んで、恁《こ》う鋸を使うところでは、見込んだ仕事、半途《はんと》で止《よ》すまい。一息と云う仕上げで、今にも梁《うつばり》のような大枝が、地響きを打って落つるは一定《いちじょう》。

「疾《はや》く出よう、何だか可訝《おかし》い。」

それでも、あまりの事の、媚《なま》めかしく美しいのに、骨筋《ほねすじ》もなえるばかり、蕩々《とろとろ》となって、徜徉《さまよ》いながら、突当りへついて曲ると、思《おもい》の外《ほか》谷は浅い。

向うは低いところ、また墓場で、上に、町へ出るだらだら坂の、ぼきぼきと埒《らち》を結ったのが橋のように斜めに渡って、寂寞《ひっそり》したが人家も見える。

ここを取廻《とりま》わした崖は、裙《すそ》がその墓場で尽きる。谷の出口が懐を広く、箕《み》の形に開いていた。

墓場と崖の裙を境のところに、潰《つぶ》した井戸のあとと思うばかりの水溜《みずたまり》があって、それが浸《にじ》むか、一面にじとじとと、底光《そこびかり》がするかと土が濡《ぬ》れた。上には四方から樹が被《かぶ》さる。

渠《かれ》が伝って来た小流《こながれ》は、幽《かすか》ながら、下から湧《わ》くか、崖を絞って滴《したた》るか、この水溜の、浸出《にじみだ》す水の捌口《はけくち》らしい。

そこに朦朧《もうろう》として一人、大川端に暮残《くれのこ》った状《さま》して、頬被《ほおかぶり》した漢《おのこ》がいた。手足は動くが、潮《うしお》に揺れる杭を打った形である。

半股引《はんももひき》の裾端折《すそはしょ》りした脚に近く、水溜のへりに、やがて腰の上まで届く、網を蓋《ふた》した大形の古い畚《びく》。絵にした狸《たぬき》の八畳敷ばかりなのを引着けて、竹棹《たけざお》を横《よこた》えたのを、釣の帰途《かえり》が洗足《せんそく》するか、と思うと、違う。

手にしたのは一本の熊手《くまで》。柄短かに片手に取った、片脇《かたわき》に手頃な一個《ひとつ》の箕《み》を抱いた。

箕をひたと草に着けて、腰の骨で附着《くッつ》けながら、件の熊手で、崖の腹を逆さ扱《しご》きに、ずらずらと掻落《かきおと》して、その箕でうけて、溜ると、熊手をさし置いて、両手で取って俯《うつ》向《む》けにして、下の畚の口へあけ落す時、さっと云う……滅入《めい》った、沈んだ、冥途《よみじ》を吹く風のような音がして、心持冷々《ひやひや》として生腥《なまぐさ》い。

落葉掻くのに、畚は可怪《おかしい》。

ちょっと見る間に、同じ事を三度した。

その差置《さしお》く時、熊手は崖の草へしょぼりと沈んだ形になる、……すっと柄を取って、ちょっかいの手つきで掻く。トもう箕が小脇に引着けられる。かさかさと引落す、直《す》ぐに溜るか、畚の口へ、ざあ、とあける。トさっと云う可厭《いや》な音。

仕事を急ぐのではない。向返るのも大儀らしく、だらけて、もそりと行《や》るが、馴《な》れ切ったものらしい。何時《いつ》も同一呼吸《ひとつこきゅう》で、器械のごとくに体が動く……恰《あたか》も緩《ゆるや》かな水車《ぐるま》に仕掛けた機関《からくり》の案山子《かがし》のような。

山田小田、目も遥かな、里遠い山の峡《かい》に、影ただ一つ秋の暮れ行く思《おもい》がする。

「親仁《おやじ》さん。」

と背後《うしろ》に寄って、渠は訊《たず》ねた……言《ことば》を交えて、あわよくば聞きたい事があったのである、――この界隈《かいわい》のものと見た。

「お精が出ますね。」

「うう。」

と頬被りの深い裡《うち》に、惰《なま》けた、面倒くさそうな声を出したばかり。

熊手を取って、さらさらと草を扱《こ》く。

「何をしていなさるんだね。」

「掘出すだよ。」

とまた一掻。

近間《ちかま》で聞くと、これさえ可忌《いま》わしい、鱗《うろこ》に触るような草摺れの歯の音なり。

「掘るんですか、何をね。」

「毎日の食《じき》を求漁《あさ》るだよ。」

知れた事を、と投げた言語《ものいい》。

「食べるものなんですか。」

「売りもするだ。……」

「松露《しょうろ》じゃなし、一体何です。」

「問わんが可《え》え、聞いたら魂消《たまげ》るぞ。」

と箕にうけるのが、ぞろぞろと鳴る。

時は、そんな事はつけたりで、構わぬのである。

「そう言われる、となお聞きたいね、親仁さん。」

「何だてえ。」

「そこの崖の上にある……」

と言うことも身を転じて、指《ゆびさ》そうとしたが、美女《たおやめ》の姿は木隠《こがく》れになっていた。

虹《にじ》の消えたような心地がしながら、

「あの、家《うち》は、……あれは何です。」

「ただで貸す、名代《なだい》の空家だ、誰も住まねえ。」

「違うよ、人が住んでいます。」

「や、」

と云うと、箕をさっとあけたところ、——ぐるりと向直って、屹《きっ》と見た、その眼《まなこ》の凄さ。

何心《なにごころ》なく立ったのが、思わずじりじりと後《うしろ》に退《すさ》った。

「主《ぬし》あ！　見たか？」

声が出なんだ。

「………」

「むむ、それを見たら、これも見しょう。」

と水溜に搔踞《かッつくば》い状《ざま》、握拳《にぎりこぶし》で丁《ちょう》と圧《おさ》えて、畚を、ぐらぐらと揺《ゆす》ると思え。

網を分けて、むらむらと煙のようにのたくったは、幾百条《いくひゃくすじ》とも数知れぬ、細い蛇《くちなわ》の鎌首《かまくび》であった。

呼吸《いき》がつまって、崖へ取って投げられたごとくに突当ると、弓形《ゆみなり》に身体《からだ》とともに反《そり》曲《まが》って、旧来《もと》た塀際へ駆出した。

径《こみち》を塞いで、真赤な雲。恰も滝のごとくにかかるは木屑で。早鐘を撞《つ》く耳の底を抉《えぐ》って、ごうごうごうごうと云う。

木の葉は空にぐるぐると大渦に渦巻いた。

「わっ、」

と叫ぶと、頭《かしら》から目口《めくち》へ浴びつつ、めくら突きに、その谷の窪《くぼみ》を飛出す。と、木樵《きこり》が落ちたか、枝が下りたか、背後《うしろ》に凄じい音がした。

今は癒えたが、その後、しばらく目を悩んだ。そのあとも日を経て消えたが、木屑を浴びた羽織のそこここ、宛然《さながら》血に染みていたのであった。

# 二三羽——十二三羽

引越しをするごとに、「雀《すずめ》はどうしたろう。」もう八十幾つで、耳が遠かった。――その耳を熟《じっ》と澄ますようにして、目をうっとりと空を視《なが》めて、火桶《ひおけ》にちょこんと小さくいて、「雀はどうしたろうの。」引越しをするごとに、祖母のそう呟《つぶや》いたことを覚えている。「祖母《おばあ》さん、一所《いっしょ》に越して来ますよ。」当てずッぽに気安めを言うと、「おお、そうかの。」と目皺《めじわ》を深く、ほくほくと頷《うなず》いた。

そのなくなった祖母は、いつも仏《ほとけ》の御飯の残りだの、洗いながしのお飯粒《まんまつぶ》を、小窓に載せて、雀を可愛《かわい》がっていたのである。

私たちの一向に気のない事は――はれて雀のものがたり――そらで嵐雪《らんせつ》*の句は知っていても、今朝も囀《さえず》った、と心に留めるほどではなかった。が、少《すくな》からず愛惜《あいじゃく》の念を生じたのは、おなじ麴町《こうじまち》だが、土手《どて》三番町《さんばんちょう》に住《すま》った頃であった。春も深く、やがて梅雨《つゆ》も近かった。……庭に柿《かき》の老樹が一株。遣放《やりばな》しに手入れをしないから、根まわり雑草の生えた飛石の上を、ちょこちょことよりは、ふよふよと雀が一羽、羽を拡《ひろ》げながら歩行《ある》いていた。家内がつかつかと跣足《はだし》で下りた。いけずな女で、確《たしか》に小雀を認めたらしい。チチチチ、チユ、チユッ、すぐに掌《てのひら》の中に入った。「引摑《ひッつか》んじゃ不可《いけな》い、そっとそっと。」これが鶯《うぐいす》か、かなりやだと、伝統的にも世間体にも、それ鳥籠《とりかご》をと、内《うち》にはないから買いに出るところだけれど、対手《あいて》が、のりを舐《な》める代《しろ》もので、お安く扱われつけているのだから、台所の目笊《めざる》でその南の縁《えん》へまず伏せた。――ところで、生捉《いけど》って籠に入れると、一時《ひととき》と経《た》たないうちに、すぐに薩摩芋《さつまいも》を突《つッ》ついたり、柿を吸ったりする、目白鳥《めじろ》のように早く人馴《ひとな》れをするのではない。雀の児《こ》は容易《たやす》く餌《え》につかぬと、祖母にも聞いて知っていたから、このまだ草にふらついて、飛べもしない、ひよわなものを、飢えさしてはならない。――屹《きっ》と親雀が来て餌《え》を飼《か》おう。それには、縁では可恐《こわ》がるだろう。……で、もとの飛石の上へ伏せ直した。

母鳥《ははどり》は直《す》ぐに来て飛びついた。もう先刻《さっき》から庭樹《にわき》の間を、けたたましく鳴きながら、あっちへ飛び、こっちへ飛び、飛騒いでいたのであるから。

障子を開けたままで覗《のぞ》いているのに、仔《こ》の可愛さには、邪険な人間に対する恐怖も忘れて、目笊の周囲を二三尺、はらはらくるくると廻って飛ぶ。ツツと笊の目へ嘴《はし》を入れたり、颯《さっ》と引いて横に飛んだり、飛びながら上へ舞立ったり。そのたびに、笊の中の仔雀のあこがれようと言ったらない。あの声がキイと聞えるばかり鳴き縋《すが》って、引切《ひっき》れそうに胸毛を震わす。利《き》かぬ羽を渦にして抱きつこうとするのは、おっかさんが、嘴《はし》を笊の目に、その……ツツと入れては、ツイと引く時である。見ると、小さな餌《え》を、虫らしい餌を、親は嘴《くちばし》に銜《くわ》えているのである。笊の中には、乳離《ちばな》れをせぬ嬰児《あかんぼ》だ。火のつくように泣立《なきた》てるのは道理である。ところで笊の目を潜《くぐ》らして、口から口へ哺《くく》めるのは——人間の方でもその計略だったのだから——いとも容易《やさし》い。

だのに、餌《え》を見せながら鳴き叫ばせつつ身を退《ひ》いて飛廻るのは、あまり利口でない人間にも的確に解せられた。「あかちゃんや、あかちゃんや、うまうまをあげましょう、そこを出ておいで。」と言うのである。他《ひと》の手に封じられた、仔はどうして、自分で笊が抜けられよう？　親はどうして、自分で笊を開けられよう？　その思《おもい》はどうだろう。

私たちは、しみじみ、いとしく可愛くなったのである。

石も、折箱の蓋《ふた》も撥飛《はねと》ばして、笊を開けた。「御免よ。」「御免なさいよ。」と、雀の方より、こっちが顔を見合わせて、悄《しょ》気げつつ座敷へ引込《ひっこ》んだ。

少々極《きまり》が悪くって、しばらく、背戸《せど》*へ顔を出さなかった。

庭下駄《にわげた》を揃《そろ》えてあるほどの所帯ではない。玄関の下駄を引抓《ひっつま》んで、晩方《ばんがた》背戸へ出て、柿の梢《こずえ》の一つ星を見ながら、「あの雀はどうしたろう。」ありたけの飛石——と言っても五つばかり――を漫《そぞろ》に渡ると、湿《し》けた窪地《くぼち》で、すぐ上が荵《しのぶ》や苔《こけ》、竜《りゅう》の髯《ひげ》の石垣の崖《がけ》になる、片隅に山吹《やまぶき》があって、こんもりした躑躅《つつじ》が並んで植《うわ》っていて、垣どなりの灯が、ちらちらと透《す》くほどに二、三輪咲残《さきのこ》った……その茂った葉の、蔭《かげ》も深くはない低い枝に、雀が一羽、たよりなげに宿っていた。正《まさ》に前刻《さっき》の仔に違いない。……様子が、土からわずか二尺ばかり。これより上へは立てないので、ここまで連れて来た女親《おふくろ》が、わりのう預けて行ったものらしい……あえて預けて行ったと言いたい。悪戯《いたずら》を詫《わ》びた私たちの心を汲《く》んだ親雀の気の優しさよ。……その親たちの塒《ねぐら》は何処《いずこ》？……この嬰児《あか》ちゃんは寂しそうだ。

　土手の松へは夜鷹《よたか》が来る。築土《つくど》の森では木兎《ずく》が鳴く。……折から宵月《よいづき》の頃であった。親雀は、可恐《おそろし》いものの目に触れないように、なるたけ、葉の暗い中に隠したに違いない。もとより藁屑《わらくず》も綿片《わたぎれ》もあるのではないが、薄月《うすづき》が映《さ》すともなしに、ぼっと、その仔雀の身に添って、霞《かすみ》のような気が籠《こも》って、包んで円く明《あかる》かったのは、親の情《なさけ》の朧気《おぼろげ》ならず、輪光《りんこう》を顕《あら》わした影であろう。「ちょっと。」「何さ。」手招《てまね》ぎをして、「来て見なよ。」家内を呼出して、両方から、そっと、顔を差寄《さしよ》せると、じっとしたのが、微《かすか》に黄色な嘴《くちばし》を傾けた。この柔《やわらか》な胸毛の色は、さし覗いたものの襟よりも白かった。夜ふかしは何、家業のようだから、その夜はやがて明くるまで、野良猫《のらねこ》に注意した。

彼奴《さやつ》が後足《あとあし》で立てば届く、低い枝に、預ったからである。

朝寝はしたし、ものに紛れた。午《ひる》の庭に、隈《くま》なき五月の日の光を浴びて、黄金《おうごん》のごとく、銀のごとく、飛石の上から、柿の幹、躑躅、山吹の上下《うえした》を、二羽縦横に飛んで舞っている。ひらひら、ちらちらと羽が輝いて、三寸、五寸、一尺、二尺、草樹《くさき》の影の伸びるとともに、親雀につれて飛び習う、仔の翼は、次第に、次第に、上へ、上へ、自由に軽くなって、卯《う》の花垣《はながき》の丈を切るのが、四五度《たび》馴れると見るうちに、崖をなぞえに、*上町《うわまち》の樹の茂りの中へ飛んで見えなくなった。

真綿を黄に染めたような、あの翼が、恁《こ》う速《すみやか》に飛ぶのに馴れるか。かつ感じつつ、私たちは飽かずに視《なが》めた。

あとで、台所からかけて、女中部屋の北窓の小窓の小縁《こえん》に、行ったり、来たり、出《で》入《はい》りするのは、五六羽、八九羽、どれが、その親と仔の二羽だかは紛れて知れない。

――二三羽、五六羽、十羽、十二三羽。ここで雀たちの数を言った次手《ついで》に、それぞれの道の、学者方までもない、ちょっとわけ知りの御人《ごじん》に伺いたい事がある。

別の儀でない。雀の一家族は、おなじ場所ではあまり沢山には殖《ふ》えないものなのであろうか知ら？　御存じの通り、稲塚、稲田、粟黍《あわきび》の実る時は、平家の大軍を走らした水鳥ほどの羽音を立てて、畷《なわて》*行《ゆ》き、畔《あぜ》行《ゆ》くものを驚かす、夥多《おびただ》しい群《むれ》団を為《な》す。

鳴子《なるこ》も引板《ひた》も、半ば＊――これがための備《そなえ》だと思う。むかしのもの語《がたり》にも、年月《としつき》の経《ふ》る間には、おなじ背戸に、孫も彦《ひこ》も群《むらが》る筈《はず》だし、第一椋鳥《むくどり》と塒《ねぐら》を賭《か》けて戦う時の、雀の軍勢を思いたい。よしそれは別として、長年の間には、もう些《ちっ》と家族が栄えようと思うのに、十年一日《いちじつ》と言うが、実際、――その土手三番町を、やがて、いまの家へ越してから十四五年になる。――あの時、雀の親子の情《なさけ》に、いとしさを知って以来、申出るほどの、さしたる御馳走《ごちそう》でもないけれど、お飯粒《まんまつぶ》の少々は毎日欠かさず撒《ま》いておく。たとえば旅行をする時でも、……「火の用心」と、「雀君を頼むよ」……だけは、留守へ言っておくくらいだが、さて、何年にも、ちょっと来て二羽三羽、五六羽、総勢すぐって十二三羽より数が殖えない。長者でもないくせに、俵で扶持《ふち》をしないからだと、言われればそれまでだけれど、何、私だって、もう十羽殖えたぐらいは、それだけ御馳走を増すつもりでいるのに。

何も、雀に託《かこつ》けて身代《しんしょう》の伸びない愚痴を言うのではない。また……別に雀の数の多くなる事ばかりを望むのではないのであるが、春に、秋に、現に目に見えて五六羽ずつは親の連れて来る子の殖えるのが分っているから、いつも同じほどの数なのは、どこへ行って、どうするのだろうと思うからである。

が、どうも様子が、仔雀が一羽だちの出来るのを待って、その小児《こども》だけを宿に残して、親雀は塒《ねぐら》をかえるらしく思われる。

あの、仔雀が、チイチイと、ありッたけ嘴《くちばし》を赤く開けて、トのように小羽を動かし、胸毛をふよふよと揺《ゆる》がせて、恁《こ》う仰向いて強請《ねだ》ると、あいチチッ、チチッと幾度《いくたび》もお飯粒《まんまつぶ》を嘴《くちばし》から含めてやる。……食べても強請《ねだ》る。ふくめつつ、後《あと》ねだりをするのを機掛《きっかけ》に、一粒銜《くわ》えて、お母さんは塀《つか》の上――（椿《つばき》の枝下で茲《ここ》にお飯《まんま》が置いてある）――そこから、裏露地を切って、向うの瓦《かわら》屋根《やね》へフッと飛ぶ。とあとから仔雀がふわりと縋る。これで、羽を馴らすらしい。また一組は、おなじく餌《え》を含んで、親雀が、狭い庭を、手水鉢《ちょうずばち》の高さぐらいに舞上《まいあが》ると、その胸のあたりへ附着《くッつ》くように仔雀が飛上《とびあが》る。尾を地へ着けないで、舞いつつ、飛びつつ、庭中を翔廻《かけまわ》りなどもする、矢張《やっぱ》り羽を馴らすらしい。この舞踏が一斉《いっとき》に三組《みくみ》も四組《よくみ》もはじまる事がある。卯の花を掻乱《かきみだ》し、萩《はぎ》の花を散らして狂う。……かわいいのに目がないから、春も秋も一所《いっしょ》だが、晴の遊戯《あそび》だ。もう些《ちっ》と、綺麗《きれい》な窓掛、絨毯《じゅうたん》を飾ってもやりたいが、庭が狭いから、羽とともに散りこぼれる風情《ふぜい》の花は沢山ない。かえって羽について来るか、嘴《くちばし》から落すか、植えない菫《すみれ》の紫が一本《ひともと》咲いたり、蓼《たで》が穂を紅《あか》らめる。

ところで、何のなかでも、親は甘いもの、仔はずるく甘ッたれるもので。……あの胸毛の白いのが、見ていると、そのうちに立派に自分で餌《え》が拾えるようになる。澄ました面《つら》で、コツンなどと高慢に食べている。いたずらものが、二三羽、親の目を抜いて飛んで来て、チュッチュッチュッとつつき合《あい》の喧嘩《けんか》さえやる。生意気にもかかわらず、親雀がスーッと来て叱《しか》るような顔をすると、喧嘩の嘴《くちばし》も、生意気な羽も、たちまちぐにゃぐにゃになって、チイチイ、赤坊声《あかんぼごえ》で甘ったれて、餌を頂戴《ちょうだい》と、口を張開《はりひら》いて胸毛をふわふわとして待構える。チチッ、チチッ、一人でお食べなと言っても肯《き》かない。頰辺《ほっぺた》を横に振っても肯かない。で、チイチイチイ……おなかが空《す》いたの。……おお、よちよち、と言った工合に、この親馬鹿《おやばか》が、すぐにのろくなって、お飯粒《まんまつぶ》の白いところを――贅沢《ぜいたく》な奴等《やつら》で、内のは挽割《ひきわり》*麦を交ぜるのだが余程《よほど》腹がすかないと麦の方へは嘴《はし》をつけぬ。こいつ等《ら》、大地震の時は弱ったぞ――啄《ついば》んで、嘴《はし》で、仔の口へ、押込み揉込《もみこ》むようにするのが、およそ堪《たま》らないと言った形で、頰摺《ほおず》りをするように見える。

怪《け》しからず、親に苦労を掛ける。……そのくせ、他愛《たわい》のないもので、陽気がよくて、お腹《なか》がくちいと、うとうととなって居睡《いねむり》をする。……さあさあ一《ひと》きり露台《みはらし》へ出ようか、で、塀の上から、揃ってもの干《ほし》へ出たとお思いなさい。日のほかほかと一面に当る中に、声は噪《はしゃ》ぎ、影は踊る。

すてきに物干《ものほし》が賑《にぎやか》だから、密《そっ》と寄って、隅の本箱の横、二階裏の肱掛窓《ひじかけまど》から、まぶしい目をぱちくりとやって覗くと、柱からも、横木からも、頭の上の小庇《こびさし》からも、暖《あたたか》な影を湧《わ》かし、羽を光らして、一斉《いっとき》にパッと逃げた。——飛ぶのは早い、裏邸《うらやしき》の大枇杷《おおびわ》の樹までさしわたし五十間《けん》ばかりを瞬《また》く間《ま》もない。——(この枇杷の樹が、馴染《なじみ》の一家族の塒《ねぐら》なので、前通りの五本ばかりの桜の樹（有島家《ありしまけ》＊）にも一群《ひとむれ》巣を食っているのであるが、その組は私の内へは来ないらしい、持場が違うと見える)——時に、女中がいけぞんざいに、取込む時引外《ひきはず》したままの掛棹《かけざお》が、斜違《はすか》いに落ちていた。硝子《がらす》一重すぐ鼻の前《さき》に、一羽可愛いのが真正面《まっしょうめん》に、ぼかんと留まって残っている。——どうかして、座敷へ飛込んで戸惑いするのを掴《つかま》えると、掌で暴れるから、このくらい、しみじみと雀の顔を見た事はない。ふっくりとも、ほっかりとも、細い毛へ一つずつ日光を吸込んで、おお、お前さんは飴《あめ》で出来ているのではないかい、と言いたいほど、とろんとして、目を眠っている。道理こそ、人の目と、その嘴《はし》と打撞《ぶつか》りそうなのに驚きもしない、と見るうちに、蹈《ふま》えて留《とま》った小さな脚がひょいと片脚、幾度も下へ離れて辷《すべ》りかかると、その時はビクリと居直《いなお》る。……煩《わずら》って動けないか、怪我《けが》をしていないかな。……

以前、あしかけ四年ばかり、相州逗子《そうしゅうずし》に住《すま》った時（三太郎《さんたろう》）と名づけて目白鳥《めじろ》がいた。

桜山《さくらやま》に生れたのを、おとりで捕った人に貰ったのであった。が、どこの巣にいて覚えたろう、鶲《ひよ》、駒鳥《こまどり》、あの辺にはよくいる頬白《ほおじろ》、何でも囀る……ほうほけきょ、ほけきょ、ほけきょ、明《あきら》かに鶯《うぐいす》の声を鳴いた。目白鳥としては駄鳥《だちょう》かどうかは知らないが、私には大の、ご秘蔵――長屋の破軒《やぶれのき》に、水を飲ませて、芋で飼ったのだから、笑って故《わざ》と（ご）の字をつけておく――またよく馴れて、殿様が鷹《たか》を据えた格で、掌に置いて、それと見せると、パッと飛んで虫を退治《たいじ》た。また、冬の日のわびしさに、紅椿の花を炬燵《こたつ》へ乗せて、籠を開けると、花を被《かぶ》って、蜜《みつ》を吸いつつ嘴《くちばし》を真黄色《まっきいろ》にして、掛《かけ》蒲団《ぶとん》の上を押廻った。三味線《さみせん》を弾いて聞かせると、音《ね》に競って軒で高囀《たかさえず》りする。寂しい日に客が来て話をし出すと障子の外で負けまじと鳴きしきる。可愛いもので。……可愛いにつけて、断じて籠には置くまい。秋雨《あきさめ》のしょぼしょぼと降るさみしい日、無事なようにと願い申して、岩殿寺《いわとのでら》の観音《かんのん》の山へ放した時は、煩っていた家内と二人、悄然《しょうぜん》として、ツイーツイーと梢を低く坂下《さかさが》りに樹を伝って慕い寄る声を聞いて、ほろりとして、一人は袖《そで》を濡《ぬ》らして帰った。が、――その目白鳥の事で。……（寒い風だよ、ちょぼ一風《いちかぜ》は、しわりごわりと吹いて来る）と田越村《たごえむら》*一番の若衆《わかいしゅう》が、泣声を立てる、大根の煮える、富士おろし、西北風《ならい》の烈《はげ》しい夕暮に、いそがしいのと、寒いのに、向うみずに、がたりと、門《かど》の戸をしめた勢《いきおい》で、軒に釣った鳥籠をがたり、バタンと撥《はね》返《かえ》した。アッと思うと、中の目白鳥は、羽ばたきもせず、横木を転げて、落葉の挟《はさま》ったように落ちて縮んでいる。「しまった、……三太郎が目をまわした。」「まあ、大変ね。」と襷《たすき》がけのまま庖丁《ほうちょう》を、投げ出して、目白鳥を掌に取って据えた婦《おんな》は目に一杯涙を溜《た》めて、「どうしましょう。」そ、その時だ。試《こころみ》に手水鉢《ちょうずばち》の水を柄杓《ひしゃく》で切って雫《しずく》にして、露にして、目白鳥の嘴《くちばし》を開けて含まして、襟をあけて、膚《はだ》につけて暖めて、しばらくすると、ひくひくと動き出した。ああ助《たすか》りました、御利益《ごりやく》と、岩殿《いわとの》の方《かた》へ籠を開いて、中へ入れると、あわれや、横木へつかまり得ない。おっこちるのが可恐《こわ》いのか、隅の、隅の、狭いところで小《ちいさ》くなった。あくる日一日は、些《ち》と、ご悩気《のうけ》と言った形で、摺餌《すりえ》に嘴《くちばし》のあとを、ほんの筋ほどつけたばかり。但《ただ》し完全に蘇生《よみがえ》った。

この経験がある。

水でも飲ましてやりたいと、障子を開けると、その音に、怪我どころか、わんぱくに、しかも二つばかり廻って飛んだ。仔雀は、うとりうとりと居睡《いねむり》をしていたのであった。……憎くない。

尤《もっと》もなかなかの悪戯もので、逗子の三太郎……その目白鳥——がお茶の子だから雀の口真似《くちまね》をした所為《せい》でもあるまいが、日向《ひなた》の縁に出して人のいない時は、籠のまわりが雀どもの足跡だらけ。秋晴のある日《ひ》、裏庭の茅葺《かやぶき》小屋の風呂《ふろ》の廂へ、向うへ桜山を見せて掛けておくと、午《ひる》少し前の、いい天気で、閑《しずか》な折から、雀が一羽、……ちょうど目白鳥の上の廂合《ひあわい》*の樋竹《といだけ》の中へすぽりと入って、ちょっと黒い頭だけ出して、上から籠を覗込む。嘴《はし》に小さな芋虫を一つ銜《くわ》え、あっち向いて、こっち向いて、ひょいひょいと見せびらかすと、籠の中のは、恋人から来た玉章《たまずさ》*ほどに欲しがって駈上《かけあが》り飛上って取ろうとすると、ひょいと面《かお》を横にして、また、ちょいちょいと見せびらかす。

いや、いけずなお転婆《てんば》で。……ところがはずみに掛って振った拍子に、その芋虫をポタリと籠の目へ、落したから可笑《おかし》い。目白鳥は澄まして、ペロリと退治《たいじ》た。吃驚《びっくり》仰天した顔をしたが、ぽんと樋の口を突出されたように飛んだもの。

瓢箪《ひょうたん》に宿る山雀《やまがら》、と言う謡《うた》がある。雀は樋の中がすきらしい。五六羽、また、七八羽、横にずらりと並んで、顔を出しているのが常である。

ある殿《との》が領分巡回《めぐり》の途中、菊の咲いた百姓家に床几《しょうぎ》を据えると、背《せ》戸畑《どばたけ》の梅の枝に、大《おおき》な瓢箪が釣《つる》してある。梅見《うめみ》と言う時節でない。

「これよ、……あの、瓢箪は何に致すのじゃな。」

その農家の親仁《おやじ》が、

「へいへい、山雀の宿にござります。」

「ああ、風情なものじゃの。」

能の狂言の小舞《こまい》の謡《うたい》に、
いたいけしたるものあり。張子《はりこ》の顔や、練稚児《ねりちご》*。しゅくしゃ結びに、ささ結び、やましな結びに風車《かざぐるま》。瓢箪に宿る山雀、胡桃《くるみ》にふける友鳥《ともどり》……

「いまはじめて相分《あいわか》った。――些少《ちと》じゃが餌《え》の料《りょう》を取らせよう。」

小春の麗《うららか》な話がある。

御前《ごぜん》のお目にとまった、謡のままの山雀は、瓢箪を宿とする。こちとらの雀は、棟割長屋で、樋竹の相借家《あいじゃくや》だ。

腹が空くと、電信の針がねに一座ずらりと出て、ぽちぽちぽちぽちと中空《なかぞら》高く順に並ぶ。中でも音頭取《おんどとり》が、電柱の頂辺《てっぺん》に一羽留って、チイと鳴く。これを合図に、一斉《いっとき》にチイと鳴出す。――塀と枇杷の樹の間に当って。で御飯をくれろと、催促をするのである。

私が即《すなわ》ち取次いで、

「催促《やっ》てるよ、催促《やっ》てるよ。」

「せわしないのね。……煩《うるさ》いよ。」

などと言いながら、茶碗《ちゃわん》に装《よそ》って、婦《おんな》たちは露地へ廻る。これがこのうえ後《おく》れると、勇悍《ゆうかん》なのが一羽押寄せる。馬に乗った勢《いきおい》で、小庭を縁側へ飛上って、ちょん、ちょん、ちょんちょんと、雀あるきに扉《ひらき》を抜けて台所へ入って、お竈《へッつい》の前を廻るかと思うと、上の引窓へパッと飛ぶ。

「些《ち》と自分でもお働き、虫を取るんだよ。」

何も、肯分《ききわ》けるのでもあるまいが、言《ことば》の下に、萩の小枝を、花の中へすらすら、葉の上はさらさら……あの撓々《たよたよ》とした細い枝へ、塀の上、椿の樹からトンと下りると、下りたなりにすっと辷って、ちょっと末《うら》を余して垂下る。すぐに、くるりと腹を見せて、葉裏を潜ってひょいと攀《よ》じると、また一羽が、おなじように塀の上からトンと下りる。下りると、すっと枝に撓《しな》って、ぶら下るかと思うと、飜然《ひらり》と伝う。また一羽が待兼《まちか》ねてトンと下りる。一株の萩を、五六羽で、ゆさゆさ揺《ゆす》って、盛《さかり》の時は花もこぼさず、嘴《はし》で銜《くわ》えたり、尾で跳ねたり、横顔で覗いたり、伝《か》くして、裏おもて、虫を漁《あさ》りつつ、滑稽《おど》けてはずんで、ストンと落ちるかとすると、羽をひらひらと宙へ踊って、小枝の尖《さき》へひょいと乗る。

水上《みなかみ》さんがこれを聞いて、莞爾《にっこり》して勧めた。

「鞦韆《ぶらんこ》を拵《こしら》えておやんなさい。」

邸の庭が広いから、直ぐにここへ気がついた。私たちは思いも寄らなかった。糸で

するを行興の雀、と饒舌《しゃべ》るで乗気《のりき》を趣《おもむき》の……この趣《おもむき》を乗気《のりき》で饒舌《しゃべ》ると、雀の興行をする

杉箸《すぎばし》を結《ゆわ》えて、その萩の枝に釣った。……この趣《おもむき》を乗気《のりき》で饒舌《しゃべ》ると、雀の興行をするようだから見合わせる。が、鞦韆《ぶらんこ》に乗って、瓢箪ぶっくりこ、なぞは何でもない。時とすると、塀の上に、いま睦《むつま》じく二羽啄《ついば》んでいたと思う。その一羽が、忽然《こつねん》として姿を隠す。飛びもしないのに、おやおやと人間の目にも隠れるのを、……偲《こ》う捜すと、いまいた塀の笠木《かさぎ》の、すぐ裏へ、頭を揉込むようにして縦に附着《くッつ》いているのである。脚がかりもないのに巧《たくみ》なもので。――そうすると、見失った友の一羽が、怪訝《けげん》な様子で、チチと鳴き鳴き、そこらを覗くが、その笠木のちょっとした出張《でっぱ》りの咽《のど》に、頭が附着《くッつ》いているのだから、どっちを覗いても、上からでは目に附かない。チチッ、チチッと少時《しばらく》捜して、パッと枇杷の樹へ飛んで帰ると、そのあとで、密《そっ》と頭を半分出してきょろきょろと見ながら、嬉《うれ》しそうに、羽を揺って後から颯《さっ》と飛んで行く。……惟《おも》うに、人の子のするかくれんぼである。

さて、偲うたわいもない事を言っているうちに――前刻《さっき》言った――仔どもが育って、ひとりだち、ひとり遊びが出来るようになると、胸毛の白いのばかりを残して、親雀はどこへ飛ぶのかいなくなる。数は増しもせず、減りもせず、同じく十五六羽どまりで、そのうちには、芽が葉になり、葉が花に、花が実になり、雀の咽《のど》が黒くなる。年々二三度おんなじなのである。

……妙な事は、いま言った、萩また椿、朝顔の花、露草などは、枝にも蔓《つる》にも馴れ馴染んでいるらしい……と言うよりは、親雀から教えられているらしい。——が、見馴れぬものが少しでもあると、可恐《こわ》がって近づかぬ。一日でも二日でも遠くの方へ退《の》いている。尤も、時にはこっちから、故《わざ》とおいでの儀を御免蒙《ごめんこうむ》る事がある。物干へ蒲団を干す時である。

お嬢さん、お坊ちゃんたち、一家揃って、いい心持になって、ふっくりと、蒲団に団欒《だんらん》を試みるのだから堪らない。ぽとぽとと、あとが、ふんだらけ。これには弱る。そこで工夫をして、他所《よそ》から頂戴して貯《たくわ》えている豹《ひょう》の皮を釣っておく。と枇杷の宿にいすくまって、裏屋根へ来るのさえ、おっかなびっくり、(坊主《ぼうず》びっくり貂《てん》の皮)だから面白い。

　が、一夏《ひとなつ》縁日で、月見草を買って来て、萩の傍《そば》へ植えた事がある。夕月に、あの花が露を香《にお》わせてぱッと咲くと、いつもこの黄昏《たそがれ》には、一時留《ひとときとま》り餌《え》に騒ぐのに、ひそまり返って一羽だって飛んで来ない。はじめは怪しんだが、二日め三日めには心着《こころづ》いた。意気地なし、臆病《おくびょう》。烏瓜《からすうり》、夕顔などは分けても知己《ちかづき》だろうのに、はじめて咲いた月見草の黄色な花が可恐《こわ》いらしい……可哀相《かわいそう》だから植替えようかと、言ううちに、四日めの夕暮頃から、漸《や》っと出て来た。何、一度味をしめると飛《とび》ついて露も吸いかねぬ。

まだある。土手三番町の事を言った時、卯の花垣をなどと、少々調子に乗ったようだけれど、まったくその庭に咲いていた。土地では珍しいから、引越す時一枝折って来てさし芽にしたのが、次第に丈たかく生立《おいた》ちはしたが、葉ばかり茂って、蕾《つぼみ》を持たない。ちょうど十年目に、一昨年の卯月《うづき》の末にはじめて咲いた、それも塀を高く越した日当《ひあたり》のいい一枝だけ真白に咲くと、その朝から雀がバッタリ。意気地なし。またちょうどその卯の花の枝の下に御飯《おまんま》が乗っている。前年の月見草で心得て、この時は澄ましていた。やがて一羽ずつ密《そっ》と来た。たちまち卯の花に遊ぶこと萩に戯《たわむ》るるがごとしである。花の白いのにさえ怯《おび》えるのであるから、雪の降った朝の臆病思うべしで、枇杷塚と言いたい、むこうの真白の木の丘に埋《うず》もれて、声さえ立てないで可哀《あわれ》である。

椿の葉を払っても、飛石の上を掻分けても、物干に雪の溶けかかったところへ餌《え》を見せても影を見せない。炎天、日盛《ひざかり》の電車道には、焦《こ》げるような砂を浴びて、蟷螂《とうろう》の斧《おの》と言った強いのが普通だのに、これはどうしたものであろう。……はじめ、ここへ引越したてに、一二年いた雀は、雪なんぞは驚かなかった。山を兎《うさぎ》が飛ぶように、雪を蓑《みの》にして、吹雪を散らして翔《か》けたものを——

ここで思う。その児、その孫、二代三代に到《いた》って、次第おくり、追続《おいつ》ぎに、おなじ血筋ながら、いつか、黄色な花、白い花、雪などに対する、親雀の申しふくめが消えるのであろうと思う。

泰西《たいせい》の諸国にて、その公園に群《むらが》る雀は、パンに馴れて、人の掌にも帽子にも遊ぶと聞く。

何故《なぜ》に、わが背戸の雀は、見馴れない花の色をさえ恐るるのであろう。実に花《げ》なればこそ、些《ちっ》とでも変った人間の顔には、渠等《かれら》は大《おお》なる用心をしなければならない。不意の礫《つぶて》の戸に当る事幾度《いくたび》ぞ。思いも寄らぬ蜜柑《みかん》の皮、梨《なし》の核《しん》の、雨落《あまおち》、鉢前《はちまえ》に飛ぶのは数々《しばしば》である。

牛乳屋《ちちや》が露地へ入れば驚き、酒屋の小僧が「今日《こんち》は」を叫べば逃げ、大工が来たと見ればすくみ、屋根屋が来ればひそみ、畳屋が来ても寄りつかない。

いつかは、何かの新聞で、東海道の何某《なにがし》は雀うちの老手である。並木づたいに御油《ごゆ》から赤坂＊まで行く間に、雀の獲《え》もの約一千を下らないと言うのを見て戦慄《せんりつ》した。

空気銃を取って、日曜の朝、ここの露地口に立つ、狩猟服の若い紳士たちは、失礼ながら、犬ころしに見える。

去年の暮にも、鄰家《りんか》の少年が空気銃を求め得て高く捧《ささ》げて歩行《ある》いた。鄰家の少年では防ぎがたい。おつかいものは、ただ煎餅《せんべい》の袋だけれども、雀のために、うちの小母《おば》さんが折入って頼んだ。

親たちが笑って、

「お宅の雀を狙《ねら》えば、銃を没収すると言う約条《やくじょう》ずみです。」

かつて、北越、倶利伽羅《くりから》を汽車で通った時、峠の駅の屋根に、車のとどろくにも驚かず、雀の日光に浴しつつ、屋根を自在に、樋の宿に出入《ではい》りするのを見て、谷に咲残った撫子《なでしこ》にも、火牛《かぎゅう》の修羅の巷《ちまた》*を忘れた。——古戦場を忘れたのが可《い》いのではない、忘れさせたのが雀なのである。

モウパッサンが普仏戦争を題材にした一篇の読みだしは、「巴里《パリイ》は包囲されて饑《う》えつつ悶《もだ》えている。屋根の上に雀も少くなり、下水の埃《ごみ》も少くなった。」と言うのではなかったか。

雪の時は——見馴れぬ花の、それとは違って、天地を包む雪であるから、もしこれに恐れたとなると、雀のためには、大地震以上の天変である。東京のは早く消えるから可《い》いものの、五日十日積るのにはどうするだろう。半歳《はんさい》雪に埋もるる国もある。

ある時も、また雪のために一日形《かたち》を見せないから、……真個《ほんとう》の事だが案じていると、次の朝の事である。ツイ——と寂しそうに鳴いて、目白鳥《めじろ》がただ一羽、雪を被《かつ》いで、紅《くれない》に咲いた一輪、寒椿の花に来て、ちらちらと羽も尾も白くしながら枝を潜った。炬燵から見ていると、しばらくすると、雀が一羽、パッと来て、おなじ枝に、花の上下《うえした》を、一所《いっしょ》に廻った。続いて三羽五羽、一斉《いっとき》に皆来た。御飯《おまんま》はすぐ嘴《くちばし》の下にある。パッパ、チイチイ諸《もろ》きおいに歓喜の声を上げて、踊りながら、飛びながら、啄《ついば》むと、今度は目白鳥が中へ交《まじ》った。雀同志は、突合《つきあ》って、先を争って狂っても、その目白鳥にはおとなしく優しかった。そして目白鳥は、欲しそうに、不思議そうに、雀の飯《いい》を視《なが》めていた。

私は何故か涙ぐんだ。

優しい目白鳥は、花の蜜に恵まれよう。――親のない雀は、うつくしく愛らしい小鳥に、教えられ、導かれて、雪の不安を忘れたのである。

それにつけても、親雀はどこへ行く。――

――去年七月の末であった。……あまり暑いので、愚《ぐ》に返って、恁《こ》うどうも、おお暑いでめげては不可《いけな》い。小児《こども》の時は、日盛《ひざかり》に蜻蛉《とんぼ》を釣ったと、炎天に打《ぶ》つかる気で、そのまま日盛を散歩した。

その気の次手《ついで》に、……何となく、そこいら屋敷町の垣根を探して（ごんごま）*が見たかったのである。この名からして小児《こども》で可《い》い。――私は大好きだ。スズメノエンドウ、スズメウリ、スズメノヒエ、姫百合《ひめゆり》、姫萩《ひめはぎ》、姫紫苑《ひめしおん》、姫菊の蘢《ろう》たけた称《となえ》*に対して、スズメの名のつく一列の雑草の中に、このごんごんごまを、私はひそかに「スズメの蠟燭《ろうそく》」と称して、内々贔屓《ひいき》でいる。分けて、盂蘭盆《うらぼん》のその月は、墓詣《はかもうで》の田舎道、寺つづきの草垣に、線香を片手に、このスズメの蠟燭、ごんごんごまを摘んだ思出《おもいで》の可懐《なつかし》さがある。しかもそのくせ、卑怯《ひきょう》にも片陰を拾い拾い小さな社の境内だの、心当《こころあたり》の、邸の垣根を覗いたが、前年の生垣も煉瓦《れんが》にかわったのが多い。——清水谷《しみずだに》の奥まで掃除が届く。——梅雨の頃は、闇黒《くらがり》に月の影がさしたほど、あっちこっちに目に着いた紫陽花《あじさい》も、この二三年こっちもう少い。——荷車のあとには芽ぐんでも、自動車の轍《わだち》の下には生えまいから、いまは車前草《おんばこ》さえ直ぐには見ようたって間に合わない。で、どこでも、あの、珊瑚《さんご》を木乃伊《みいら》にしたような、ごんごんごまは見当らなかった。——ないものねだりで、なお欲《ほし》い、歩行《ある》くうちに汗を流した。

場所は言うまい。が、向うに森が見えて、樹の茂った坂がある。……私が覚えてからも、むかし道中の茶屋旅籠《はたご》のような、中庭を行抜《ゆきぬ》けに、土間へ腰を掛けさせる天麩《てんぷ》羅《ら》茶漬の店があった。——その坂を下りかかる片側に、坂なりに落込んだ空溝《からみぞ》の広いのがあって、道には破朽《やぶれく》ちた柵《さく》が結ってある。その空溝を隔てた、葎《むぐら》をそのまま斜違《はすか》いに下《おり》る藪垣《やぶがき》を、むこう裏から這《は》って、茂って、またたとえば、瑪瑙《めのう》で刻んだ、ささ蟹《がに》のようなスズメの蠟燭が見つかった。

つかまえて支えて、乗出しても、溝に隔てられて手が届かなかった。杖《ステッキ》の柄で掻寄せようとするが、辷る。――がさがさとやっていると、目の下の枝《し》折戸《おりど》から――こんなところに出入口があったかと思う――葎戸《むぐらど》の扉を明けて、円々《まるまる》と肥《ふと》った、でっぷり漢《もの》が仰向いて出た。*きびらの洗いざらし、漆紋《うるしもん》の兀《は》げたのを被《き》たが、肥って大《おお》いから、手足も腹もぬっと露出《むきで》て、ちゃんちゃんを被《はお》ったように見える、逞《たく》ましい肥大漢《でっぷりもの》の柄に似合わず、おだやかな、柔和な声して、

「何か、おとしものでもなされたか、拾ってあげましょうかな。」

と言った。四十ぐらいの年配である。

私は一応挨拶《あいさつ》をして、わけを言わなければならなかった。

「ははあ、ごんごんごま、……お薬用か、何か禁厭《まじない》にでもなりますので？」

とに角《かく》、路傍《みちばた》だし、埃《ほこり》がしている。裏の崖境《がけざかい》には、清浄《きれい》なのが沢山あるから、御休息かたがた。で、ものの言いぶりと人のいい顔色《かおつき》が、気も隔《お》かせなければ、遠慮もさせなかった。

「ちょうど午睡時《ひるねどき》、徒然《とぜん》でおります。」

導かるるまま、折戸を入ると、そんなに広いと言うではないが、谷間の一軒家と言

った形で、三方が高台の森、林に包まれた、ゆっくりした荒れた庭で、むこうに座敷の、縁が涼しく、油蟬《あぶらぜみ》の中に閑寂《しずか》に見えた。私はちょっとそこへ掛けて、会釈《えしゃく》で済ますつもりだったが、古畳で暑くるしい、せめてのおもてなしと、竹のずんど切《ぎり》の花活《はないけ》を持って、庭へ出直すと台所の前あたり、井戸があって、撥釣瓶《はねつるべ》の、釣瓶が、虚空《こくう》へ飛んで猿のように撥ねていた。傍《かたわら》に青芒《あおすすき》が一叢生茂《ひとむらおいしげ》り、桔梗《ききょう》の早咲《はやざき》の花が二三輪、ただ初々《ういうい》しく咲いたのを、莟《つぼみ》と一枝、三筋ばかり青芒を取添えて、竹筒に挿して、のっしりとした腰つきで、井戸から撥釣瓶でざぶりと汲上げ、片手の水差《みずさし》に汲んで、桔梗に灌《そそ》いで、胸はだかりに提げたところは、腹まで毛だらけだったが、床《とこ》へ据えて、円い手で、枝ぶりをちょっと撓《た》めた形は、悠揚として、そして軽い手際《てぎわ》で、きちんと極《きま》った。掛物も何も見えぬ。が、ただその桔梗の一輪が紫の星の照らすように据《すわ》ったのである。この待遇のために、私は、縁を座敷へ進まなければならなかった。

「麁茶《そちゃ》を一つ献じましょう。何事も御覧の通りの侘住居《わびずまい》で。……あの、茶道具を、これへな。」

と言うと、次の間の――崖の草のすぐ覗く――竹簀子《たけすのこ》の濡縁《ぬれえん》に、むこうむきに端居《はしい》して……いま私の入った時、一度ていねいに、お時誼《じぎ》をしたまま、うしろ姿で、ちらりと赤い小さなもの、年紀《とし》ごろで視《み》て勿論《もちろん》お手玉ではない、糠袋《ぬかぶくろ》*か何ぞせっせと縫っていた。……島田髷《しまだ》の艶々《つやつや》しい、きゃしゃな、色白な女が立って手伝って、――肥大《でっぷり》漢《もの》と二人して、やがて焜炉《こんろ》を縁側へ。……焚《たき》つけを入れて、炭を継いで、土瓶を掛けて、茶盆を並べて、それから、扇子《おうぎ》ではたはたと焜炉の火口《ひぐち》を煽《あお》ぎはじめた。

「あれに沢山ございます、あの、茂りましたところに。」

「滝でも落ちそうな崖です――こんな町中に、あろうとは思われません。御閑静で実に結構です。霧が湧いたように見えますのは。」

「烏瓜でございます。下闇《したやみ》で暗がりでありますから、日中から、一杯咲きます。――あすこは、いくらでも、ごんごんごまがございますでな。貴方《あなた》は何とかおっしゃいましたな、スズメの蠟燭。」

これよりして、私は、茶の煮える間と言うもの、およそこの編に記した雀の可愛さをここで話したのである。時々微笑《ほほえ》んでは振向いて聞く。娘か、若い妻か、あるいは妾《おもいもの》か。世に美しい女の状《さま》に、一つはうかうか誘われて、気の発奮《はず》んだ事は言うまでもない。

さて幾度か、茶をかえた。

「これを御縁に。」

「勿論かさねまして、頃日《このごろ》に。――では、失礼。」

「ああ、しばらく。……これは、貴方、おめしものが。」

……心着くと、おめしものも気恥《きはずか》しい、浴衣《ゆかた》だが、うしろの縫めが、しかも、したたか綻《ほころ》びていたのである。

「ここもとは茅屋《あばらや》でも、田舎道ではありませんじゃ。尻端折《しりばしょり》……飛んでもない。……ああ、あんた、ちょっと繕っておあげ申せ。」

「はい。」

すぐに美人が、手の針は、まつげにこぼれて、目に見えぬが、糸は優しく、皓歯《しらは》にスッと含まれた。

「あなた……」

「ああ、これ、紅《あか》い糸で縫えるものかな。」

「あれ――おほほほ。」

私がのっそりと突立《つった》った裾《すそ》へ、女の脊筋《せすじ》が絡《まつわ》ったようになって、右に左に、肩を曲《くね》ると、居勝手《いがって》が悪く、白い指がちらちら乱れる。

「恐縮です、何ともどうも。」

「怙《こ》う三人と言うもの附着《くっつ》いたのでは、第一私《わし》がこの肥体《ずうたい》じゃ。お暑さが堪らんわい。衣服《きもの》をお脱ぎなさって。……ささ、それが早い。――御遠慮があってはならぬ――が、お身に合いそうな着替はなしじゃ。……これは、一つ、亭主が素裸《すはだか》に相成りましょう。それならばお心安い。」

きびらを剝《は》いで、すっぱりと脱ぎ放した。褌《もっこふどし》＊の肥大裸体《でっぷりはだか》で、

「それ、貴方。……お脱ぎなすって。」

と毛むくじゃらの大胡坐《おおあぐら》を掻く。

呆気《あっけ》に取られて立すくむと、

「おお、これ、あんた、あんたも衣《き》ものを脱ぎなさい。みな裸体《はだか》じゃ。そうすればお客人の遠慮がのうなる。……はははは、それが何より。さ、脱ぎなさい脱ぎなさい。」

串戯《じょうだん》にしてもと、私は吃驚《びっくり》して、言《ことば》も出ぬのに、女はすぐに幅狭《はばぜま》な帯を解いた。膝《ひざ》へ手繰ると、袖を両方へ引落して、雪を分けるように、するりと脱ぐ。……膚《はだ》は蔽《おお》うたよりふっくりと肉を置いて、脊筋をすんなりと、撫肩《なでがた》して、白い脇《わき》を乳が覗いた。それでも、脱ぎかけた浴衣をなお膝に半ば挟んだのを、おっ、と這うと、あれ、と言う間に、亭主がずるずると引いて取った。

「はははは。」

と笑いながら。

既にして、朱鷺色《ときいろ》の布一重である。

私も脱いだ。汗は垂々《たらたら》と落ちた。が、憚《はばか》りながら褌は白い。一輪の桔梗の紫の影に映えて、女はうるおえる玉のようであった。

その手が糸を曳《ひ》いて、針をあやつったのである。

縫えると、帯をしめると、私は胸を折るようにして、前のめりに木戸口へ駈出した。挨拶は済ましたが、咄嗟《とっさ》のその早さに、でっぷり漢《もの》と女は、衣《きもの》を引掛ける間もなかったろう……あの裸体《はだか》のまま、井戸の前を、青すすきに、白く摺れて、人の姿の怪しい蝶《ちょう》に似て、すっと出た。

その光景は、地獄か、極楽か、覚束《おぼつか》ない。

「あなた……雀さんに、よろしく。」

と女が莞爾《にっこり》して言った。

坂を駈上って、ほっと呼吸《いき》を吐《つ》いた。が、しばらく茫然《ぼうぜん》として彳《たたず》んだ。——電車の音はあとさきに聞えながら、方角が分らなかった。直下の炎天に目さえくらむばかりだったのである。

時に——目の下の森につつまれた谷の中から、一《いっ》セイして、高らかに簫《しょう》の笛が雲の峯に響いた。

……話の中に、稽古《けいこ》の弟子も帰ったと言った。――あの主人は、簫を吹くのであるか。……そういえば、あまりと言えば見馴れない風《ふう》俗だから、見た目をさえ疑うけれども、肥大漢《でっぷりもの》は、はじめから、裸体《はだか》になってまで、烏帽子《えぼし》のようなものをチョンと頭にのせていた。

「奇人だ。」

「いや、……崖下のあの谷には、魔窟《まくつ》があると言う。……その種々《いろいろ》の意味で。……何しろ十年ばかり前には、暴風雨《あらし》に崖くずれがあって、大分、人が死んだところだから。」――

とある友だちは私に言った。

炎暑、極熱《ごくねつ》のための疲労《つかれ》には、みめよき女房の面《おもて》が赤馬《あかうま》の顔に見えたと言う、むかし武士《さむらい》の話がある。……霜が枝に咲くように、汗――が幻を描いたのかも知れない。が、何故か、私は、……実を言えば、雀の宿にともなわれたような思いがするのである。

かさねてと思う、日をかさねて一月にたらず、九月一日《いちにち》のあの大地震*であった。

「雀たちは……雀たちは……」

火を避けて野宿しつつ、炎の中に飛ぶ炎の、小鳥の形を、真夜半《まよなか》かけて案じたが、家に帰ると、転げ落ちたまま底に水を残して、南天の根に、ひびも入らずに残った手水鉢《ちょうずばち》のふちに、一羽、ちょんと伝っていて、顔を見て、チイと鳴いた。

後に、密《そっ》と、谷の家を覗きに行った。近づくと胸は轟《とどろ》いた。が、ただ焼原であった。

私は夢かとも思う。いや、雀の宿の気がする。……あの大漢《おおおとこ》のまる顔に、口許《くちもと》のちょぼんとしたのを思え。卯の毛で胡粉《ごふん》を刷《は》いたような女の膚《はだ》の、どこか、頤《あぎと》の下あたりに、黒いあざはなかったか、うつむいた島田髷《しまだ》の影のように――

おかしな事は、その時摘んで来たごんごんごまは、いつどうしたか定かには覚えないのに、秋雨の草に生えて、塀を伝っていたのである。

「どうだい、雀。」

知らぬ顔して、何にも言わないで、南天燭《なんてん》の葉に日の当る、小庭に、雀はちょん、ちょんと遊んでいる。

# 絵本の春

もとの邸町《やしきまち》の、荒果てた土塀が今もそのままになっている。……雪が消えて、まだ間もない、乾いたばかりの——山国で——石のごつごつした狭い小路《こうじ》が、霞《かす》みながら一条《ひとすじ》煙のように、ぼっと黄昏《たそが》れて行く。

弥生《やよい》の末から、些《ちっ》とずつの遅速はあっても、花は一時《いっとき》に咲くので、その一ならびの塀の内に、桃、紅梅、椿《つばき》も桜も、あるいは満開に、あるいは初々《ういうい》しい花に、色香を装《よそお》っている。石垣の草には、蕗《ふき》の薹《とう》も萌《も》えていよう。特に桃の花を真先《まっさき》に挙げたのは、むかしこの一廓《いっかく》は桃の組と云《い》った組屋敷だった、と聞くからである。その樹《き》の名木も、まだそっちこっちに残っていて麗《うらら》かに咲いたのが……憖《こ》う目に見えるようで、それがまたいかにも寂しい。

二条ばかりも重《かさ》って、美しい婦《おんな》の虐《しいた》げられた——旧藩の頃にはどこでもあり来《きた》りだが——伝説があるからで。

通道《とおりみち》と云うでもなし、花はこの近処《きんじょ》に名所さえあるから、わざとこんな裏小路を捜《さぐ》るものはない。日中《ひなか》もほとんど人通りはない。妙齢《としごろ》の娘でも見えようものなら、白昼といえども、それは崩れた土塀から影を顕《あら》わしたと、人を驚かすであろう。

そのくせ、妙な事は、いま頃の日の暮方は、その名所の山へ、絡繹《らくえき》として、花見、遊山《ゆさん》に出掛けるのが、この前通りの、優しい大川の小橋を渡って、ぞろぞろと帰って来る、男は膚脱《はだぬ》ぎになって、手をぐたりとのめり、女が媚《なま》めかしい友染《ゆうぜん》の褄端折《つまばしょり》*で、啣《くわ》楊枝《ようじ》をした酔払《よっぱら》いまじりの、浮かれ浮かれた人数が、前後に揃《そろ》って、この小路をぞろぞろ通るように思われる……まだその上に、小橋を渡る跫音《あしおと》が、左右の土塀へ、そこを蹈《ふ》むように、とろとろと響いて、しかもそれが手に取るように聞こえるのである。

——このお話をすると、いまでも私は、まざまざとその景色が目に浮ぶ。——ところで、いま言った古小路は、私の家から十町あまりも離れていて、縁で視《なが》めても、二階から伸上っても、それに……地方の事だから、板葺《いたぶき》屋根へ上って眗《みまわ》しても、実は建連《たてつらな》った賑《にぎや》かな町家《まちや》に隔てられて、その方角には、橋はもとよりの事、川の流《ながれ》も見えないし、小路などは、たとい見えても、松杉の立木一本にもかくれてしまう。……第一見えそうな位置でもないのに——いま言った黄昏になる頃は、いつも、窓にも縁にも一杯の、川向うの山ばかりか、我が家の町も、門《かど》も、欄干《てすり》も、襖《ふすま》も、いる畳も、ああああ我が影も、朦朧《もうろう》と見えなくなって、国中、町中にただ一条《ひとすじ》、その桃の古小路ばかりが、漫々として波の静《しずか》な蒼海《そうかい》に、船脚を曳《ひ》いたように見える。見えつつ、面白そうな花見がえりが、ぞろぞろ橋を渡る跫音が、約束通り、ととと、どど、ごろごろと、かつ乱れてそこへ響く。……幽《かすか》に人声――女らしいのも、ほほほ、と聞こえると、緋桃《ひもも》がぱッと色に乱れて、夕暮の桜もはらはらと散りかかる。……

直接《じか》に、そぞろにそこへ行き、小路へ入ると、寂しがって、気味を悪がって、誰《たれ》も通らぬ、更に人影はないのであった。

気勢《けはい》はしつつ、……橋を渡る音も、隔《へだ》って、聞こえはしない。……

桃も桜も、真紅《まっか》な椿も、濃い霞に包まれた、朧《おぼろ》も暗いほどの土塀の一処《ひとところ》に、石垣を攀上《よじのぼ》るかと附着《くッつ》いて、……つつじ、藤《ふじ》にはまだ早い、――荒庭の中を覗《のぞ》いている――絣《かすり》の筒袖《つつそで》を着た、頭の円い小柄な小僧の十あまりなのがぽつんと見える。

そいつは、……私だ。

夢中でぽかんとしているから、もう、とっぷり日が暮れて塀越の花の梢《こずえ》に、朧月のやや斜《ななめ》なのが、湯上りのように、薄くほんのりとして覗くのも、そいつは知らないらしい。

ちょうど吹倒れた雨戸を一枚、拾って立掛けたような破れた木戸が、裂《きれ》めだらけに閉《とざ》してある。そこを覗いているのだが、枝ごし葉ごしの月が、ぼうとなどった白紙《しらかみ》で、木戸の肩に、「貸本」と、かなで染めた、それがほのかに読まれる——紙が樹の隈《くま》を分けた月の影なら、字もただ花と莟《つぼみ》を持った、桃の一枝であろうも知れないのである。

そこへ……小路の奥の、森の覆《おお》った中から、葉をざわざわと鳴らすばかり、脊《せ》の高い、色の真白《まっしろ》な、大柄な婦《おんな》が、横町の湯の帰途《かえり》と見える、……化粧道具と、手拭《てぬぐい》を絞ったのを手にして、陽気はこれだし、のぼせもした、……微酔《ほろよい》もそのままで、ふらふらと花をみまわしつつ近づいた。

巣から落ちた木菟《みみずく》の雛《ひよ》ッ子のような小僧に対して、一種の大なる化鳥《けちょう》である。大女の、わけて櫛巻《くしまき》に無雑作に引束《ひったば》ねた黒髪の房々とした濡色《ぬれいろ》と、色の白さは目覚しい。

「おやおや……新坊。」

小僧は矢張《やっぱ》り夢中でいた。

「おい、新坊。」

と、手拭で頬辺《ほっぺた》を、つるりと撫《な》でる。

「あッ。」

と、肝を消して、

「まあ、小母《おば》さん。」

ベソを掻《か》いて、顔を見て、

「御免なさい。御免なさい。父《おとっ》さんに言っては可厭《いや》だよ。」

と、あわれみを乞《こ》いつつ言った。

不気味に凄《すご》い、魔の小路だというのに、婦《おんな》が一人で、湯帰りの捷径《ちかみち》を怪《あやし》んでは不可《いけな》い。……実はこの小母さんだから通ったのである。

つい、(乙)の字なりに畝《うね》った小路の、大川へ出口の小さな二階家に、独身で住《すま》って、門《かど》に周易《しゅうえき》の看板を出している、小母さんが既に魔に近い。婦《おんな》で卜筮《うらない》をするのが怪しいのではない。小僧は、もの心ついた四つ五つ時分から、親たちに聞いて知っている。大女の小母さんは、娘の時に一度死んで、通夜《つや》の三日の真夜中に蘇生《よみがえ》った。その時分から酒を飲んだから酔って転寝《うたたね》でもした気でいたろう。力はあるし、棺桶《かんおけ》をめりめりと鳴らした。それが高島田だったと云うからなお稀有《けぶ》である。地獄も見て来たよ——極楽は、お手のものだ、と卜筮《うらない》ごときは掌《たなごころ》である。かつ寺子屋仕込みで、本が読める。五経*、文選《もんぜん》すらすらで、書がまた好《よ》い。一度冥途を徜徉《さまよ》ってからは、仏教に親《したし》んで参禅もしたと聞く。——小母さんは寺子屋時代から、小僧の父親とは手習傍輩《てならいほうばい》で、そう毎々でもないが、時々は往来《ゆきき》をする。何ぞの用で、小僧も使いにやられて、煎餅《せんべい》も貰《もら》えば、小母さんの易を卜《み》る七星*を刺繍《ししゅう》した黒い幕を張った部屋も知っている、その往戻《ゆきもど》りから、フトこのかくれた小路をも覚えたのであった。

この魔のような小母さんが、出口に控えているから、怪《あや》い可恐《おそろし》いものが顕われようとも、それが、小母さんのお夥間《なかま》の気がするために、何となく心易《こころやす》くって、いつの間にか、小児《こども》のくせに、場所柄を、さして憚《はばか》らないでいたのである。が、学校をなまけて、不思議な木戸に、「かしほん」の庭を覗くのを、父親の傍輩に見つかったのは、天狗《てんぐ》に逢《あ》ったほど可恐《おそろ》しい。

「内へお寄り。……さあ、一緒に。」

優しく背《せな》を押したのだけれども、小僧には襟首を抓《つま》んで引立てられる気がして、手足をすくめて、宙を歩行《ある》いた。

「肥《ふと》っていても、湯ざめがするよ。――もう春だがなあ、夜はまだ寒い。」

と、納戸《なんど》で被布《ひふ》を着て、朱の長煙管《ながぎせる》を片手に、

「新坊、――あんなところに、一人で何をしていた？……小母さんが易を立てて見てあげよう。二階へおいで。」

月、星を左右の幕に、祭壇を背にして、詩経、史記、二十一史、十三経注疏《ちゅうそ》なんど本箱がずらりと並んだ、手習机を前に、ずしりと一杯に、座蒲団《ざぶとん》に坐《すわ》って、蔽《おい》のかかった火桶を引寄せ、顔を見て、ふとった頬でニタニタと笑いながら、長閑《のどか》に煙草《たばこ》を吸

ったあとで、円い肘《ひじ》を白くついて、あの天眼鏡と云うのを取って、ぴたりと額に当てられた時は、小僧は悚然《ぞっ》として震上《ふるいあが》った。

大川の瀬がさっと聞こえて、片側町の、岸の松並木に風が渡った。

「……かし本。——ろくでもない事を覚えて、こいつめが。こんな変な場処まで捜しまわるようでは、あすこ、ここ、町の本屋をあら方あらしたに違いない。道理こそ、お父《とっ》さんが大層な心配だ。……新坊、小母さんの膝の傍《そば》へ。——気をはっきりとしないか。ええ、あんな裏土塀の壊れ木戸に、かしほんの貼札《はりふだ》だ。……そんなものがあるものかよ。いまも現に、小母さんが、おや、新坊、何をしている、と少時熟《しばらくじっ》と視《み》ていたが、そんなはり紙は気《け》も影もなかったよ。——何だとえ？……昼間来て見ると何にもない。……日の暮から、夜へ掛けてよく見えると。——それ、それ、それ見な、これ、新坊。坊が立っていた、あの土塀の中は、もう家《うち》が壊れて草ばかりだ、誰もいないんだ。荒庭に古い祠《ほこら》が一つだけ残っている……」

と言いかけて、ふと独《ひとり》で頷《うなず》いた。

「こいつ、学校で、勉強盛りに、親がわるいと言うのを聞かずに、夢中になって、あまり凝るから魔が魅《さ》した。ある事だ。……枝の形、草の影でも、かし本の字に見える。新坊や、可恐《こわ》いところだ、あすこは可恐いところだよ。——聞きな。——おそろしくなって帰れなかったら、可《よ》い、可い、小母さんが、町の坂まで、この川土手を送ってやろう。

――旧藩の頃にな、あの組屋敷に、忠義がった侍がいてな、御主人の難病は、巳巳《みみ》巳巳《みみ》、巳《み》の年月の揃った若い女の生肝《いきぎも》で治ると言って、――よくある事さ。いずれ、主人の方から、内証で入費《にゅうひ》は出たろうが、金子《かね》にあかして、その頃の事だから、人買の手から、その年月の揃ったという若い女を手に入れた。あろう事か、俎《まないた》はなかろうよ。雨戸に、その女を赤裸《はだか》で鎹《かすがい》で打ったとな。……これこれ、まあ、聞きな。……真白な腹をずぶずぶと刺《さ》いて開いた……待ちな、あの木戸に立掛けた戸は、その雨戸かも知れないよ。」

「う、う、う。」

　小僧は息を引くのであった。

「酷《むご》たらしい話をするとお思いでない。――聞きな。さてとよ……生肝を取って、壺《つぼ》に入れて、組屋敷の陪臣*は、行水、嗽《うがい》に、身を潔《きよ》め、麻上下《あさがみしも》で、主人の邸へ持って行く。お傍医師《そばいしゃ》が心得て、……これだけの薬だもの、念のため、生肝を、生《しょう》のもので見せてからと、御前《ごぜん》で壺を開けるとな。……血肝《ちぎも》と思った真赤なのが、糠袋《ぬかぶくろ》よ、なあ。麝香入《じゃこういり》の匂袋《においぶくろ》ででもある事か――坊は知るまい、女の膚身《はだみ》を湯で磨く……気取ったのは鶯《うぐいす》のふんが入る、糠袋が、それでも、殊勝に、思わせぶりに、びしょびしょぶよぶよと濡れて出た。いずれ、身勝手な――病のために、女の生肝を取ろうとするような殿様だもの……またものは、*帰って、腹を割いた婦《おんな》の死体をあらためる隙《ひま》もなしに、やあ、血みどれになって、まだ動いていまする、とおのが手足を、ばたばたとやりながら、お目通《めどおり》、庭前《にわさき》で斬《き》られたのさ。

いまの祠は……だけれど、その以前からあったというが、そのあとの邸だよ。尤《もっと》も、幾度《いくたび》も代は替った。

――あまりな話と思おうけれど、昔ばかりではないのだよ。現に、小母さんが覚えた、……ここへ一昨年《おととし》越して来た当座――夏の、しらしらあけの事だ。――あの土塀のところに人だかりがあって、がやがや騒ぐので行ってみた。若い男が倒れていてな、……用向うの新地帰りで、――小母さんもちょっと見知っている、些《ち》とたりないほどの色男なんだ――それが……医師《いしゃ》も駆附けて、身体《からだ》を検《しら》べると、あんぐり開けた、口一杯に、紅絹《もみ》の糠袋……」

「…………」

「糠袋を頰張って、それが咽喉《のど》に詰《つま》って、息が塞《ふさが》って死んだのだ。どうやら手が届いて息を吹いたが。……あとで聞くと、月夜にこの小路へ入る、美しいお嬢さんの、湯帰りのあとをつけて、そして、何だよ、無理に、何、あの、何の真似《まね》だか知らないが、お嬢さんの舌をな。」

と、小母さんは白い顔して、ぺろりとその真紅《まっか》な舌。

小僧は太い白蛇に、頭から舐《な》められた。

「その舌だと思ったのが、咽喉《のど》へつかえて気絶をしたんだ。……舌だと思ったのが、糠袋。」

とまた、ぺろりと見せた。

「厭《いや》だ、小母さん。」

「大丈夫、私がついているんだもの。」

「そうじゃない。……小母さん、僕もね、あすこで、きれいなお嬢さんに本を借りたの。」

「あ。」

と円い膝に、揉《も》み込むばかり手を据えた。

「もう、見たかい。……ええ、高島田で、紫色の衣《き》ものを着た、美しい、気高い……十八九の。……ああ、悪戯《いたずら》をするよ。」

と言った。小母さんは、そのおばけを、魔を、鬼を、――ああ、悪戯をするよ、と独言《ひとりごと》して、その時はじめて真顔になった。

私は今でも現《うつつ》ながら不思議に思う。昼は見えない。逢魔《おうま》が時*からは朧にもあらずして解《わか》る。が、夜の裏木戸は小児心《こどもごころ》にも遠慮される。……かし本の紙ばかり、三日五日続けて見て立つと、その美しいお嬢さんが、他所《よそ》から帰ったらしく、背《せな》へ来て、手をとって、荒れた寂しい庭を誘って、その祠の扉を開けて、燈明《とうみょう》の影に、絵で知った鎧《よろい》びつのような一具の中から、一冊の草双紙*を。……

「——絵解《えとき》をしてあげますか……(註。草双紙を、幼いものに見せて、母また姉などの、話して聞かせるのを絵解と言った。)——読めますか、仮名ばかり。」

「はい、読めます。」

「いい、お児《こ》ね。」

きつね格子《ごうし》*に、その半身、やがて、臈《ろう》たけた顔が覗いて、見送って消えた。

その草双紙である。一冊は、夢中で我が家の、階子段《はしごだん》を、父に見せまいと、駆上る時に、——帰ったかと、声がかかって、ハッと思う、……懐中《ふところ》に、どうしたか失《う》せて見えなくなった。ただ、内へ帰るのを待兼ねて、大通りの露店の灯影《ともしび》に、歩行《ある》きながら、ちらちらと見た、絵と、かながきのところは、——ここで小母さんの話した、——後のでない、前の巳巳巳の話であった。

私は今でも、不思議に思う。そして面影も、姿も、川も、たそがれに油を敷いたように目に映る。……

大正…年…月の中旬、大雨《たいう》の日の午《うま》の時頃から、その大川に洪水した。——水が軟《やわらか》に綺麗《きれい》で、流《ながれ》が優しく、瀬も荒れないと云うので、——昔の人の心であろう——名の上へ女をつけて呼んだ川には、不思議である。

明治七年七月七日、大雨の降続《ふりつづ》いたその七日七晩めに、町のもう一つの大河が可恐《おそろし》い洪水した。七の数が累《かさ》なって、人死《ひとじに》も夥多《おびただ》しかった。伝説じみるが事実である。が、その時さえこの川は、常夏《とこなつ》の花＊に紅《べに》の口を漱《そそ》がせ、柳の影は黒髪を解かしたのであったに——

尤《もっと》も、話の中の川堤の松並木が、やがて柳になって、町の目貫《めぬき》へ続くところに、木造の大橋があったのを、この年、石に架《かけ》かえた。工事七分というところで、橋杭《はしぐい》が鼻の穴のようになったため水を驚かしたのであろうも知れない。

僥倖《さいわい》に、白昼の出水だったから、男女に死人はない。二階家はそのままで、辛うじて凌《しの》いだが、平屋はほとんど濁流の瀬に洗われた。

若い時から、諸所を漂泊《さすら》った果《はて》に、その頃、やっと落着いて、川の裏小路に二階借《がり》した小僧の叔母にあたる年寄がある。

水の出盛った二時半頃、裏向《うらむき》の二階の肱掛窓《ひじかけまど》を開けて、立ちもやらず、坐りもあえず、あの峰へ、と山に向って、膝を宙に水を見ると、肱の下なる、廂屋根《ひさしやね》の屋根板は、鱗《うろこ》のように戦《おのの》いて、——北国《ほっこく》の習慣《ならわし》に、圧《おし》にのせた石の数々はわずかに水を出た磧《かわら》であった。

つい目の前を、ああ、島田髷《しまだまげ》が流れる……緋《ひ》鹿子《がのこ》の切《きれ》が解けて浮いて、トちらりと見たのは、一条《ひとすじ》の真赤な蛇。手箱ほど部の重《かさな》った、表紙に彩色絵《さいしきえ》の草紙を巻いて——鼓《つづみ》の転がるように流れたのが、たちまち、紅《べに》の雫《しずく》を挙げて、その並木の松の、就中《なかんずく》、山より高い、二三尺水を出た幹を、ひらひらと昇って、声するばかり、水に咽《むせ》んだ葉に隠れた。——瞬《また》く間である。——

そこら、屋敷小路の、荒廃離落した低い崩土塀《くずれどべい》には、おおよそ何百年来、いかばかりの蛇が巣くっていたろう。蝮《まむし》が多くて、水に浸った軒々では、その害を被《こうむ》ったものが少くない。

高台の職人の屈竟《くっきょう》なのが、二人づれ、翌日、水の引際《ひきぎわ》を、炎天の下に、大川添《おおかわぞい》を見物して、流《ながれ》の末一里有余《あまり》、海へ出て、暑さに泳いだ豪傑がある。

荒海の磯端《いそばた》で、肩を合わせて一息した時、息苦しいほど蒸暑いのに、颯《ざあ》と風の通る音がして、思わず脊筋も悚然《ぞっ》とした。……振返ると、白浜一面、早や乾いた蒸気《いきれ》の裡《なか》に、透《すき》なく打った細い杭と見るばかり、幾百条とも知れない、おなじような蛇が、おなじような状《さま》して、おなじように、揃って一尺ほどずつ、砂の中から鎌首《かまくび》を擡《もた》げて、一斉に空を仰いだのであった。その畝《うね》る時、歯か、鱗か、コツ、コツ、コツ、カタカタカタと鳴って響いた。——洪水に巻かれて落ちつつ、はじめて柔《やわらか》い地を知って、砂を穿《うが》って活《い》きたのであろう。

きゃッ、と云うと、島が真中《まんなか》から裂けたように、二人の身体は、浜へも返さず、浪打際《うちぎわ》をただ礫《つぶて》のように左右へ飛んで、裸身《はだか》で逃げた。

縷<sub>る</sub>紅<sub>こう</sub>新<sub>しん</sub>草<sub>そう</sub>

一

あれあれ見たか、
　あれ見たか。
二つ蜻蛉《とんぼ》が草の葉に、
かやつり草に宿をかり、
人目しのぶと思えども、
羽はうすものかくされぬ、
すきや明石《あかし》に緋《ひ》ぢりめん、
肌のしろさも浅ましや、
白い絹地の赤蜻蛉。
雪にもみじとあざむけど、
世間稲妻、目が光る。
　あれあれ見たか、

あれ見たか。

「おじさん――その提灯《ちょうちん》……」

「ああ、提灯……」

ただ今、午後二時半ごろ。

「私が持ちましょう、磴《いしだん》に打撞《ぶつか》りますわ。」

一肩上に立った、その肩も裳《すそ》も、嫋《しなやか》な三十ばかりの女房が、白い手を差向けた。

お米《よね》といって、これはそのおじさん、辻町糸七《つじまちいとしち》――の従姉《いとこ》で、一昨年《おととし》世を去ったお京の娘で、土地に老舗《しにせ》の塗師屋《ぬしや》*なにがしの妻女である。

撫《な》でつけの水々しく利《き》いた、おとなしい、静《しずか》な円髷《まるまげ》で、頸脚《えりあし》がすっきりしている。雪国の冬だけれども、天気は好《よ》し、小春日和《びより》だから、コオトも着ないで、着衣《きもの》のお召《めし》で包むも惜しい、色の清く白いのが、片手に、お京――その母の墓へ手向ける、小菊の黄菊と白菊と、あれは侘《わび》しくて、こちこちと寂しいが、土地がら、今時はお定《さだま》りの俗に称《とな》うる坊さん花、薊《あざみ》の軟《やわらか》いような樺紫《かばむらさき》の小《こ》鶏頭《げいとう》を、一束にして添えたのと、ちょっと色紙の二本たばねの線香、一銭蠟燭《いちもんろうそく》を添えて持った、片手を伸べて、「その提灯を」といったのである。

山門を仰いで見る、ところどころ、壊《く》え崩れて、草も尾花もむら生えの高い磴《いしだん》を登りかかった、お米の実家の檀那寺《だんなでら》——仙晶寺《せんしょうじ》というのである。が、燈籠寺《とうろうでら》といった方がこの大城下によく通る。

去《さん》ぬる……いやいや、いつの年も、盂蘭盆《うらぼん》に墓地へ燈籠を供えて、心ばかり小さな燈《あかり》を灯《とも》すのは、このあたりすべてかわりなく、親類一門、それぞれ知己《ちかづき》の新仏《しんぼとけ》へ志のやりとりをするから、十三日、迎火《むかえび》を焚《た》く夜《よ》からは、寺々の卵塔《らんとう》は申すまでもない、野に山に、標石《しめいし》、奥津城《おくつき》のあるところ、昔を今に思い出したような無縁墓、古塚までも、かすかな湿っぽい苔《こけ》の花が、ちらちらと切燈籠《きりこ》に咲いて、地《つち》の下の、仄白《ほのじろ》い寂しい亡霊《もうれい》の道が、草がくれ木《こ》の葉がくれに、暗夜《やみ》には著《しる》く、月には幽《かす》けく、冥々《めいめい》として顕《あら》われる。中でも裏山の峰に近い、この寺の墓場の丘の頂に、一樹、榎《えのき》の大木が聳《そび》えて、その梢《こずえ》に掛ける高燈籠が、市街の広場、辻《つじ》、小路《こうじ》。池、沼のほとり、大川縁《おおかわべり》。一里西に遠い荒海の上からも、望めば、仰げば、佇《たたず》めば、みな空に、面影に立って見えるので、名に呼んで知られている。

この燈籠寺に対して、辻町糸七の外套《がいとう》の袖《そで》から半間《はんま》な面《つら》を出した昼間の提灯は、松風に颯《さっ》と誘われて、いま二葉三葉《ふたはみは》散りかかる、折からの緋葉《もみじ》も灯《とも》れず、ぼかぼかと暖い磴《いしだん》の小草《こぐさ》の日だまりに、あだ白けて、のびれば欠伸《あくび》、縮むと、嚔《くしゃみ》をしそうで可笑《おか》しい。

辻町は、欠伸と嚔を綯《な》えたような掛声で、

「ああ、提灯。いや、どっこい。」

と一段踏む。

「いや、どっこい。」

お米が莞爾《にっこり》、

「ほほほ、そんな掛声が出るようでは、おじさん。」

「何、くたびれやしない。くたびれたといったって、こんな、提灯の一つぐらい。……尤《もっと》も持重りがしたり、邪魔になるようなら、ちょっと、ここいらの薄《すすき》の穂へ引掛けておいても差支えはないんだがね。」

「それはね、誰もいない、人通りの少いところだし、お寺ですもの。そこに置いといたって、人がどうもしはしませんけれど。……持ちましょうというのに持たさないで、おじさん、自分の手で……」

「自分の手で。」

「あんな、知らない顔をして、自分の手からお手向けなさりたいのでしょう。ここへ置いて行っては、お志が通らないではありませんか、悪いわ。」

「お叱言《こごと》で恐入るがね、自分から手向けるって、一体誰だい。」

「それはどなただか、ほほほ。」

また莞爾《にっこり》。

「せいせい、そんな息をして……ここがいい、ちょっとお休みなさいよ、さあ。」

ちょうど段々中継《なかつぎ》の一土間、向桟敷《むこうさじき》と云《い》ったところ、さかりに緋葉《もみじ》した樹《き》の根に寄った方で、うつむき態《なり》に片袖をさしむけたのは、縋《すが》れ、手を取ろう身構えで、腰を靡娜《なよやか》に振向いた。踏掛けて塗下駄《ぬりげた》に、模様の雪輪が冷くかかって、淡紅《とき》の長襦袢《ながじゅばん》がはらりとこぼれる。

媚《なまめか》しさ、というといえども、お米はおじさんの介添のみ、心にも留めなそうだが、人妻なれば憚《はばか》られる。そこで、件《くだん》の昼提灯を持直すと、柄の方を向うへ出した。黒塗の柄を引取ったお米の手は、なお白くて優しい。

憚られもしようもの。磴《いしだん》たるや、山賊の構えた巌《いわお》の砦《とりで》の火見《ひのみ》の階子《はしご》と云ってもいい、縦横町条《たてよこまちすじ》の家《や》ごとの屋根、辻の柳、遠近《おちこち》の森に隠顕《いんけん》しても、十町三方、城下を往来の人々が目を欹《そばだつ》れば皆見える、見たその容子《ようす》は、中空《なかぞら》の手摺《てすり》にかけた色小袖に外套の熊《くま》蟬《ぜみ》が留ったにそのままだろう。

蟬はひとりでジジと笑って、緋葉《もみじ》の影へ飜然《ひらり》と飛移った。

いや、飄然《ひらり》となんぞ、そんな器用に行くものか。

「ありがとう……提灯の柄のお力添に、片手を縋って、一方に洋杖《ステッキ》だ。こいつがまた素人《しろうと》が拾った櫂《かい》のようで、うまく調子が取れないで、だらしなく袖へ掻込《かいこ》んだところは情《なさけ》ない、まるで両杖《りょうづえ》の形だな。」

「いやですよ。」

「意気地はない、が、止《や》むを得ない。お言葉に従って一休みして行こうか。ちょうどお誂《あつら》え、苔滑《こけなめらか》……というと冷いが、日当りで暖い所がある。さてと、ご苦労を掛けた提灯を、これへ置くか。樹下石上＊というと豪勢だが、悹《こ》うしたところは、地蔵盆に筵《むしろ》を敷いて鉦《かね》をカンカンと敲《たた》く、はっち坊主《ぼうず》＊そのままだね。」

「そんなに、せっかちに腰を掛けてさ、泥がつきますよ。」

「構わない。破《や》れ麻《あさ》だよ。たかが墨染にて候《そうろう》だよ。」

「墨染でも、喜撰《きせん》＊でも、所作舞台ではありません、よごれますわ。」

「どうも、これは。きれいなその手巾《ハンケチ》で。」

「散っているもみじの方が、きれいです、払っては澄まないような、こんな手巾。」

「何色というんだい。お志で、石へ月影まで映《さ》して来た。ああ、いい景色だ。いつもここは、というううちにも、今日はまた格別です。あいかわらず、海も見える、城も見える。」

といった。

就中《なかんずく》、公孫樹《いちょう》は黄也《なり》、紅樹《こうじゅ》、青林《せいりん》、見渡す森は、みな錦葉《もみじ》を含み、散残った柳の緑を、うすく紗《しゃ》に綾取《あやど》った中に、層々たる城の天守が、遠山の雪の巓《いただき》を抽《ぬ》いて聳える。そこから斜《ななめ》に濃い藍《あい》の一線を曳《ひ》いて、青い空と一刷《ひとはけ》に同じ色を連ねたのは、いう迄《まで》もなく田野と市街と城下を巻いた海である。荒海ながら、日和の穏かさに、渚《なぎさ》の浪《なみ》は白菊の花を敷流す……この友禅をうちかけて、雪国の町は薄霧を透《とお》して青白い。その袖と思う一端に、周囲三里ときく湖は、昼の月の、半円なるかと視《なが》められる。

「お米坊。」

おじさんは、目を移して、

「景色もいいが、容子《ようす》がいいな。——提灯屋の親仁《おやじ》が見惚《みと》れたのを知ってるかい。

(その提灯を一つ、いくらです。)といったら、

(どうぞ早や、お持ちなされまして……お代はお次手《ついで》の時、)……はどうだい。そのかわり、遠国《えんごく》他郷のおじさんに、売りものを新聞づつみ、紙づつみにしようともしないんだぜ。豈《あに》それ見惚れたりと言わざるを得んやだ、親仁。」

「おっしゃい。」

と銚子《ちょうし》のかわりをたしなめるような口振で、

「旅の人だか何だか、草鞋《わらじ》も穿《は》かないで、今時そんな、見たばかりで分りますか。それだし、この土地では、まだ半季勘定がございます。……でなくってもさ、当寺《おてら》へお参りをする時、ゆきかえり通るんですもの。あの提灯屋さん、母に手を曳かれた時分から馴染《なじみ》です。……いやね、そんな空《から》お世辞をいって、沢山。……おじさんお参りをするのに極《きま》りが悪いもんだから、おだてごかしに、はぐらかして。」

「待った、待った。――お京さん――お米坊、お前さんのお母《つか》さんの名だ。」

「はじめまして伺います、ほほほ。」

「ご挨拶《あいさつ》、恐入った。が、何々院――信女《しんにょ》でなく、ごめんを被《こうむ》ろう。その、お母さんの墓へお参りをするのに、何だって、私がきまりが悪いんだろう。第一そのために来たんじゃないか。」

「……それはご遠慮は申しませんの。母の許《とこ》へお参りをして下さいますのは分っていますけれどもね、そのさきに――誰かさん――」

「誰かさん、誰かさん……分らない。米ちゃん、一体その誰かさんは？」

「母が、いつもそういっていましたわ。おじさんは、(極りわるがり屋) という (長い屋) さんだから。」

「どうせ、長屋住居《ずまい》だよ。」

「ごめんなさい、そんなんじゃありません。だからっても、何も私に――それとも、思い出さない、忘れたのなら、それはひどいわ、あんまりだわ。誰かさんに、悪いわ、済まないわ、薄情よ。」

「しばらく、しばらく、まあ、待っておくれ。これは思いも寄らない。唐突の儀を承る。弱ったな、何だろう、といっちゃなお悪いかな、誰だろう。」

「真個《ほんと》に忘れたんですか。それで可《い》いんですか。嘘《うそ》でしょう。それだとあんまりじゃありませんか。一層《いっそ》ちゃんと言いますよ、私から。――そういっても釣出しにかかって私の方が極りが悪いかも知れませんけれども。……おじさん、おじさんが、むかし心中をしようとした、婦人《おんな》のかた。」

「…………」

藪《やぶ》から棒をくらって膨らんだ外套の、黒い胸を、辻町は手で圧《おさ》える真似《まね》して、目を瞬《みは》ると、

「もう堪忍《かんにん》してあげましょう。あんまり知らないふりをなさるからちょっと驚《おど》かしてあげたんだけれど、それでも、もうお分りになったでしょう。――いつかの、その時、花の盛《さかり》の真夜中に。――あの、お城の門のまわり、暗い堀の上を行ったり、来たり

……」

お米の指が、行ったり来たり、ちらちらと細く動くと、その動くのが、魔法を使ったように、向う遥《はる》かな城の森の下くぐりに、小さな男が、とぼんと出て、羽織も着ない、しょぼけた形を顕わすとともに、手を拱《こまぬ》き、首《こうべ》を垂れて、とぼとぼと歩行《ある》くのが朧《おぼろ》に見える。それ、糧《かて》に飢えて死のうとした。それがその夜の辻町である。

同時に、もう一つ。寂しい、美しい女が、花の雲から下りたように、すっと翳《かげ》って、おなじ堀を垂々下《だらだらお》りに、町へ続く長い坂を、胸を柔《やわらか》に袖を合せ、肩を細《ほっそ》りと裙《すそ》を浮かせて、宙に漾《ただよ》うばかり。さし俯向《うつむ》いた頸《えり》のほんのり白い後姿で、捌《さば》く褄《つま》も揺《ゆら》ぐと見えない、もの静かな品の好さで、夜はただ黒し、花明り、土の筏《いかだ》に流るるように、満開の桜の咲蔽《さきおお》うその長坂を下りる姿が目に映った。

——指を包め、袖を引け、お米坊。頸《えり》の白さ、肩のしなやかさ、あまりその姿に似てならない。——

今、目《ま》のあたり、坂を行く女《ひと》は、あれは、二十ばかりにして、その夜、(烏《からす》をいう)千羽《せんば》ケ淵《ふち》で自殺してしまったのである。身を投げたのは潔《いさぎよ》い。

卑怯《ひきょう》な、未練な、おなじところをとぼついた男の影は、のめのめと活《い》きて、ここに仙晶寺の磴《いしだん》の中途に、腰を掛けているのであった。

二

「ああ、まるで魔法にかかったようだ。」

頬にあてて打傾いた掌《て》を、辻町は冷く感じた。時に短く吸込んだ煙草《たばこ》の火が、チリリと耳を掠《かす》めて、爪先《つまさき》の小石へ落ちた。

「また真個《まったく》夢がさめたようだ。――その時、夜あけ頃まで、堀の上をうろついて、いつ家《うち》へ帰ったか、草へもぐったのか、蒲団《ふとん》を引被《ひきかぶ》ったのか分らない。打ち踣《の》めされたようになって寝た耳へ、

――兄さん……兄さん――

と、聞こえたのは、……お京さん。」

「返事をしましょうか。」

「願おうかね。」

「はい、おほほ。」

「申すまでもない、威勢のいい若い声だ。そうだろう、お互に二十の歳《とし》です。――死んだ人は、たしか一つ上だったように後で聞いて覚えている。前の晩は、雨気《あまけ》を含んで、花あかりも朦朧《もうろう》と、霞《かすみ》に綿を敷いたようだった。格子《こうし》戸外《そと》のその元気のいい声に、

むっくり起きると、おっと来たりで、目は窪《くぼ》んでいる……額《おでこ》をさきへ、門口《かどぐち》へ突出すと、顔色の青さを烘《あぶ》られそうな、からりとした春 爛《たけなわ》な朝景色さ。お京さんは、結いたての銀杏返《いちょうがえし》で、半襟の浅黄の冴《さ》えも、黒繻子《くろじゅす》の帯の艶《つや》も、霞を払ってきっぱりと立っていて、(兄さん身投げですよ、お城の堀で。)(嘘だよ、ここに活きてるよ。)と、うっかり私が言ったんだから、お察しものです。すぐ背後《うしろ》の土間じゃ七十を越した祖母《ばあ》さんが、お櫃《ひつ》の底の、こそげ粒で、茶粥《ちゃがゆ》とは行きません、みぞれ雑炊を煮てござる。前々年、家《うち》が焼けて、次の年、父親がなくなって、まるで、掘立小屋だろう。住むにも、食うにも――昨夜《ゆうべ》は城のここかしこで、早い蛙《かえる》がもう鳴いた、歌《うた》を唄ってる虫けらが、およそ羨《うらやま》しい、と云った場合。……祖母さんは耳が遠いから可《よ》かったものの、(活きてるよ。)は何事です。(何を寝惚《ねぼ》けているんです。確乎《しっかり》するんです。)その頃の様子を察しているから、お京さん――ままならない思遣《おもいや》りのじれったさの疳癪筋《かんしゃくすじ》で、ご存じの通り、一《いち》うち*の眉《まゆ》を顰《ひそ》めながら、(……町内ですよ、ここの。いま私、前を通って来たんだけれど、角の箔屋《はくや》*。――うちの人じゃあない、世話になって、はんけちの工場《こうば》へ勤めていた娘さんですとさ。ちゃんと目をあいて……あれ、あんなに人が立っている。)うららかな朝だけれど、路が一条《ひとすじ》、胡粉《ごふん》で泥塗《だみ》*たように、ずっと白く、寂然《しん》として、家《や》ならび、三町ばかり、手前どもとおなじ側《かわ》です、けれども、何だか遠く離れた海際《うみぎわ》まで、突抜けになったようで、そこに立っている人だかりが——身を投げたのは淵だというのに——打って来る波を避けるように、むらむらと動いて、地《つち》がそこばかり、ぐっしょり汐《しお》に濡《ぬ》れているように見えた。

花はちらちらと目の前へ散って来る。

私の小屋と真向《まむかい》の……金持は焼けないね……しもた屋の後妻《うわなり》で、町中の意地悪が——今時はもう影もないが、——それその時飛んで来た、燕《つばめ》の羽の形に後《うしろ》を刎《は》ねた、橋髷《はしまげ》とかいうのを小さくのっけたのが、門《かど》の敷石に出て来て立って、おなじように箔屋の前を熟《じっ》とすかして視《み》ていた。その継娘《ままむすめ》は、優しい、うつくしい、上品な人だったが、二十にもならない先に、雪の消えるように白梅《しらうめ》と一所《いっしょ》に水で散った。いじめ殺したんだ、あの継母《ままはは》がと、町内で沙汰《さた》をした。その色の浅黒い後妻《うわなり》の眉と鼻が、箔屋を見込んだ横顔で、お京さんの前髪にくッつき合った、と私の目に見えた時さ。（いとしや。）とその後妻《うわなり》が、（のう、ご親類の、ご新姐《しんぞ》さん。）——悉《くわ》しくはなくても、向う前だから、様子は知ってる、行来《ゆきき》、出入りに、顔見知りだから、声を掛けて、（いつ見ても、好容色《ごきりょう》なや、ははは。）と空笑《そらわら》いをやったとお思い、（非業《ひごう》の死とはいうけれど、根は身の行いでございますのう。）とじろりと二人を見ると、お京さん、御母堂だよ、いいかい。怪我《けが》にも*真似なんかなさんなよ。即時、好容色《ごきりょう》な頤《あご》を打《ぶ》つけるようにしゃくって、（はい、さようでございます、のう。）と云うが疾《はや》いか、背中の子。」

　辻町は、時に、まつげの深いお米と顔を見合せた。

「その日は、当寺《こちら》へお参りに来がけだったのでね、……お京さん、磴《いしだん》が高いから半纏《はんてん》おんぶでなしに、浅黄鹿《か》の子《こ》の紐《ひも》でおぶっていた。背中へ、べっかっこで、（ばあ。）というと、カタカタと薄歯の音を立てて家《うち》ン中へ入ったろう。私が後妻《うわなり》に赤くなった。負《おぶ》っていたのが、何を隠そう、ここに好容色《ごきりょう》で立っている、さて、久しぶりでお目にかかります。お前さんだ、お米坊——二歳《ふたつ》、いや、三つだったか。かぞえ年。」

「かぞえ年……」

「ああ、そうか。」

「おじさんの家の焼けた年、お産間近に、お母さんが、あの、火事場へ飛出したもんですから、その所為《せい》ですって……私には痣《あざ》が。」

　睫毛《まつげ》がふるえる。辻町は、ハッとしたように、ふと肩をすくめた。

「あら、うっかり、おじさんだと思って、つい。……真紅《まっか》でしたわ、おとなになって今じゃ薄《うっす》りとただ青いだけですの。」

　おじさんは目を俯《ふ》せながら、故《わざ》と見まもったように恁《こ》ういった。

「見えやしない、なにもないじゃないか、どこなのだね。」

「知らない。」

「まあさ。」

「乳の少し傍《わき》のところ。」

「きれいだな、眉毛を一つ剃《そ》った痕《あと》か、雪間の若菜……とでも言っていないと――父がなくなって帰ったけれど、私が一度無理に東京へ出ていた留守です。私の家のために、お京さんに火事場を踏ませて申訳がないよ。――ところで、その嬰児《あかんぼ》が、今お見受け申すお姿となったから、もうかれこれ三十年。……だもの、記憶《おぼえ》も何も朧々《おぼろおぼろ》とした中に、その悲しいうつくしい人の姿に薄明りがさして見える。遠くなったり、近くなったり、途中で消えたり、目先へ出たり――こっちも、とぼとぼと死場所を探していたんだから、どうも人目が邪魔になる。さきでも目障《めざわ》りになったろう。やがて夜中の三時過ぎ、天守下の坂は長いからね、坂の途中で見失ったが、見失った時の後姿を一番はっきりと覚えている。だから、その人が淵で死んだとすると、一旦《いったん》町へ下りて、もう一度、坂を引返《ひっかえ》した事になるんだね。

ただし、そういったところで、あくる朝、町内の箔屋へ引取った身投げの娘が、果して昨夜《ゆうべ》私が見た人と同じだかどうだか、実のところは分りません……それは今でも分りはしない。堀端では、前後一度だって、横顔の鼻筋だって、見えないばかりか、解《わか》りもしない。が、朝、お京さんに聞いたばかりで、すぐ、ああ、それだと思ったのも、おなじ死ぬ気の、気で感じたのであろうと思う……と、お京さんが、むこうの後妻《うわなり》の目をそらして、格子を入った。おぶさったお前さんが、それ、今のべっかっこで、妙な顔……」

「ええ、ほほほ。」

とお米は軽く咲容《えまい》して、*片袖を胸へあてる。

「お京さん、いきなり内の祖母《ばあ》さんの背中を一つトンと敲《たた》いたと思うと、鉄鍋《てつなべ》の蓋《ふた》を取って覗《のぞ》いたっけ、勢《いきおい》のよくない湯気が上る。」

お米は軽く鬢《びん》を撫でた。

「ちょろちょろと燃えてる、竈《かまど》の薪木《たきぎ》、その火だがね、何だか身を投げた女《ひと》をあぶって暖めているような気がして、消えぎえにそこへ、袖褄《そでづま》を縺《もつ》れて倒れた、ぐっしょり濡れた髪と、真白な顔が見えて、まるでそれがね、向う門《かど》に立っている後妻《うわなり》に、はかない恋をせかれて、五年前に、おなじ淵に身を投げた、優しい姉さんのようにも思われた。余程どうかしていたんだね。

半壊《はんごわ》れの車井戸が、すぐ傍《そば》で、底の方に、ばたん、と寂しい雫《しずく》の音。

ざらざらと水が響くと、

――身投げだ――

――別嬪《べっぴん》だ――

――身投げだ――

と戸外《おもて》を喚《わめ》いて人が駆けた。

この騒ぎは――さあ、それから多日《しばらく》、四方、隣国、八方へ、大波を打ったろうが、だッてね、お京さんが、その女《ひと》の事については、当分、口へ出してうわささえしなければ、また私にも、話さえさせなかったよ。

――三年の間、かたい慎み――

――おなじ桜に風だもの、兄さんを誘いに来ると悪いから――

その晩、おなじ千羽ケ淵へ、ずぶずぶの夥間《なかま》だったのに、憖《なまじ》死にはぐれると、今さら気味が悪くなって、町をうろつくにも、山の手の辻へ廻って、箔屋の前は通らなかった。……

この土地の新聞一種《ひといろ》、買っては読めない境遇だったし、新聞社の掲示板の前へ立つにも、土地は狭い、人目に立つ、死出三途《さんず》ともいうところを、一所《いっしょ》に彷徉《さまよ》った身体《からだ》だけに、自分から気が怯《ひ》けて、避《よ》けるように、避けるように、世間のうわさに遠ざかったから、花の散ったのは、雨か、嵐《あらし》か、人に礫《つぶて》を打たれたか、邪慳《じゃけん》に枝を折られたか。

今もって、取留めた、悉《くわ》しい事は知らないんだが、それも、もう三十年。……お米さん、私は、おなじその年の八月――ここいらはまだ、月おくれだね、盂蘭盆が過ぎてから、いつも大好きな赤蜻蛉の飛ぶ時分、道があいて、東京へ立てたんだが。――

――ああ、そうか。」

辻町は、息を入れると、石に腰をずらして、ハタと軽く膝《ひざ》をたたいた。

三

その時、外套の袖にコトンと動いた、石の上の提灯の面《つら》は、またおかしい。いや、おかしくない、大空の雲を淡く透《すか》して蒼白《あおじろ》い。

「……さて、これだが、手向けるとか、供えるとか、お米坊のいう――誰かさんは――」

「ええ、そうなの。」

と、小菊と坊さん花をちょっと囲って、お米は静《しずか》に頷《うなず》いた。

「その嬰児《あかんぼ》が、串戯《じょうだん》にも、心中の仕損いなどという。――いずれ、あの、いけずな御母堂から、いつかその前後の事を聞かされて、それで知っているんだね。

不思議な、怪しい、縁だなあ。——花あかりに、消えて行った可哀相《かわいそう》な人の墓はいかにも、この燈籠寺にあるんだよ。

若気のいたり。……」

辻町は、額をおさえて、提灯に俯向いて、

「何と思ったか、東京へ——出発間際、人目を忍んで……というと悪く色気がありまず。何、こそこそと、鼠《ねずみ》あるきに、行燈形《あんどんなり》の小《ちいさ》な切籠《きりこ》燈の、就中《なかんずく》、安価なのを一枚細《ひとつ》腕で引いて、梯子段《はしごだん》の片暗がりを忍ぶように、この磴《いしだん》を隅の方から上《あが》って来た。胸も、息も、どきどきしながら。

ゆかただか、羅《うすもの》だか、女郎花《おみなえし》、桔梗《ききょう》、萩《はぎ》、それとも薄か、淡彩色《うすざいしき》の燈籠より、美しく寂しかろう、白露に雫をしそうな、その女《ひと》の姿に供える気です。

中段さ、ちょうど今いる。

しかるに、どうだい。お米坊は洒落《しゃれ》にも私を、薄情だというけれど、人間の薄情より三十年の月日は情がない。この提灯でいうのじゃないが、燈台下暗《もとくら》しで、とぼんとして気がつかなかった。申訳より、面目《めんぼく》がないくらいだ。

——すまして饒舌《しゃべ》って可《い》いか知らん、その時は、このもみじが、青葉で真黒だった下へ来て、上へ墓地を見ると、向うの峯をぼッと、霧にして、木曾のははき木だね、ここじゃ、見えない。が、有名な高燈籠が榎の梢に灯《とも》れている……葉と葉をくぐって、燈《ひ》の影が露を誘って、ちらちらと樹を伝うのが、長くかかって、幻の藤《ふじ》の総《ふさ》を、すっと靡《なび》かしたように仰がれる。絵の模様は見えないが、まるで、その高燈籠の宙の袖を、その人の姿のように思って、うっかりとして立った。

——ああ、呆《あき》れた——

目の前に、白いものと思ったたっけ、山門を真下《まっさが》りに、藍がかった浴衣《ゆかた》に、昼夜帯の婦人が、

——身投げに逢《あ》いに来ましたね——

言う事も言う事さ、誰だと思います。御母堂さ。それなら、言いそうな事だろう。そいきなり、がんと撲《くら》わされたから、おじさんの小僧、目をまるくして胆《きも》を潰《つぶ》した。そうだろう、当の御親類の墓地へ、といっては、ついぞ、つけとどけ、盆のお義理なんぞに出向いた事のない奴《やつ》が、」

辻町は提灯を押えながら、

「酒買い狸《たぬき》*が途惑《とまどい》をしたように、燈籠をぶら下げて立っているんだ。という事が捷早《すばや》いよ、お京さん、そう、のっけにやられたんじゃ、事実、親類へ供えに来たものにしたところで、そうとはいえない。

いかにも、若い、優しい、が、何だか、弱々とした、身を投げた女の名だけは、いつか聞いていた。

――初路《はつじ》さんのお墓は――

――お墓の場所は知っていますか――

知るもんですか。お京さんが、崖《がけ》で夜露に辷《すべ》るところへ、石ころ道が切立《きった》てで危いから、そんなにとぼついているんじゃ怪我をする。お寺へ預けて、昼間あらためて、お参りを、そうなさい、という。こっちはだね。日中《ひなか》のこのこ出られますか。何、志はそれで済むからこの石の上へ置いたなり帰ろうと、降参に及ぶとね、犬猫が踏んでも、きれいなお精霊《しょうりょう》が身震いをするだろう。――とに角《かく》、お寺まで、と云って、お京さん、今度は片褄《かたづま》をきりりと端折《はしょ》った。

こっちもその要心から、故《わざ》と夜になって出掛けたのに、今頃まで、何をしていたろう。（遊んでいた。世の中の煩《うる》ささがなくて寺は涼しい。裏縁に引いた山清水《やましみず》に……西瓜《すいか》は驕《おご》りだ、和尚《おしょう》さん、小僧には内証《ないしょ》らしく冷しておいた、紫陽花《あじさい》の影の映る、青い心太《ところてん》をつるつる突出して、芥子《からし》を利かして、冷い涙を流しながら、見たところ三百ばかりの墓燈籠と、草葉の影に九十九ばかり、お精霊の幻を見て涼んでいた、その中に初路さんの姿も。）と、お京さん、好《すき》なお転婆《てんば》をいって、山門を入った勢《いきおい》だからね。

……その勢だから……向った本堂の横式台、あの高いところに、晩出《おそで》の参詣《さんけい》を待って、お納所《なっしょ》*が、盆礼、お返しのしるしと、紅白の麻糸を三宝《さんぼう》に積んで、小机を控えた前へ。どうです、私が引込《ひっこ》むもんだから、お京さん、引取った切籠《きりこ》燈をツイと出すと、――この春、身を投げた、お嬢さんに。……心中を仕損った、この人の、こころざし――

私は門まで遁出《にげだ》したよ。あとをカタカタと追って返して、――それ、紅《あか》い糸を持って来た。縁結びに――白いのが好かったかしら、……

あいては幻……

と頬をかすられて、私はこの中段まで転げ落ちた。些《ち》と大袈裟《おおげさ》だがね、遠くの暗い海の上で、稲妻がしていたよ。その夜、途中からえらい降りで。」……

…………………

…………………

辻町は夕立を懐《おも》うごとく、少時《しばらく》息を沈めたが、やがて、ちょっと語調をかえて云った。

「お米坊、そんな、こんな、お母《かあ》さんに聞いていたのかね。」

「ええ、お嫁に行ってから、あと……」

「そうだろうな、あの気象でも、極《きま》りどころは整然《ちゃん》としている。嫁入前の若い娘に、あまり聞かせる事じゃないから。

――さて、問題の提灯だ。成程《なるほど》、その人に、切籠燈《きりこ》のかわりに供えると、思ったのは尤《もっと》もだ。が、そんな、実は、しおらしいとか、心入れ、とかいう奇特なんじゃなかったよ。懺悔《ざんげ》をするがね、実は我ながら、とぼけていて、ひとりでおかしいくらいなんだよ。月夜に提灯が贅沢《ぜいたく》なら、真昼間《まっぴるま》ぶらで提げたのは、何だろう、余程半間《よっぽどはんま》さ。というのがね、先刻《さっき》お前さんは、連《つれ》にはぐれた観光団が、鼻の下を伸ばして、うっかり見物している間抜けに附合う気で、黙ってついていてくれたけれど、来がけに坂下の小路中《なか》で、あの提灯屋の前へ、私が茫乎《ぼんやり》突立ったろう。

場所も方角も、まるで違うけれども、むかし小学校の時分、学校近所の……あすこは大川近《おおかわぢか》の窪地だが、寺があって、その門前に、店の暗い提灯屋があった。髯《ひげ》のある親仁《おやじ》が、紺の筒袖を、斑々《むらむら》の胡粉だらけ。腰衣《こしごろも》のような幅広の前掛《まえかけ》したのが、泥絵具だらけ、青や、紅《あか》や、そのまま転がったら、楽書《らくがき》の獅子《しし》になりそうで、牡丹《ぼたん》をこってりと刷毛《はけ》で彩《えど》る。緋《ひ》を桃色に颯《さっ》と流して、ぼかす手際が鮮彩《あざやか》です。それから鯉《こい》の滝登り。八橋《やつはし》一面の杜若《かきつばた》は、風呂屋《ふろや》へ進上の祝だろう。そんな比羅絵《びらえ》を、のし掛って描いているのが、嬉《うれ》しくて、面白くって、絵具を解き溜《た》めた大摺鉢へ、鞠子《まりこ》の宿《しゅく》*じゃないけれど、薯蕷汁《とろろ》となって溶込むように……学校の帰途《かえり》にはその軒下へ、いつまでも立って見ていた事を思出した。時雨《しぐれ》も霙《みぞれ》も知っている。夏は学校が休《やすみ》です。桜の春、また雪の時なんぞは、その緋牡丹の燃えた事、冴えた事、葉にも苔《こけ》にも、パッパッと惜気《おしげ》なく金銀の箔を使うのが、御殿の廊下へ日の射《さ》したように輝いた。そうした時は、家へ帰る途中の、大川の橋に、綺麗《きれい》な牡丹が咲いたっけ。

先刻《さっき》のあの提灯屋は、絵比羅も何にも描いてはいない。番傘の白いのを日向《ひなた》へ並べていたんだが、つい、その昔を思出して、あんまり店を覗いたので、ただじゃ出て来にくくなったもんだから、観光団お買上げさ。

――ご紋は――

――牡丹――

何、描かせては手間がとれる……第一実用むきの気といっては、聊《いささか》もなかったからね。これは、傘《からかさ》でもよかったよ。パッと拡《ひろ》げて、菊を持ったお米さんに、背後《うしろ》から差掛けて登れば可《よ》かった。」

「どうぞ。……女万歳の広告に。」*

「仰《おお》せのとおり。――いや、串戯《じょうだん》はよして。いまの並べた傘の小間《こま》隙間《すきま》へ、柳を透いて日のさすのが、銀の色紙《しきし》を拡げたようなところへ、お前さんのその花についていたろう、蝶《ちょう》が二つ、あの店へ翔込《たちこ》んで、傘の上へ舞ったのが、雪の牡丹へ、ちらちらと箔が散浮く……

そのままに見えたと思った時も——箔——すぐこの寺に墓のある——同町内に、ぐっしょりと濡れた姿を儚《はかな》く引取った——箔屋——にも気がつかなかった。薄情とは言われまいが、世帯《しょたい》の苦労に、朝夕は、細く刻んでも、日は遠い。年月があまり隔《へだた》ると、目前《めのまえ》の菊日和も、遠い花の霞になって、夢の朧が消えて行く。

が、あらためて、澄まない気がする。御母堂の奥津城を展じたあとで。……ずっと離れているといいんだがな。近いと、どうも、この年でも極りが悪い。きっと冷かすぜ、石塔の下から、クックッ、カラカラとまず笑う。」

「こわい、おじさん。お母《つか》さんだがいいけれど。……私がついていますから、冷かしはしませんから、よく、お拝みなさいましよね。

——（糸塚《いとづか》）さん。」

「糸塚……初路さんか。糸塚は姓なのかね。」

「いいえ、あら、そう……おじさんは、ご存じないわね。

——糸塚さん、糸巻塚ともいうんですって。

この谷を一つ隔てた、向うの山の中途に、鬼子母神《きしもじん》様のお寺がありましょう。」

「ああ、柘榴寺《ざくろでら》――真成寺《しんじょうじ》。」

「ちょっとごめんなさい。私も端の方へ、少し休んで。……いいえ、構うもんですか。落葉といっても錦《にしき》のようで、勿体《もったい》ないほどですわ。あの柘榴の花の散った中へ、鬼子母神様の雲だといって、草履を脱いで坐《すわ》ったのも、つい近頃のようですもの。お母さんにつれられて。白い雲、青い雲、紫の雲は何様でしょう。鬼子母神様は紅い雲のように思われますね。」

墓所は直近《じき》いのに、面影を遥かに偲《しの》んで、母親を想《おも》うか、お米は恍惚《うっとり》して云った。

――聞くとともに、辻町は、その壮年を三四年、相州逗子《ずし》に過ごした時、新婚の渠《かれ》の妻女の、病厄のために将《まさ》に絶えなんとした生命を、医療もそれよ。まさしく観世音の大慈の利験《りやく》に生きたことを忘れない。南海霊山の岩殿寺《いわとのじ》、奥の御堂《みどう》の裏山に、一処《ひとところ》咲満ちて、春たけなわな白光《びゃっこう》に、奇《く》しき薫《かおり》の漲《みなぎ》った紫の菫《すみれ》の中に、白い山兎《やまうさぎ》の飛ぶのを視《み》つつ、病中の人を念じたのを、この時まざまざと、目前の雲に視《み》て、輝く霊巌《れいげん》の台に対し、さしうつむくまで、心衷《しんちゅう》に、恭礼《きょうれい》黙拝したのである。――

お米の横顔さえ、﨟《ろう》たけて、

「柘榴寺、ね、おじさん、あすこの寺内に、初代元祖、友禅の墓がありましょう。一頃は訪《と》う人どころか、苔の下に土も枯れ、水も涸《かわ》いていたんですが、近年《ちかごろ》他国の人たちが方々から尋ねて来て、世評が高いもんですから、記念碑が新しく建ちましてね、名所のようになりました。それでね、ここのお寺でも、新規に、初路さんの、矢張《やっぱ》り記念碑を建てる事になったんです。」

「ははあ、和尚さん、娑婆気《しゃばっけ》だな、人寄せに、黒枠で……と身を投げた人だから、薄《うす》彩色《ざいしき》水絵具の立看板。」

「黙って。……いいえ、お上人《しょうにん》よりか、檀家《だんか》の有志、県の観光会の表向きの仕事なんです。お寺は地所を貸すんです。」

「葬《ほうむ》った土とは別なんだね。」

「ええ、それで、糸塚、糸巻塚、どっちにしようかっていってるところ。」

「どっちにしろ、友禅の（染）に対する（糸）なんだろう。」

「そんな、ただ思いつき、趣向ですか、そんなんじゃありません。あの方、はんけちの工場《こうじょう》へ通って、縫取をしていらしってさ、それが原因《もと》で、あんな事になったんですもの。糸も紅糸《べにいと》からですわ。」

「糸も紅糸……はんけちの工場へ通って、縫取をして、それが原因《もと》？……」

「まあ、何にも、ご存じない。」

「怪我にも心中だなどという、そういっちゃ、しかし済まないけれども、何にも知らない。おなじ写真を並んで取っても、大勢の中だと、いつとなく、生別れ、死別れ、年が経《た》つと、それっ切《きり》になる事もあるからね。」

辻町は向直っていったのである。

「蟹《かに》は甲らに似せて穴を掘る……も可訝《おかし》いかな。おなじ穴の狸……飛んでもない。一升入の瓢《ひさご》は一升だけ、何しろ、当推量《あてずいりょう》も左前だ。誰もお極りの貧のくるしみからだと思っていたよ。」

また、事実そうであった。

「まあ、そうですか、いうのもお可哀相。あの方、それは、おくらしに賃仕事をなすったでしょう。けれど、もと、千五百石のお邸《やしき》の女﨟《じょうろう》*さん。」

「おお、ざっとお姫様だ。ああ、惜しい事をした。あの晩一緒に死んでおけば、今頃はうまれかわって、小いろの一つも持った果報な男になったろう。……糸も、紅糸は聞いても床《ゆか》しい。」

「それどころじゃありません。その糸から起った事です。千五百石の女﨟ですが、初路さん、お妾腹《めかけばら》だったんですって。それでも一粒種、いい月日の下《もと》に、生れなすった*んですけれど、廃藩以来、ほどなく、お邸は退転、御両親も皆あの世。お部屋方の遠縁へ引取られなさいましたのが、いま、お話のありました箔屋なのです。時節がら、箔屋さんも暮しが安易《らく》でないために、工場《こうば》通いをなさいました。お邸育ちのお慰みから、縮緬《ちりめん》細工もお上手だし、お針は利きます。すぐ第一等の女工さんでごく上等のものばかり、はんけちと云って、薄色もありましょうが、おもに白絹へ、蝶花《ちょうはな》を綺麗に刺繍《ししゅう》をするんですが、いい品は、国産の誉れの一つで、内地より、外国へ高級品で出たんですって。」

「成程《なるほど》。」

四

あれあれ見たか

あれ見たか

……………

「あれあれ見たか、あれ見たか、二つ蜻蛉《とんぼ》が草の葉に、かやつり草に宿かりて……その唄を、工場で唱《うた》いましたってさ。唄が初路さんを殺したんです。

細い、かやつり草を、青く縁へとって、その片端、はんけちの雪のような地へ赤蜻蛉を二つ。」

お米の二つ折る指がしなって、内端《うちは》に襟をおさえたのである。

「一ツずつ、蜻蛉が別ならよかったんでしょうし、外の人の考案《かんがえ》で、あの方、ただ刺繍だけなら、何でもなかったと言うんです。どの道、うつくしいのと、仕事の上手なのに、嫉《ねた》み猜《そね》みから起った事です。何につけ、彼《か》につけ、ゆがみ曲りに難癖をつけないではおきません。ところを図案まで、あの方がなさいました。何から思いつきなすったんだか。——その赤蜻蛉の刺繍が、大層な評判だし、分けて輸出さきの西洋の気受けが、それは、凄《すご》い勢《いきおい》で、どしどし註文が来ましたところから、外国まで、恥を曝《さら》すんだって、羽をみんな、手足にして、紅いのを縮緬のように唄い囃《はや》して、身肌を見せたと、騒ぐんでしょう。」

(巻初に記して一粲《いっさん》に供した俗謡には、二三行、

…………

…………

脱落があるらしい、お米が口誦《くしょう》を憚ったからである。)

「いやですわね、おじさん、蝶々や、蜻蛉は、あれは衣服《きもの》を着ているでしょうか。

——人目しのぶと思えども

羽はうすもの隠されぬ——

それも一つならまだしもだけれど、一つの尾に一つが続いて、すっと、あの、羽を八つ、静かに銀糸で縫ったんです、寝ていやしません、飛んでいるんですわね。ええ、それをですわ、

——世間、いなずま目が光る——

——恥を知らぬか、恥じないか——と皆《みんな》でわあわあ、さも初路さんが、そんな姿絵を、紅い毛、碧《あお》い目にまで、露呈《あらわ》に見せて、お宝を儲《もう》けたように、唱い立てられて見た日には、内気な、優しい、上品な、着ものの上から触られても、毒蛇の牙形《はがた》が膚《はだ》に沁《し》みる……雪に咲いた、白玉椿《しらたまつばき》のお人柄、耳たぶの赤くなる、もうそれが、砕けるのです、散るのです。

遺書《かきおき》にも、あったそうです。——ああ、恥かしいと思ったばかりに——」

「察しられる。思いやられる。お前さんも聞いていようか。むかし、正しい武家の女《にょ》性《しょう》たちは、拷問《ごうもん》の笞《しもと》、火水の責《せめ》にも、断じて口を開かない時、ただ、衣《きぬ》を褫《うば》う、肌着を剝《は》ぐ、裸体にするというとともに、直ちに罪に落ちたというんだ。——そこへ掛けると……」

辻町は、かくも心弱い人のために、西班牙《スペイン》セビイラの煙草工場のお転婆*を羨《うらや》んだ。同時に、お米の母を思った。お京がもしその場に処したら、対手《あいて》の工女の顔に象棋《しょうぎ》

盤《ばん》の目を切るかわりに、酢ながら心太《ところてん》を打《ぶ》ちまけたろう。

「そこへ掛けると平民の子はね。」

辻町は、うっかりいった。

「だって、平民だって、人の前で。」

「いいえ。」

「ええ、どうせ私は平民の子ですから。」

辻町は、その乳のわきの、青い若菜を、ふと思って、覚えず肩を縮めたのである。

「あやまった。いや、しかし、千五百石の女臈、昔ものがたり以上に、あわれにはかない。そうして清らかだ。」

「中将姫*のようでしたって、白羽二重の上へ辷ると、あの方、白い指が消えました。露が光るように、針の尖《さき》を伝って、薄い胸から紅い糸が揺れて染まって、また縢《かが》って、銀の糸がきらきらと、何枚か、幾つの蜻蛉が、すいすいと浮いて写る。――（私が傍に見ていました）って、鼻ひしゃげのその頃の工女が、茄子《なす》の古漬のような口を開けて、老《い》い年で話すんです。その女だって、その臭い口で声を張って唱ったんだと思うと、聞いていて、口惜《くや》しい、睨《にら》んでやりたいようですわ。――でも自害をなさいました、後一年ばかり、一時《ひところ》はこの土地で湯屋でも道端でも唄って、お気の弱いのをたっとむまでも、初路さんの刺繡を恥かしい事にいいましたとさ。

――あれあれ見たか、あれ見たか――、銀の羽がそのまま手足で、二つ蜻蛉が何とかですもの。」

「一体また二つの蜻蛉が何故《なぜ》変だろう。見聞《みきき》が狭い、知らないんだよ。土地の人は――そういう私だって、近頃まで、つい気がつかずにいたんだがね。

手紙の次手《ついで》で知っておいでだろうが、私の住んでいるところと、京橋の築地までは、そうだね、ここから、ずっと見て、向うの海まではあるだろう。今度、当地《こちら》へ来がけに、歯が疼《いた》んで、馴染の歯科医《はいしゃ》へ行ったとお思い。その築地は、というと、用たしで、歯科医は大廻りに赤坂なんだよ。途中、四谷新宿へ突抜《つつぬ》けの麴町《こうじまち》の大通りから三宅坂《みやけざか》、日比谷、……銀座へ出る……歌舞伎座《かぶきざ》の前を真直《まっすぐ》に、目的《めあて》の明石町《あかしちょう》までと饒舌《しゃべ》ってもいい加減の間、町充満《いっぱい》、屋根一面、上下、左右、縦も横も、微紅《うすあか》い光る雨に、花吹雪を浮かせたように、羽が透き、身が染って、数限りもない赤蜻蛉の、大流れを漲らして飛ぶのが、行違ったり、卍《まんじ》に舞乱れたりするんじゃあない、上へ斜《ななめ》、下へ斜、右へ斜、左へ斜といった形で、おなじ方向を真北へさして、見当は浅草、千住《せんじゅ》、それから先はどこまでだか、ほとんど想像にも及びません。――明石町は昼の不知火《しらぬい》、隅田川の水の影が映ったよ。

で、急いで明石町から引返《ひっかえ》して、赤坂の方へ向うと、また、おなじように飛んでいる。群れて行く。歯科医《はいしゃ》で、椅子《いす》に掛けた。窓の外を、この時は、幾分か、その数はまばらに見えたが、それでも、千や二千じゃない、二階の窓をすれすれのところに向う家の廂《ひさし》見当、ちょうど電信、電話線の高さを飛ぶ。それより、高くもない。ずっと低くもない。どれも、おなじくらいな空を通るんだがね、計り知られないその大群は、層を厚く、密度を濃《こまや》かにしたのじゃなくって、薄く透通る。その一つ一つの薄い羽のようにさ。

何の事はない、見たところ、東京の低い空を、淡紅《とき》一面の紗を張って、銀の霞に包んだようだ。聳立《そびえた》った、洋館、高い林、森なぞは、さながら、夕日の紅《べに》を巻いた白浪の上の巌《いわ》の島と云った態《かたち》だ。

つい口へ出た。（蜻蛉が大層飛んでいますね。）歯医師《はいしゃ》が（はあ、早朝からですよ。）と云ったがね。その時は四時過ぎです。

帰途《かえり》に、赤坂見附で、同じことを、運転手に云うと、（今は少くなりました。こんなもんじゃありません。今朝六時頃、この見附を、客人で通りました時は、上下、左右すれ違うとサワサワと音がします。青空、青山、正面の雪の富士山の雲の下まで裾《すそ》野《の》を蔽うといいます紫雲英《げんげ》のように、いっぱいです。赤蜻蛉に乗せられて、車が浮いて困ってしまいました。こんな経験ははじめてです。）と更《あらた》めて吃驚《びっくり》したように言うんだね。私も、その日ほど夥《おびただ》しいのは始めてだったけれど、赤蜻蛉の群の一日都会に漲るのは、秋、おなじ頃、ほとんど毎年と云ってもいい。子供のうちから大好きなんだけれど、これに気のついたのは、――うっかりじゃないか――この八九年以来なんだが、月はかわりません。きっと十月、中の十日から二十日の間、三年つづいて十七日というのを、手帳につけて覚えています。季節、天気というものは、そんなに模様の変らないものと見えて、いつの年も秋の長雨、しけつづき、また大あらしのあった翌朝《あくるあさ》、からりと、嘘のように青空になると、待ってたように、しずめたり浮いたり、颪に、すらすらすらすらと、薄い紅い霧をほぐして通る。

――この辺は、どうだろう。」

「え。」

話にききとれていた所為《せい》ではあるまい、お米の顔は緋葉《もみじ》の蔭《かげ》にほんのりしていた。

「……もう晩《おそ》いんでしょう、今日は一つも見えませんわ。前の月の命日に参詣《おまいり》をしました時、山門を出て……あら、このいい日和にむら雨《さめ》かと思いました。赤蜻蛉の羽がまるで銀の雨の降るように見えたんです。」

「一ツずつかね。」

「ひとツずつ？」

「二ツずつではなかったかい。」

「さあ、それはどうですか、ちょっと私気がつきません。」

「気がつくまい、そうだろう。それを言いたかったんだ、いまの蜻蛉の群の話は。それがね、残らず、二つだよ、比翼*なんだよ。その刺繍の姿と、おなじに、これを見て土地の人は、初路さんを殺したように、どんな唄を唱うだろう。

みだらだの、風儀を乱すの、恥を曝すのといって、どうする気だろう。浪で洗えますか、火で焼けますか、地震だって壊せやしない。天を蔽い地に漲る、といったところで、颶風《はやて》があれば消えるだろう。儚いものではあるけれども――ああ、その儚さを一人で身に受けたのは初路さんだね。」

「ええ、ですから、ですから、おじさん、そのお慰めかたがた……今では時世がかわりました。供養《くよう》のために、初路さんの手技《てわざ》を称《ほ》め賛《たた》えようと、それで、「糸塚」という記念の碑を。」

「…………」

「もう、出来かかっているんです。図取は新聞にも出ていました。台石の上へ、見事な白い石で大きな糸枠を据えるんです。刻んだ糸を巻いて、丹《に》で染めるんだっていうんですわ。」

「そこで、「友禅の碑」と、対《つい》するのか。しかし、いや、兎《と》に角《かく》、悪い事ではない。場所は、位置は。」

「さあ、行って見ましょう。半分うえ出来ているようです。門を入って、直《じ》きの場所です。」

辻町は、あの、盂蘭盆の切籠燈《きりこ》に対する、寺の会釈《えしゃく》を伝えて、お京が渠《かれ》に戯《たわむ》れた紅《べに》糸《いと》を思って、ものに手繰られるように、提灯《ちょうちん》とともにふらりと立った。

五

「おばけの……蜻蛉？……おじさん。」

「何、そんなもののいよう筈《はず》はない。」

とさも落着いたらしく、声を沈めた。そのくせ、たった今、思わず、「呀《あ》！」といったのは誰だろう。

いま辻町は、蒼然《そうぜん》として苔蒸した一基の石碑を片手で抱いて——いや、抱くなどというのは憚かろう——霜より冷くっても、千五百石の女﨟《じょうろう》の、石の軀《むくろ》ともいうべきものに手を添えているのである。ただし、その上に、沈んだ藤色のお米の羽織が袖をすんなりと墓のなりにかかった、が、織だか、地紋だか、影絵のように細い柳の葉に、菊らしいのを薄色に染出したのが、白い山土に敷乱れた、枯草の中に咲残った、一叢《ひとむら》の嫁菜の花と、入交《いりま》ぜに、空を蔽うた雑樹《ざつじゅ》を洩《も》れる日光に、幻の影を籠《こ》めた、墓はさながら、梢を落ちた、うらがなしい綺麗な錦紗《きんしゃ》の燈籠《とうろう》の、うつむき伏した風情《ふぜい》がある。

ここは、切立《きったて》というほどではないが、巌組《いわぐ》みの径《みち》が嶮《けわ》しく、砕いた薬研《やげん》の底を上《あが》る、涸《か》れた滝の痕に似て、草土手の小高いところで、累々《るいるい》と墓が並び、傾き、また倒れたのがある。

上《あが》り切った卵塔の一劃《かく》、高いところに、裏山の峯を抽《ぬ》いて繁《しげ》ったのが、例の高燈籠の大榎で、巌を縫って蟠《わだかま》った根に寄って、先祖代々とともに、お米のお母《つか》さんが、ぱっと目を開きそうに眠っている。そこも蔭で、薄暗い。

それ、持参の昼提灯、土の下からさぞ、半間《はんま》だと罵倒《ばとう》しようが、白く据《すわ》って、ぼっと包んだ線香の煙が靡いて、裸蠟燭の灯が、静寂な風に、ちらちらする。

榎を潜《くぐ》った彼方《かなた》の崖は、すぐに、大傾斜の窪地になって、山の裙《すそ》まで、寺の裏庭を取りまわして一谷《ひとたに》一面の卵塔である。

初路の墓は、お京のと相向って、やや斜下、左の草土手のところにあった。

見たまえ——お米が外套を折畳みにして袖に取って、背後《うしろ》に立添った、前踞《まえこご》みに、辻町は手をその石碑にかけた羽織の、裏の媚《なまめ》かしい中へ、さし入れた。手首に冴えて淡藍《うすあい》が映える。片手には、頑丈な、錆《さび》の出た、木鋏《きばさみ》を構えている。

この大剪刀《おおばさみ》が、もし空の樹の枝へでも引掛《ひっかか》っていたのだと、うっかり手にはしなかったろう。盂蘭盆の夜が更《ふ》けて、燈籠が消えた時のように、羽織で包んだ初路の墓は、あわれにうつくしく、かつあたりを籠めて、陰々として、鬼気が籠《こも》るのであったから。

鋏は落ちていた。これは、寺男の爺《じい》やまじりに、三人の日傭取《ひようとり》が、ものに驚き、泡を食って、遁出《にげだ》すのに、投出したものであった。

その次第は僭《こ》うである。

はじめ二人は、磴《いしだん》から、山門を入ると、広い山内、鐘楼なし。松を控えた墓地の入口《いりくち》の、鎖《とざ》さない木戸に近く、八分出来という石の塚を視《み》た。台石に特に意匠はない、つい通りの巌組一丈あまりの上に、誂《あつら》えの枠を置いた。が、あの、くるくると糸を廻す棒は見えぬ。くり抜いた跡はあるから、これには何か考案があるらしい。お米もそれはまだ知らなかった。枠の四つの柄は、その半面に対しても幸《さいわい》に鼎《かなえ》に似ない。鼎に似ると、烹《に》るも烙《や》くも、いずれ繊楚《かよわ》い人のために見る目も忍びないであろうところを、恰好《あたかもよし》、玉を捧《ささ》ぐる白珊瑚《しろさんご》の滑《なめら》かなる枝に見えた。

「かえりに、ゆっくり拝見しよう。」

その母親の展墓である。自分からは急がすのをためらった案内者が、

「道が悪いんですから、気をつけてね。」

わあ、わっ、わっ、わっ、おう、ふうと、鼻呼吸《はないき》を吹いた面《つら》を並べ、手を挙げ、胸を敲《たた》き、拳《こぶし》を振りなど、なだれを打ち、足たたらを踏んで、一時《ひといき》に四人、摺違《すれちが》いに木戸口へ、茶色になって湧《わ》いて出た。

その声も跫音《あしおと》も、響くと、もろともに、落ちかかったばかりである。

不意に打《ぶ》つかりそうなのを、軽く身を抜いて路《みち》を避けた、お米の顔に、鼻をまともに突向けた、先頭《さきて》第一番の爺《じじい》が、面《つら》も、脛《すね》も、一縮みの皺《しわ》の中から、ニンガリと変に笑ったと思うと、

「出ただええ、幽霊だあ。」

幽霊。

「おッさん、蛇、蝮《まむし》？」

お米は——幽霊と聞いたのに——ちょっと眉を顰めて、蛇、蝮を憂慮《きづか》った。

「那様《そんげえ》なもんじゃねえだア。」

いかにも、那様《そんげえ》なものには怯《おび》えまい、面魂、印半纏《しるしばんてん》も交って、布子のどんつく、*半《はん》

股引《ももひき》、空脛《からずね》が入乱れ、屈竟《くっきょう》な日傭取が、早く、糸塚の前を摺抜けて、松の下に、ごしゃごしゃとかたまった中から、寺爺やの白い眉の、びくびくと動くが見えて、

「蜻蛉だあ。」

「幽霊蜻蛉ですだアい。」

と、冬の麦稈帽《むぎわらぼう》を被《かぶ》った、若いのが声を掛けた。

「蜻蛉なら、幽霊だって。」

お米は、莞爾《にっこり》して坂上りに、衣紋《えもん》のやや乱れた、浅黄を雪に透く胸を、身繕いもせず、そのまま、見返りもしないで木戸を入った。

巌《いわ》は鋭い。踏上る径は嶮しい。が、お米の双の爪さきは、白い蝶々に、おじさんを載せて、高く導く。

「何だい、今のは、あれは。」

「久助《きゅうすけ》って、寺爺やです。卯塔場で働いていて、休みのお茶のついでに、私をからかったんでしょう。子供だと思っている。おじさんがいらっしゃるのに、見さかいがない。馬鹿《ばか》だよ。」

「若いお前さんと、一緒にからかわれたのは嬉しいがね、威《おど》かすにしても、寺で幽霊をいう奴があるものか。それも蜻蛉の幽霊。」

「蛇や、蝮でさえなければ、蜥蜴《とかげ》が化けたって、そんなに可恐《こわ》いもんですか。」

「いるかい。」

「時々。」

「いるだろうな。」

「でも、この時節。」

「よし、私だって驚かない。しかし、何だろう、ああ、そうか。おはぐろとんぼ、黒とんぼ。また、何とかいったっけ。漆のような真黒な羽のひらひらする、繊《ほそ》く青い、たしか河原蜻蛉とも云ったと思うが、あの事じゃないかね。」

「黒いのは精霊《しょうりょう》蜻蛉ともいいますわ。幽霊だなんのって、あの爺《じじ》い。」

その時であった。

「ああ。」

と、お米が声を立てると、

「酷《ひど》いこと、墓を。」

といった。声とともに、着た羽織をすっと脱いだ、が、紐をどう解いたか、袖をどう、手の菊へ通したか、それは知らない。花野を颯《さっ》と靡かした、一筋の風が藤色に通るように、早く、その墓を包んだ。

向う傾けに草へ倒して、ぐるぐる巻というよりは、がんじ搦《がら》みに、ひしと荒縄の汚いのを、無残にも。

「初路さんを、——初路さんを。」

これが女臈の碑だったのである。

「莫蓙《ござ》にも、蓆《むしろ》にも包まないで、まるで裸にして。」

と気色ばみつつ、かつ恥じたように耳朶《みみたぶ》を紅くした。

いうまじき事かも知れぬが、辻町の目にも咄嗟《とっさ》に印したのは同じである。台石から取って覆《か》えした、持扱いの荒くれた爪摺《つまず》れであろう、青々と苔の蒸したのが、ところどころ毮《むし》られて、日の隈幽《くまかすか》に、石肌の浮いた影を膨らませ、影をまた凹《くぼ》ませて、残酷に搦めた、さながら白身の窶《やつ》れた女を、反接緊縛《きんばく》したに異ならぬ。

推察に難くない。いずれかの都合で、新しい糸塚のために、ここの位置を動かして持運ぼうとしたらしい。

が、心ない仕業をどうする。——お米の羽織に、そうして、墓の姿を隠して好かった。花やかともいえよう、ものに激した挙動《ふるまい》の、このしっとりした女房の人柄に似ない捷《すばや》い仕種《しぐさ》の思掛《おもいが》けなさを、辻町は怪しまず、さもありそうな事と思ったのは、お京の娘だからであった。こんな場に出逢っては、きっとおなじはからいをするに疑いない。そのかわり、娘と違い、落着いたもので、澄まして羽織を脱ぎ、背負揚《しょいあげ》を棄《す》て、悠然と帯を厳《いわお》に解いて、あらわな長襦袢ばかりになって、小袖ぐるみ墓に着せたに違いない。

何、夏なら、炎天なら何とする？……と。そういう皮肉な読者《おかた》には弱る、が、言わねば卑怯らしい、裸体《はだか》になります、しからずんば、辻町が裸体《はだか》にされよう。

――その墓へはまず詣《もう》でた――

引返《ひっかえ》して来たのであった。

辻町の何よりも早くここで為《し》よう心は、たちどころに縄を切って棄てる事であった。瞬時といえども、人目に曝すに忍びない。行《や》るとなれば手伝おう、お米の手を借りて解きほどきなどするのにも、二人の目さえ当てかねる。

さしあたり、ことわりもしないで、他の労業を無にするという遠慮だが、その申訳と、渠等《かれら》を納得させる手段は、酒と餅《もち》で、そんなに煩《わずら》わしい事はない。手で招いても渋面の皺は伸びよう。また厨裡《くり》で心太《ところてん》を突くような跳梁権《ちょうりょうけん》を獲得していた、檀越《だんおつ》夫人*の嫡女《ちゃくじょ》がここにいるのである。

栗柿《くりかき》を剝《む》く、庖丁《ほうちょう》、小刀、そんなものを借りるのに手間ひまはかからない。大剪刀《おおばさみ》が、恰《あたか》も蝙蝠《こうもり》の骨のように飛んでいた。

取って構えて、些《ち》と勝手は悪い。が、縄目は見る目に忍びないから、衣《きぬ》を掛けたこのまま、留南奇《とめき》を燻《た》く、絵で見た伏籠《ふせご》を念じながら、もろ手を、ずかと袖裏へ。驚破《すわ》、ほんのりと、暖い。芬《ぷん》と薫った、石の肌の軟《やわら》かさ。

思わず、

「呀《あ》。」

と声を立てたのであった。

「——おばけの蜻蛉、おじさん。」

「——何そんなもののいよう筈はない。」

胸傍《むなわき》の小さな痣、この青い鮮《こけ》、そのお米の乳のあたりへ鋏が響きそうだったからである。辻町は一礼し、墓に向って、屹《きっ》といった。

「お嬢さん、私の仕業が悪かったら、手を、怪我をおさせなさい。」

鋏は爽《さわやか》な音を立てた、ちちろも声せず、松風を切ったのである。

「やあ、塗師屋《ぬしや》様、——ご新姐《しんぞ》。」

木戸から、寺男の皺面《しわづら》が、墓地下で口をあけて、もう喚き、冷めし草履の馴《な》＊れたものので、これは磽确《こうかく》＊たる径は踏まない。草土手を踏んで横ざまに、傍《そば》へ来た。

続いて日傭取《ひようとり》が、おなじく木戸口へ、肩を組合って低く出た。

「ごめんなせえましよ、お客様。……ご機嫌よくこうやってござらっしゃるところを見ると、間違《まちげ》えごともなかったの、何も、別条はなかっただね。」

「ところが、おっさん、少々別条があるんですよ。きみたちの仕事を、ちょっと無駄にしたぜ。一杯買おう、これです、ぶつぶつに縄を切払《きっぱら》った。」

「はい、これは、はあ、いい事をさっせえて下さりました。」

「何だか、あべこべのような挨拶《あいさつ》だな。」

「いんね、全くいい事をなさせえました。」

「いい事をなさいましたじゃないわ、おいたわしいじゃないの、女臈《じょうろう》さんがさ。」

「ご新姐、それがね、いや、この、からげ縄、畜生。」

そこで、踞《かが》んで、毛虫を踏潰したような爪さきへ近く、切れて落ちた、むすびめの節立った荒縄を手繰棄てに背後《うしろ》へ刎出《はねだ》しながら、きょろきょろと樹の空を見廻した。妙なもので、下木戸の日傭取たちも、申合せたように、揃《そろ》って、踞んで、空を見る目が、皆動く。

「いい塩梅《あんばい》に、幽霊蜻蛉、消えただかな。」

「一体何だね、それは。」

「もの、それがでござりますよ、お客様、この、はい、石塔を動かすにつきましてだ。」

「いずれ、あの糸塚とかいうのについての事だろうが、何かね、掘返してお骨でも。」

「いや、それはなりましねえ。記念碑発起押《お》っぽだての、帽子、靴、洋服、袴《はかま》、髯の生えた、ご連中さ、そのつもりであったれど、寺の和尚様、承知さっしゃりましねえだ。ものこれ、三十年経ったとこそいえ、若い女臈《じょうろう》が埋《うま》ってるだ。それに、久しい無縁墓だで、ことわりいう檀家もなしの、立合ってくれる人の見分もないで、と一論判《ひとろっぱん》あった上で、土には触らねえ事になったでがす。」

「そうあるべきところだよ。」

「ところで、はい、あのさ、石彫《いしぼり》の大《で》え糸枠《け》の上へ、がっしりと、立派なお堂を据えて戸をあけたてしますだね、その中へこの……」

お米は着流しのお太鼓で、まことに優に立っている。

「おお、成仏《じょうぶつ》をさっしゃるずら、しおらしい、嫁菜の花のお羽織きて、霧は紫の雲のようだ、しなしなとしてや。」

と、苔の生えたような手で撫でた。

「ああ、擽《くすぐ》ったい。」

「何でがすい。」

と、何も知らず、久助は墓の羽織を、もう一撫で。

「この石塔を斎《いつ》き込むもくろみだ。その堂がもう出来て、切組みも済ましたで、持込んで寸法をきっちり合わす段が、はい、ここはこの通り足場が悪いと、山門内《さんもんうち》まで運ぶについて、今日さ、この運び手間だよ。肩がわりの念入りで、丸太棒《まるたんぼう》で担《かつ》ぎ出しますに。――丸太棒めら、丸太棒を押立《おつた》てて、ごろうじませい、あすこにとぐろを巻いていますだ。あのさきへ矢羽根をつけると、掘立普請《ほったてぶしん》の斎《とき》が出るだね。へい、墓場の入口《いりくち》だ、地獄の門番……はて、飛んでもねえ、肉親のご新姐ござらっしゃる。」

と、泥でまぶしそうに、口の端《はた》を拳でおさえて、

「――そのさ、担ぎ出しますに、石の直肌《じかはだ》に縄を掛けるで、藁《わら》なり蓆《むしろ》なりの、花ものの草木を雪囲いにしますだね、あの骨法でなくば悪かんべいと、お客様の前《めえ》だけんど、わし一応はいうたれども、丸太棒めら。あに、はい、墓さ苞入《つといり》に及ぶもんか、手間障《てまざい》だ。また誰も見ていねえで、構いごとねえだ、と吐《こ》いての。

和尚様は今日は留守なり、お納所《なつしょ》、小僧も、総斎《そうどき》＊に出《で》さしった。まず大事ねえでの。はい、ぐるぐるまきのがんじがらみ、や、このしょで、転がし出した。それさ、その形《かた》でがすよ。わしさ屈腰《かがみごし》で、膝はだかって、面《つら》を突出す。奴等三方からかぶさりかか

って、棒を突挿《つきさ》そうとしたと思わっせえまし。何と、この鼻の先、奴等の目の前へ、縄目へ浮いて、羽さ弾《はじ》いて、赤蜻蛉が二つ出た。

たった今や、それまでというものは、四人八ツの、団栗目《どんぐりまなこ》に、糠虫《ぬかむし》一疋《ぴき》入らなんだに、かけた縄さ下から潜って石から湧いて出たはどうしたもんだね。やあやあ、しっしっ、吹くやら、払いますやら、静《じっ》として赤蜻蛉が動かねえとなると、はい、時代違いで、何の気もねえ若い徒《てやい》も、さてこの働きに掛ってみれば、記念碑糸塚の因縁さ、よく聞いて知ってるもんだで。

ほれ、のろのろとこっちさ寄って来るだ。あの、さきへ立って、丸太棒をついた、その手拭《てぬぐい》をだらりと首へかけた、逞《たくま》しい男でがす。奴が、女臈《じょうろう》の幽霊でねえか。出たッと、また髯どのが叫ぶと、蜻蛉がひらりと動くと、かっと二つ、灸《きゅう》のような炎が立つ。冷い火を汗に浴びると、うら山おろしの風さ真黒に、どっと来た、煙の中を、目が眩《くら》んで遁《に》げたでござえますでの。……

それでがすもの、ご新姐、お客様。」

「それじゃ、私たち差出た事は、叱言《こごと》なしに済むんだね。」

「ほってもねえ、いい人扶《ひとだす》けして下せえましたよ。時に、はい、和尚様帰って、逢わっせえても、万々《ばんばん》沙汰なしに頼みますだ。」

そこへ、丸太棒が、のっそり来た。

「おじい、もういいか、大丈夫かよ。」

「うむ、見せえ、大智識《だいちしき》さ五十年の香染《こうぞめ》の袈裟より利益《りやく》があっての、その、嫁菜の縮緬の裡《なか》で、幽霊はもう消滅だ。」

「幽霊も大袈裟だがよ、悪く、蜻蛉に祟《たた》られると、瘧《おこり》を病むというから可恐《おっかね》えです。縄をかけたら、また祟って出やしねえかな。」

と不精髯の布子が、ぶつぶついった。

「そういう口で、何で包むもの持って来ねえ。糸塚さ、女﨟様、素《す》で括《くく》ったお祟りだ、これ、敷松葉の数寄屋《すきや》の庭の牡丹に雪囲いをすると思えさ。」

「よし、おれが行く。」

と、冬の麦稈帽《むぎわらぼう》が出ようとする。

「ああ、ちょっと。」

袖を開いて、お米が留めて、

「そのまま、その上からお結《いわ》えなさいな。」

不精髯が――どこか昔の提灯屋に似ていたが、

「このままでかね、勿体《もってい》至極もねえ。」

「かまいませんわ。」

「構わねえたって、これ、縛るとなると。」

「うつくしいお方が、見てる前で、むざとなあ。」

麦藁と、不精髯が目を見合って、半ば呟《つぶや》くがごとくにいう。

「いいんですよ、構いませんから。」

この時、丸太棒が鉄のように見えた。ぶるぶると腕に力の漲った逞しいのが、

「よし、石も婉軟《やんわり》だろう。きれいなご新姐を抱くと思え。」

というままに、頸《くび》の手拭が真額《まっこう》でピンと反ると、棒をハタと投げ、ずかと諸手《もろて》を墓にかけた。袖の撓《しな》うを胸へ取った、前抱きにぬっと立ち、腰を張って土手を下りた。

この方が掛り勝手がいいらしい。巌路《いわみち》へ踏みはだかるように足を拡げ、タタと総身に動揺《いぶり》を加《く》れて、大きな蟹が竜宮の女房を胸に抱いて逆落しの滝に乗るように、ずずずずと下りて行く。

「えらいぞ、権太《ごんた》、怪我をするな。」

と、髯が小走りに、土手の方から後へ下りる。

「俺だって、出来ねえ事はなかったい、遠慮をした、えい、誰に。」

と、お米を見返って、ニヤリとして、麦藁が後に続いた。

「頓生菩提《とんしょうぼだい》。＊……小川へ流すか、燃しますべい。」

そういって久助が、掻き集めた縄の屑《くず》を、一束ねに握って腰を擡《もた》げた時は、三人はもう木戸を出て見えなかったのである。

「久……爺や、爺やさん、羽織はね。式台へほうり込んでおいて可《い》いんですよ。」

この羽織が、黒塗の華頭窓《かとうまど》＊に掛っていて、その窓際の机に向って、お米は細《ほっそ》りと坐っていた。冬の日は釣瓶《つるべ》おとしというより、梢の熟柿《じゅくし》を礫《つぶて》に打って、もう暮れて、客殿の広い畳が皆暗い。

こんなにも、清らかなものかと思う、お米の頸《えり》を差覗くようにしながら、盆に渋茶は出したが、火を置かぬ火鉢越しに且《か》の机の上の提灯を視《み》た。

（――この、提灯が出ないと、ご迷惑でも話が済まない――）

信仰に頒布《はんぷ》する、当山、本尊のお札を捧げた三宝を傍《かたわら》に、硯箱《すずりばこ》を控えて、硯の朱の方に筆を染めつつ、お米は提灯に瞳《ひとみ》を凝らして、眉を描くように染めている。

「――屹《きっ》と思いついた、初路さんの糸塚に手向けて帰ろう。赤蜻蛉――尾を銜《くわ》えたのを是非頼む。塗師屋さんの内儀でも、女学校の出じゃないか。絵というと面倒だから図画で行くのさ。紅を引いて、二つならべれば、羽子《はね》の羽でもいい。胡蘿蔔《にんじん》を繊《せん》に松葉をさしても、形は似ます。指で挟んだ唐辛子でも構わない。――」

と、たそがれの立籠めて一際漆のような板敷を、お米の白い足袋の伝う時、唆《そその》かして口説いた。北辰妙見菩薩《ほくしんみょうけんぼさつ》を拝んで、客殿へ退《ひ》く間《ま》であったが。

水をたっぷりと注《さ》して、ちょっと口で吸って、莟《つぼみ》の唇をぽッつり黒く、八枚の羽を薄墨で、しかし丹念にあしらった。瀬戸の水入が渋のついた鯉だったのは、誂えたようである。

「出来た、見事見事。お米坊、机にそうやったところは、赤絵の紫式部だね。」

「知らない、おっかさんにいいつけて叱《しか》らせてあげるから。」

「失礼。」

と、茶碗《ちゃわん》が、また、赤絵だったので、思わず失言を詫《わ》びつつ、準藤原女史に介添してお掛け申す……羽織を取入れたが、窓あかりに、

「これは、大分うらに青苔《あおごけ》がついた。悪いなあ。たたんで持つか。」

と、持ったのに、それにお米が手を添えて、

「着ますわ。」

「きられるかい、墓のを、そのまま。」

「おかわいそうな方のですもの、これ、葱摺《しのぶずり》ですよ。」

その優しさに、思わず胸がときめいて。

「肩をこっちへ。」

「まあ、おじさん。」

「おっかさんの名代だ、娘に着せるのに仔細《しさい》ない。」

「はい、……どうぞ。」

くるりと向きかわると、思いがけず、辻町の胸にヒヤリと髪をつけたのである。

「私、こいしい、おっかさん。」

前刻《さっき》から――辻町は、演芸、映画、そんなものの楽屋に縁がある――ほんの少々だけれども、これは筋にして稼げると、潜《ひそか》に悪心の萌《きざ》したのが、この時、色も、慾《よく》も何にもない、しみじみと、いとしくて涙ぐんだ。

「へい。お待遠でござりました。」

片手に蠟燭を、ちらちら、片手に少しばかり火を入れた十能《じゅうのう》を持って、婆《ばあ》さんが庫《く》裏《り》から出た。

「糸塚さんへ置いて行きます、あとで気をつけて下さいましよ、烏《からす》が火を銜えるといいますから。」

お米も、式台へもうかかった。

「へい、もう、刻限で、危気《あぶなげ》はござりましねえ、嘴太《ふと》烏も、嘴細《ほそ》烏も、千羽ケ淵の森へ行《い》んで寝ました。」

大城下は、目の下に、町の燈《ひ》は、柳にともれ、川に流るる。磴《いしだん》を下へ、谷の暗いように下りた。場末の五燈《ごしょく》はまだ来ない。

あきない帰りの豆府屋《とうふ＊や》が、ぶつかるように、ハタと留った時、

「あれ、蜻蛉が。」

お米が膝をついて、手を合せた。

あの墓石を寄せかけた、塚の糸枠の柄にかけて下山した、提灯が、山門へ出て、すこしずつ高くなり、裏山の風一通り、赤蜻蛉が静《そっ》と動いて、女の影が……二人見えた。

# 天守物語

時　不詳。ただし封建時代——晩秋。日没前より深更にいたる。
所　播州《ばんしゅう》姫路。白鷺城《しらさぎじょう》＊の天守、第五重。
登場人物　天守夫人、富姫《とみひめ》。（打見は二十七八）　岩代国猪苗代《いわしろのくにいなわしろ》、亀《かめ》の城、亀姫。（二十ばかり）　姫川図書之助《ずしょのすけ》。（わかき鷹匠《たかじょう》）　小田原修理《しゅり》。山隅九平《やまずみくへい》。（ともに姫路城主武田播磨守《はりまのかみ》家臣）　十文字ケ原、朱《しゅ》の盤坊《ばんぼう》＊。茅野ケ原の舌長姥《したながうば》＊。（ともに亀姫の眷属《けんぞく》）　近江之丞桃六《おうみのじょうとうろく》。（工人）　桔梗《ききょう》。萩《はぎ》。葛《くず》。女郎花《おみなえし》。撫子《なでしこ》。（いずれも富姫の侍女）　薄《すすき》。（おなじく奥女中）　女《め》の童《わらわ》、禿《かむろ》＊、五人。武士、討手《うって》、大勢。

舞台。天守の五重。左右に柱、向って三方を廻廊下《まわりろうか》のごとく余して、一面に高く高麗《こうらい》べりの畳を敷く。紅《くれない》の鼓《つづみ》の緒《お》、ところどころに蝶結《ちょうむす》びして一条《ひとすじ》、これを欄干のごとく取りまわして柱に渡す。おなじ鼓の緒のひかえづなにて、向って右、廻廊の奥に階子《はしご》を設く。階子は天井に高く通ず。左の方《かた》廻廊の奥に、また階子の上下の口あり。奥の正面、及び右なる廻廊の半ばより厚き壁にて、広き矢狭間《やざま》、狭間《はざま》を設く。外面は山岳の遠見《とおみ》、秋の雲。壁に出入りの扉あり。鼓の緒の欄干外《そと》、左の一方、棟甍《むながわら》、並びに樹立《こだち》の梢《こずえ》を見す。正面おなじく森々《しんしん》たる樹木の梢。

女童《めのわらわ》三人――合唱――

ここはどこの細道じゃ、細道じゃ、

天神様の細道じゃ、細道じゃ。

――うたいつつ幕開《あ》く――

侍女五人。桔梗、女郎花、萩、葛、撫子。各《おのおの》名にそぐえる姿、鼓の緒の欄干に、あるいは立ち、あるいは坐《い》て、手に手に五色《ごしき》の絹糸を巻きたる糸枠に、金色銀色《きんしょくぎんしょく》の細き棹《さお》を通し、糸を松杉の高き梢を潜《くぐ》らして、釣《つり》の姿す。

女童三人は、緋《ひ》のきつけ、唄《うた》いつづく。——冴《さ》えてかつ寂しき声。

少し通して下さんせ、下さんせ。

ごようのないもな通しません、通しません。

天神様へ願掛けに、願掛けに。

通らんせ、通らんせ。

唄いつつその遊戯をす。

薄、天守の壁の裡《うち》より出《い》づ。壁の一劃《かく》は恰《あたか》も扉のごとく、自由に開く、この婦《おんな》やや年かさ。鼈甲《べっこう》の突通《つきとお》し＊、御殿奥女中のこしらえ。

薄　鬼灯《ほおずき》さん、蜻蛉《とんぼ》さん。

女童一　ああい。

薄　静《しずか》になさいよ、お掃除が済んだばかりだから。

女童二　あの、釣を見ましょうね。

女童三　そうね。

いたいけに頷《うなず》きあいつつ、侍女等の中に、はらはらと袖《そで》を交《まじ》う。

薄　（四辺《あたり》を眗《みまわ》す）これは、まあ、まことに、いい見晴しでございますね。

葛　あの、猪苗代のお姫様がお遊びにおいでてでございますから。

桔梗　お鬱陶《うっと》しかろうと思いまして。それには、申分のございませんお日和《ひより》でございますし、遠山はもう、もみじいたしましたから。

女郎花　矢狭間も、物見も、お目触りな、泥や、鉄の、重くるしい、外囲《そとがこい》は、ちょっと取払っておきました。

薄　成程《なるほど》、成程、よくおなまけ遊ばす方たちにしては、感心にお気のつきましたことでございます。

桔梗　あれ、人ぎきの悪いことを。――いつ私たちがなまけましたえ。

薄　まあ、そうお言いの口の下で、何をしておいでだろう。二階から目薬とやらではあるまいし、お天守の五重から釣をするものがありますかえ。天《あま》の川《がわ》は芝を流れはいたしません。富姫様が、よそへお出掛け遊ばして、いくら間《ひま》があると申したって、串戯《じょうだん》ではありません。

撫子　いえ、魚を釣るのではございません。

桔梗　旦那《だんな》様の御前《おまえ》に、ちょうど活《い》けるのがございませんから、皆《みんな》で取って差上げようと存じまして、花を……あの、秋草を釣りますのでございますよ。

薄　花を、秋草をえ。はて、これは珍しいことを承ります。そして何かい、釣れますかえ。

女童《めのわらわ》の一人の肩に、袖でつかまって差覗《さしのぞ》く。

桔梗　ええ、釣れますとも、尤《もっと》も、新発明でございます。

薄　高慢なことをお言いでない。――が、つきましては、念のために伺いますが、お用《もち》いになります。……餌《えさ》の儀でござんすがね。

撫子　はい、それは白露《しらつゆ》でございますわ。

葛　千草八千草秋草が、それはそれは、今頃は、露を沢山《たんと》欲しがるのでございますよ。刻限も七つ時、まだ夕露も夜露もないのでございますもの。（隣を視《み》る）御覧なさいまし、女郎花さんは、もう、あんなにお釣りなさいました。

薄　ああ、真個《ほん》にねえ。まったく草花が釣れるとなれば、さて、これは静にして、拝見をいたしましょう。釣をするのに饒舌《しゃべ》っては悪いと云《い》うから。……一番《いっち》だまっておとなしい女郎花さんがよく釣った、争われないものじゃないかね。

女郎花　いいえ、お魚とは違いますから、声を出しても、唄いましても構いません。――ただ、風が騒ぐと不可《いけ》ませんわ。……餌の露が、ぱらぱらこぼれてしまいますから。ああ、釣れました。

薄　お見事。

と云う時、女郎花、棹《さお》ながらくるくると枠を巻戻す、糸につれて秋草、欄干に上り来《きた》る。さきに傍《かたわら》に置きたる花とともに、女童の手に渡す。

桔梗　釣れました。（おなじく糸を巻戻す。）

萩　あれ、私も……

花につれて、黄と、白、紫の胡蝶《こちょう》の群《むれ》、ひらひらと舞上る。

葛　それそれ私も——まあ、しおらしい。

薄　桔梗さん、棹をお貸しな、私も釣ろう、まことに感心、おつだことねえ。

女郎花　お待ち遊ばせ、大層風が出て参りました、餌が糸にとまりますまい。

薄　意地の悪い、急に激しい風になったよ。

萩　ああ、内廓《うちぐるわ》の秋草が、美しい波を打ちます。

桔梗　そう云ううちに、色もかくれて、薄ばかりが真白《まっしろ》に、水のように流れて来ました。

葛　空は黒雲が走りますよ。

薄　先刻《さっき》から、野も山も、不思議に暗いと思っていた、これは酷《ひど》い降りになりますね。

舞台暗くなる、電光閃《ひらめ》く。

撫子　夫人《おくさま》は、どこへおいで遊ばしたのでございますえ。早くお帰り遊ばせば可《よ》うございますね。

薄　平時《いつも》のように、どこへとも何ともおっしゃらないで、ふいとお出ましになったもの。

萩　お迎いにも参られませんねえ。

薄　お客様、亀姫様のおいでの時刻を、それでも御含みでいらっしゃるから、ほどなくお帰りでござんしょう。――皆さんが、御心入れの御馳走《ごちそう》、何、秋草を、早くお供えなさるが可《よ》いね。

女郎花　それこそ露の散らぬ間に。――

正面奥の中央、丸柱の傍《かたわら》に鎧櫃《よろいびつ》＊を据えて、上に、金色《こんじき》の眼《まなこ》、白銀《しろがね》の牙《きば》、色は藍《あい》のごとき獅子《しし》頭《がしら》、萌黄錦《もえぎにしき》の母衣《ほろ》＊、朱の渦まきたる尾を装《よそお》いたるまま、荘重にこれを据えたり。――侍女等、女童とともにその前に行き、跪《ひざまず》きて、手に手に秋草を花籠《はなかご》に挿す。色のその美しき蝶の群、斉《ひとし》く飛連れてあたりに舞う。雷《らい》やや聞《きこ》ゆ。雨来《きた》る。

薄　（薄暗き中に）御覧、両眼赫燿《かくよう》＊と、牙も動くように見えること。

桔梗　花も胡蝶《ちょう》もお気に入って、お嬉《うれ》しいんでございましょう。時に閃電《せんでん》す。光の裡《うち》を、衝《つ》と流れて、胡蝶《こちょう》のかしこに流るるところ、ほとんど天井を貫きたる高き天守の棟に通ずる階子《はしご》。――侍女等、飛ぶ蝶の行方につれて、ともに其方《そなた》に目を注ぐ。

女郎花　あれ、夫人《おくさま》がお帰りでございますよ。

はらはらとその壇の許《もと》に、振袖、詰袖、揃《そろ》って手をつく。階子の上より、まず水色の衣《きぬ》の褄《つま》、裳《もすそ》を引く。すぐに蓑《みの》を被《かつ》ぎたる姿見ゆ。長《たけ》なす黒髪、片手に竹笠《たけがさ》、半ば面《おもて》を蔽《おお》いたる、美しく気高き貴女《きじょ》、天守夫人、富姫。

夫人　（その姿に舞い縋《すが》る蝶々の三つ二つを、蓑を開いて片袖に受く）出迎えかい、御苦労だね。（蝶に云う。）

――お帰り遊ばせ、――お帰り遊ばせ――侍女等、口々に言迎《いいむか》う。――

夫人　時々、ふいと気まかせに、野分《のわき》のような出歩行《である》きを、……ハタと竹笠を落す。女郎花、これを受け取る。貴女の面《おもて》、凄《すご》きばかり白く﨟長《ろうた》けたり。

露も散らさぬお前たち、花の姿に気の毒だね。（下りかかりて壇に弱腰、廊下に裳《もすそ》。）

薄　勿体《もったい》ないことを御意《ぎょい》遊ばす。――まあ、御前様《おまえさま》、あんなものを召しまして。

夫人　似合ったかい。

薄　なおその上に、御前様《ごぜんさま》、お痩《や》せ遊ばしておがまれます。柳よりもお優しい、すらすらと雨の刈萱《かるかや》を、お被《か》け遊ばしたようにござります。

夫人　嘘《うそ》ばっかり。小山田の、案山子《かかし》に借りて来たのだものを。
薄　いいえ、それでも貴女《あなた》がめしますと、玉、白銀《しろがね》、揺《ゆるぎ》の糸の、鎧のようにもおがまれます。
夫人　賞《ほ》められて些《ちっ》と重くなった。(蓑を脱ぐ)取っておくれ。
　撫子、立ち、うけて欄干にひらりと掛く。……夫人、獅子頭に会釈《えしゃく》しつつ、座に、褥《しとね》に着く。
　蝶の数、その蓑に翼を憩《いこ》う。
　脇息《きょうそく》。侍女たちかしずく。
少し草臥《くたび》れましたよ。……お亀様はまだお見えではなかったろうね。
薄　はい、お姫様《ひいさま》は、やがてお入《い》りでござりましょう。それにつけましても、御前様《おまえさま》おかえりを、お待ち申上げました。――そしてまあ、孰方《いずれ》へお越し遊ばしました。
夫人　夜叉《やしゃ》ケ池《いけ》*まで参ったよ。
薄　おお、越前国大野郡《えちぜんのくにおおのごおり》、人跡絶えました山奥の。
萩　あの、夜叉ケ池まで。
桔梗　お遊びに。
夫人　まあ、遊びと言えば遊びだけれども、大池のぬしのお雪様に、些《ちっ》と……頼みたい事があって。

薄　私《わたくし》はじめ、ここにおります、誰《たれ》ぞお使いをいたしますもの、御自分おいで遊ばして、何と、雨にお逢《あ》いなさいましてさ。

夫人　その雨を頼みに行きました。——今日はね、この姫路の城……ここから視《み》れば長屋だが、……長屋の主人、それ、播磨守が、秋の野山へ鷹狩《たかがり》に、大勢で出掛けました。皆《みんな》知っておいでだろう。空は高し、渡鳥、色鳥《いろどり》の鳴く音《ね》は嬉しいが、田畑と言わず駈廻《かけまわ》って、きゃっきゃっと飛騒ぐ、知行《ちぎょう》とりども人間の大声は騒がしい。まだ、それも鷹ばかりなら我慢もする。近頃は不作法な、弓矢、鉄砲で荒立《あれた》つから、うるささもうるさしさ。何よりお前、私のお客、この大空の霧を渡って輿《かご》でおいでのお亀様にも、途中失礼だと思ったから、雨風と、はたた神で、鷹狩の行列を追崩す。——あの、それを、夜叉ケ池のお雪様にお頼み申しに参ったのだよ。

薄　道理こそ時ならぬ、急な雨と存じました。

夫人　この辺《あたり》は雨だけかい。それは、ほんの吹降りの余波《なごり》であろう。鷹狩が遠出をした、姫路野《ひめじの》の一里塚のあたりをお見な。暗夜《やみよ》のような黒い雲、眩《まばゆ》いばかりの電光《いなびかり》、可恐《おそろし》い雹《ひょう》も降りました。鷹狩の連中は、曠野《あらの》の、塚の印の松の根に、澪《みお》*に寄った鮒《ふな》のように、うようよ集《たか》って、あぶあぶして、あやい笠*が泳ぐやら、陣羽織が流れるやら。大小をさしたものが、些《ちっ》とは雨にも濡《ぬ》れたが可《い》い。慌《あわ》てる紋は泡沫《あぶく》のよう。

野袴《のばかま》の裾《すそ》を端折《はしょ》って、灸《きゅう》のあとを出すのがある。おお、おかしい。(微笑《ほほえ》む)粟粒《あわつぶ》を一つ二つと算《かぞ》えて拾う雀《すずめ》でも、俄雨《にわかあめ》には容子《ようす》が可い。五百石、三百石、千石一人で食《は》むものが、その笑止さと言ってはない。おかしいやら、気の毒やら、ねえ、お前。

薄　はい。

夫人　私はね、群鷺《むらさぎ》ケ峰《みね》の山の端《は》に、掛稲《かけいね》を楯《たて》にして、戻道《もどりみち》で、そっと立って視《なが》めていた。そこには昼の月があって、雁金《かりがね》のように(その水色の袖を圧《おさ》う)その袖に影が映った。影が、結んだ玉ずさのようにも見えた。——夜叉ケ池のお雪様は、激《はげ》しいなかにお床《ゆか》しい、野はその黒雲、尾上《おのえ》*は瑠璃《るり》、皆、あの方のお計らい。それでも鷹狩の足も腰も留めさせずに、大風と大雨で、城まで追返しておくれの約束。鷹狩たちが遠くから、松を離れて、その曠野を、黒雲の走る下に、泥川のように流れてくるに従って、追手《おいて》の風の横吹《よこしぶき》。私が見ていたあたりへも、一村雨颯《むらさめさつ》とかかったから、歌も読まずに蓑をかりて、案山子の笠をさして来ました。ああ、そこの蜻蛉と鬼灯たち、小児《こども》に持たして後ほどに返しましょう。

薄　何の、それには及びますまいと存じます。

夫人　いえいえ、農家のものは大切だから、等閑《なおざり》にはなりません。

薄　その儀は畏《かしこま》りました。お前様、まあ、それよりも、おめしかえを遊ばしまし、おめしものが濡れまして、お気味が悪うござりましょう。
夫人　おかげで濡れはしなかった。気味の悪い事もないけれど、隔てぬ中の女同士も、お亀様に、このままでは失礼だろう。（立つ）着換えましょうか。
女郎花　次手《ついで》に、お髪《ぐし》も、夫人様《だんなさま》。
夫人　ああ、あげて貰《もら》おうよ。

夫人に続いて、一同、壁の扉に隠る。女童のこりて、合唱す――

ここはどこの細道じゃ、細道じゃ。
天神様の細道じゃ、細道じゃ。

時に棟に通ずる件《くだん》の階子を棟よりして入来《いりきた》る、岩代国麻耶郡《まやごおり》猪苗代の城、千畳敷の主《ぬし》、亀姫の供頭《ともがしら》、朱の盤坊、大山伏《おおやまぶし》の扮装《いでたち》、頭に犀《さい》のごとき角一つあり、眼《まなこ》円《つぶら》かに面《つら》の色朱よりも赤く、手と脚、瓜《うり》に似て青し。白布《しろぬの》にて蔽うたる一個の小《こ》桶《おけ》を小脇《こわき》に、柱をめぐりて、内を覗き、女童の戯《たわむ》るるを視《み》つつ破顔して笑う。

朱の盤　かちかちかちかち。
歯を噛鳴《かみな》らす音をさす。女童等、走り近《ちかづ》く時、面《つら》を差寄せ、大口開く。
もおう！（獣の吠《ほ》ゆる真似《まね》して威《おど》す。）

女童一　可厭《いや》な、小父《おじ》さん。

女童二　可恐《こわ》くはありませんよ。

朱の盤　だだだだだ。（濁れる笑《わらい》）いや、さすがは姫路お天守の、富姫御前の禿《かむろ》たち、変化心《へんげごころ》備わって、奥州第一の赭面《あかつら》に、びくともせぬは我折《がお》れ申す。――さて、更《あらた》めて内方《うちかた》へ、ものも、案内を頼みましょう。

女童三　屋根から入った小父さんはえ？

朱の盤　これはまた御挨拶《ごあいさつ》だ。ただ、猪苗代から参ったと、ささ、取次、取次。

女童一　知らん。

女童三　べいい。（赤べろする。）

朱の盤　これは、いかな事――（立直る。大音《だいおん》に）ものも案内。

薄　どうれ。（壁より出迎う）いずれから。

朱の盤　これは、岩代国会津郡《あいづごおり》十文字ケ原青五輪《あおごわ》*のあたりに罷在《まかりあ》る、奥州変化の先達《せんだつ》、允殿館《いんでんかん》*のあるじ朱の盤坊でござる。即《すなわ》ち猪苗代の城、亀姫君の御供をいたし罷出《まかりで》ました。当お天守富姫様へ御取次を願いたい。

薄　お供御苦労に存じ上げます。あなた、お姫様《ひいさま》は。

朱の盤　（真仰向《あおむ》けに承塵《てんじょう》を仰ぐ）屋の棟に、すでに輿《かご》をばお控えなさるる。

薄　夫人《うちかた》も、お待兼ねでございます。

手を敲《たた》く。音《おと》につれて、侍女三人出《い》づ。斉しく手をつく。

早《は》や、御入《おんい》らせ下さりませ。

朱の盤（空へ云う）輿傍《かごわき》へ申す。此方《こなた》にもお待《まち》うけじゃ。――姫君、これへお入《い》りのよう、舌長姥《したながうば》、取次がっせえ。

階子《はしご》の上より、真先《まっさき》に、切禿《きりかむろ》の女童、うつくしき手鞠《てまり》を両袖に捧《ささ》げて出づ。

亀姫、振袖、裲襠《うちかけ》、文金の高髷《たかまげ》、扇子を手にす。また女童、うしろに守刀《まもりがたな》を捧ぐ。

あと圧《おさ》えに舌長姥、古びて黄ばめる練衣《ねりぎぬ》、褪《あ》せたる紅《あか》の袴にて従い来《きた》る。

天守夫人、侍女を従え出で、設けの座に着く。

薄　（そと亀姫を仰ぐ）お姫様《ひいさま》。

出むかえたる侍女等、皆ひれ伏す。

亀姫　お許し。

しとやかに通り座につく。と、夫人と面《おもて》を合すとともに、双方よりひたと褥《しとね》の膝《ひざ》を寄す。

夫人　（親しげに微笑む）お亀様。

亀姫　お姉様《あねえさま》、おなつかしい。

夫人　私もお可懐《なつかし》い。——
女郎花　——（間。）
夫人　（取って吸う。そのまま吸口を姫に渡す）この頃は、めしあがるそうだね。
亀姫　ええ、どちらも。（うけて、その煙草を吸いつつ、左の手にて杯《さかずき》の真似をす。）
夫人　困りましたねえ。（また打笑《うちえ》む。）
亀姫　ほほほ、貴女《あなた》を旦那様にはいたすまいし。
夫人　憎らしい口だ。よく、それで、猪苗代から、この姫路まで——道中五百里はあろうねえ、……お年寄。
舌長姥　御意にござります。……海も山もさしわたしに、風でお運び遊ばすゆえに、半日路《はんにちじ》には足りませぬが、宿々《しゅくじゅく》を歩《ひろ》いましたら、五百里……されば五百三十里、もそっともござりましょうぞ。
夫人　ああね。（亀姫に）よく、それで、手鞠をつきに、わざわざここまでおいでだね。
亀姫　でございますから、お姉様《あねえさま》は、私がお可愛《かわゆ》うございましょう。
夫人　いいえ、お憎らしい。

亀姫　御勝手。（扇子を落す。）

夫人　矢張《やっぱ》りお可愛《かわい》い。（その背を抱き、見返して、姫に附添える女童に）どれ、お見せ。（手鞠を取る）まあ、綺麗《きれい》な、私にも持って来て下されば可《よ》いものを。

朱の盤　ははッ。（その白布の包を出《いだ》し）姫君より、貴女様へ、お心入れの土産がこれに。申すは、差出《いだ》がましゅうござるなれど、これは格別、奥方様の思召《おぼしめ》しにかないましょう。……何と、姫君。（色を伺う。）

亀姫　ああ、お開き。お姉様《あねえさま》の許《とこ》だから、遠慮はない。

夫人　それはそれは、お嬉しい。が、お亀様は人が悪い、中は磐梯山《ばんだいさん》の峰の煙か、虚空蔵《こくうぞう》*の人魂《ひとだま》ではないかい。

亀姫　似たもの。ほほほほほ。

夫人　要りません、そんなもの。

亀姫　上げません。

朱の盤　いやまず、（手を挙げて制す）おなかがよくてお争い、お言葉の花が蝶のように飛びまして、お美しい事でござる。……さて、此方《こなた》より申す儀ではなけれども、奥方様、この品ばかりはお可厭《いや》ではござるまい。

包を開く、首桶。中より、色白き男の生首を出《いだ》し、もとどりを摑《つか》んで、ずうんと据《す》う。

や、不重宝《ぶちょうほう》、途中揺溢《ゆりこぼ》いて、これは汁《つゆ》が出ました。(その首、血だらけ)これ、姥《うば》殿、姥殿。

舌長姥　あいあい、あいあい。

朱の盤　御進物が汚れたわ。鱗《うろこ》の落ちた鱸《すずき》の鰭《ひれ》を真水で洗う、手の悪い魚売人《ぎょばいにん》には似たれども、その儀では決してない。姥殿、此方《こなた》、一拭《ひとぬぐ》い、清めた上で進ぜまいかの。

夫人　(煙管を手に支《つ》き、面正《おもて》しく屹《きっ》と視《み》て)気遣いには及びません、血だらけなは、なおおいしかろう。

舌長姥　こぼれた羹《あつもの》は、埃溜《はきだめ》の汁でござるわの、お塩梅《あんばい》には寄りませぬ。汚穢《むさ》や、見た目に、汚穢《むさ》や。どれどれ掃除して参らしょうぞ。(紅《あか》の袴にて膝行《いざ》り出《い》で、桶を皺手《しわで》に犇《ひし》と圧《おさ》え、白髪を、ざっと捌《さば》き、染めたる歯を角に開け《けた》、三尺ばかりの長き舌にて生首の顔の血をなめる)汚穢《むさ》や、(ぺろぺろ)汚穢やの。(ぺろぺろ)汚穢やの、汚穢やの、ああ、甘味《うま》やの、汚穢やの、ああ、汚穢いぞの、やれ、甘味いぞのう。

朱の盤　(慌《あわただ》しく遮る)やあ、姥《ばあ》さん、歯を当てまい、御馳走が減りはせぬか。

舌長姥　何のいの。(ぐったりと衣紋《えもん》を抜く)取る年の可恐《おそろ》しさ、近頃は歯が悪うて、人間の首や、沢庵《たくあん》の尻尾《しっぽ》はの、かくや*にせねば咽喉《のど》へは通らぬ。そのままの形では、金花糖《きんかとう》*の鯛《たい》でさえ、横噛《よこかじ》りにはならぬ事よ。

朱の盤　後生らしい事を言うまい、彼岸は過ぎたぞ。――いや、奥方様、この姥が件《くだん》の舌にて舐《な》めまするると、鳥獣《とりけもの》も人間も、とろとろと消えて骨ばかりになりますわ。……そりゃこそ、申さぬことではなかった。お土産の顔つきが、時の間《ま》に、細長うなりました。なれども、過失《あやまち》の功名、死んで変りました人相が、かえって、もとの面体《めんてい》に戻りました。……姫君も御覧ぜい。

亀姫　（扇子を顔に、透かし見る）ああ、ほんになあ。

侍女等一同、瞬《また》きもせず熟《じっ》と視《み》る。誰も一口食べたそう。

薄　御前様《おまえさま》――あの、皆さんも御覧なさいまし、亀姫様お持たせのこの首は、もし、この姫路の城の殿様の顔に、よく似ているではござんせぬか。

桔梗　真《ほん》に、瓜二つでございますねえ。

夫人　（打頷《うちうなず》く）お亀様、このお土産は、これは、たしか……

亀姫　はい、私が庇《ひさし》を貸す、猪苗代亀ケ城《しろ》の主、武田衛門之介《えもんのすけ》の首でございますよ。

夫人　まあ、貴女《あなた》。（間）私のために、そんな事を。

亀姫　構いません、それに、私がいたしたとは、誰も知りはしませんもの。私が城を出ます時はね、まだこの衛門之介はお妾《めかけ》の膝に凭掛《よりかか》って、酒を飲んでおりました。お大名のくせに意地が汚くってね、鯉汁《こいこく》を一口に食べますとね、魚の腸《はらわた》に針があって、それが、咽喉《のど》へささって、それで亡《な》くなるのでございますから、今頃ちょうどそのお膳《ぜん》が出たぐらいでございますよ。（ふと驚く。扇子を落す）まあ、うっかりして、この咽喉《のど》に針がある。（もとどりを取って上ぐ）大変なことをした、お姉様《あねえさま》に刺さったらどうしよう。

夫人　しばらく！　折角、あなたのお土産を、いま、それをお抜きだと、衛門之介も針が抜けて、蘇返《よみがえ》ってしまいましょう。

朱の盤　いかさまな。

夫人　私が気をつけます。可《よ》うござんす。（扇子を添えて首を受取る）お前たち、瓜を二つは知れたこと、この人はね、この姫路の城の主、播磨守とは、血を分けた兄弟だよ。

侍女等目と目を見合わす。

ちょっと、獅子にお供え申そう。

みずから、獅子頭の前に供う。獅子、その牙を開き、首を呑《の》む。首、その口に隠る。

亀姫　（熟《じっ》と視《み》る）お姉様《あねえさま》、お羨《うらやま》しい。
夫人　え。
亀姫　旦那様が、おいで遊ばす。
間。――夫人、姫と顔を合す、互に莞爾《かんじ》とす。
夫人　嘘が真《まこと》に。……お互に……
亀姫　何の不足はないけれど、
夫人　こんな男が欲《ほし》いねえ。――ああ、男と云えば、お亀様、あなたに見せるものがある。――桔梗さん。
桔梗　はい。
夫人　あれを、ちょっと。
桔梗　畏まりました。（立つ。）
朱の盤　（不意に）や、姥殿、獅子のお頭に見惚《みと》れまい。尾籠千万《びろうせんばん》。*
舌長姥　（時に、うしろ向きに乗出して、獅子頭を視《なが》めつつあり）老人《としより》じゃ、当館《やかた》奥方様も御許され。見惚れるに無理はないわいの。
朱の盤　いやさ、見惚れるに仔細《しさい》はないが、姥殿、姥殿はそこにいて舌が届く。（苦《にが》笑《わらい》す。）

舌長姥思わず正面にその口を蔽う。侍女等忍びやかに皆笑う。桔梗、鍬形《くわがた》打ったる五枚錣《ごまいしころ》、金の竜頭《たつがしら》の兜《かぶと》を捧げて出づ。夫人と亀姫の前に置く。
夫人　貴女、この兜はね、この城の、播磨守が、先祖代々の家の宝で、十七の奥蔵《おくぐら》に、五枚錣に九ツの錠を下して、大切に秘蔵をしておりますのをね、今日お見えの嬉しさに、実は、貴女に上げましょうと思って取出しておきました。けれども、御心入《おこころいり》の貴女のお土産《みや》で、私のはお恥《はずか》しくなりました。それだから、ただ思っただけの、申訳に、お目に掛けますばかり。
亀姫　いいえ、結構、まあ、お目覚《めざま》しい。
夫人　差上げません。第一、あとで気がつきますとね、久しく蔵込《しまいこ》んであって、かび臭い。蘭麝《らんじゃ》＊の薫《かおり》も何にもしません。大阪城の落ちた時の、木村長門守《ながとのかみ》の思切ったようなのだと可《い》いけれど、……勝戦《かちいくさ》のうしろの方で、矢玉の雨宿《あまやどり》をしていた、ぬくいのらしい。御覧なさい。
亀姫　（鉢金《はちがね》の輝く裏を返す）ほんに、討死をした兜ではありませんね。
夫人　だから、およしなさいまし、葛や、しばらくそこへ。
指図のまま、葛、その兜を獅子頭の傍《かたえ》に置く。
お帰りまでに、屹《きっ》とお気に入るものを調えて上げますよ。

亀姫　それよりか、お姉様《あねえさま》、早く、あのお約束の手鞠を突いて遊びましょうよ。
夫人　ああ、遊びましょう。――あちらへ。――城の主人《あるじ》の鷹狩が、雨風に追われ追われて、もうやがて大手さきに帰る時分、貴女は沢山《たんと》お声がいいから、この天守から美しい声が響くと、また立騒いでお煩《うるさ》い。
　亀姫のかしずきたち、皆立ちかかる。
いや、御先達、お山伏は、女たちとここで一献《いっこん》お汲《く》みがよいよ。
朱の盤　吉祥天女《きっしょうてんにょ》*、御功徳《ごくどく》でござる。（肱《ひじ》を張って叩頭《こうとう》す。）
亀姫　ああ、姥、お前も大事ない、ここにいてお相伴をしや。――お姉様《あねえさま》に、私から我儘《わがまま》をしますから。
夫人　尤《もっと》もさ。
舌長姥　もし、通草《あけび》、山ぐみ、山葡萄《やまぶどう》、手造りの猿の酒、山蜂《やまばち》の蜜《みつ》、蟻《あり》の甘露、諸白《もろはく》*もござります。が、お二人様のお手鞠は、唄を聞きますばかりでも寿命の薬と承る。恁《か》ように年を取りますと、慾《よく》も、得も、はは、覚えませぬ。ただもう、長生《ながいき》がしとうござりましてのう。
朱の盤　や、姥殿、その上のまた慾があるかい。
舌長姥　憎まれ山伏、これ、帰り途《みち》に舐められさっしゃるな。（とぺろりと舌。）

朱の盤　（頭を抱う）わあ、助けてくれ、角が縮まる。

舌長姥　侍女たち笑う。

　夫人を先に、亀姫、薄と女の童等、皆行く。五人の侍女と朱の盤あり。

桔梗　お先達、さあさあ、お寛《くつろ》ぎなさいまし。

朱の盤　寛がいで何とする。やあ、えいとな。

萩　もし、面白いお話を聞かして下さいましな。

朱の盤　聞かさいで何とする。（扇を笏《しゃく》に）それ、山伏と言っぱ山伏なり。兜巾《ときん》と云っぱ兜巾なり。お腰元と言っぱ美人なり。恋路と言っぱ闇夜《やみよ》なり。野道山路厭《やまみちいと》いなく、修行積んだる某《それがし》が、このいら高の数珠《じゅず》に掛け、いで一祈り祈るならば、などか利験《りげん》*のなかるべき。橋の下の菖蒲《しょうぶ》は、誰《たれ》が植えた菖蒲ぞ、ぼろぼん、ぼろぼん、ぼろぼんのぼろぼん。

　侍女等わざとはらはらと逃ぐ、朱の盤五人を追廻す。

ぼろぼんぼろぼん。ぼろぼんぼろぼん。（やがて侍女に突かれて撞《どう》と倒る）などか利験のなかるべき。

葛　利験はござんしょうけれどな、そんな話は面白うござんせぬ。

朱の盤　（首を振って）ぼろぼん、ぼろぼん。

鞠唄聞ゆ。

――私《わし》が姉《あね》さん三人ござる、一人姉さん鼓が上手、

一人姉さん太鼓が上手。

いっちよいのが下谷《したや》にござる。

下谷一番達《だて》しゃでござる。二両で帯買うて、

三両で括《く》けて、括けめ括けめに七総《ななふさ》さげて、

折りめ折りめに、いろはと書いて。――

葛　さあ、お先達、よしの葉の、よい女郎衆ではござんせぬが、参ってお酌。（扇を開く。）

朱の盤　ぼろぼんぼろぼん。（同じく扇子にうく）おとととと、ちょうどあるちょうどある。いで、お肴《さかな》を所望しょう。……などか利験のなかるべき。

桔梗　その利験ならござんしょう。女郎花さん、撫子さん、ちょっと、お立ちなさいまし。

両女《ふたり》立つ。

ここをどこぞと、もし人問わば、ここは駿河《するが》の

府中の宿よ、人に情《なさけ》を掛川の宿よ。雉子《きじ》の雌鳥《めんどり》
ほろりと落《お》いて、打ちきせて、しめて、しよのしよの
いとしよの、そぞろいとしゅうて、遣瀬《やるせ》なや。

朱の盤　やんややんや。

女郎花　今度はお先達、さあ。

葛　貴方《あなた》がお立ちなさいまし。

朱の盤　ぼろぼん、ぼろぼん。此方《こなた》衆思《おもい》ざし*を受きょうならば。

侍女五人扇子を開く、朱の盤杯を一順す。即《すなわ》ち立つ。腰なる太刀をすらりと抜き、
以前の兜を切先《きっさき》にかけて、衝《つ》と天井に翳《かざ》し、高脛《たかずね》に拍子を踏んで——
戈鋋剣戟《かせんけんげき》を降らすこと電光のごとくなり。
盤石巌《ばんじゃくいわお》を飛ばすこと春の雨に相同じ。
しかりとはいえども、天帝の身には近づかで、
修羅かれがために破らる。*
——お立ち——（陰より諸声《もろごえ》。）
手早く太刀を納め、兜をもとに直す、一同ついいる。

亀姫　お姉様《あねえさま》、今度は貴方《あなた》が、私へ。

夫人　はい。
舌長姥　お早々と。
夫人　（頷きつつ、連れて廻廊にかかる。目の下遥《はるか》に瞰下《みおろ》す）ああ、鷹狩が帰って来た。
亀姫　（ともに、瞰下す）先刻《さっき》私が参る時は、蟻のような行列が、その鉄砲で、松並木を走っていました。ああ、首に似た殿様が、馬に乗って反返《そりかえ》って、威張って、本丸へ入って来ますね。
夫人　播磨守さ。
亀姫　まあ、翼の、白い羽の雪のような、いい鷹を持っているよ。
夫人　おお。（軽く胸を打つ）貴女《あなた》。（間）あの鷹を取って上げましょうね。
亀姫　まあ、どうしてあれを。
夫人　見ておいで、それは姫路の、富だもの。
　蓑を取って肩に装う、美しき胡蝶の群、ひとしく蓑に舞う。颯《さっ》と翼を開く風情《ふぜい》す。
それ、人間の目には、羽衣を被た鶴《つる》に見える。
ひらりと落す時、一羽の白鷹颯と飛んで天守に上るを、手に捕う。
——わっと云う声、地より響く——

亀姫　お涼しい、お姉様《あねえさま》。
夫人　この鷹ならば、鞠を投げてもとりましょう。——沢山《たんと》お遊びなさいまし。
亀姫　あい。（嬉しげに袖に抱《いだ》く。そのまま、真先《まっさき》に階子《はしご》を上る。二三段、と振返りて、衝《つ》と鷹を雪の手に据うるや否《いな》や）虫が来た。
云うとともに、袖を払って一筋の征矢《そや》をカラリと落す。矢は鷹狩の中《うち》より射掛けたる也《なり》。
夫人　（斉《ひと》しくともに）む。（と肩をかわし、身を捻《ひね》って背向《そがい》になる、舞台に面《おもて》を返す時、口に一条《ひとすじ》の征矢、手にまた一条の矢を取る。下より射たるを受けたるなり）推参な。*
——たちまち、鉄砲の音、あまたたび——
薄　それ、皆さん。
侍女等、身を垣にす。
朱の盤　姥殿、確《しっか》り。（姫を庇《かぼ》うて大手《おおで》を開く。）
亀姫　大事《だいじ》ない、大事ない。
夫人　（打笑む）ほほほ、皆が花火線香をお焚《た》き——そうすると、鉄砲の火で、この天守が燃えると思って、吃驚《びっくり》して打たなくなるから。

――舞台やや暗し。鉄砲の音止《や》む――

夫人、亀姫と声を合せて笑う、ほほほほほ。

夫人　それ、御覧、次手《ついで》にその火で、焼けそうなところを二三処《にさんケしょや》焚くが可《い》い、お亀様の路《みち》の松明《たいまつ》にしようから。

舞台暗し。

亀姫　お心づくしお嬉しや。さらば。

夫人　さらばや。

寂寞《せきばく》、やがて燈火《ともしび》の影に、うつくしき夫人の姿。舞台にただ一人のみ見ゆ。夫人うしろむきにて、獅子頭に対し、机に向い巻ものを読みつつあり。間《ま》を置き、女郎花、清らかなる小搔巻《こがいまき》を持ち出で、静《しずか》に夫人の背《せな》に置き、手をつかえて、のち去る。

――ここはどこの細道じゃ、細道じゃ。

天神様の細道じゃ、細道じゃ。

舞台一方の片隅に、下の四重に通ずべき階子《はしご》の口あり。その口より、まず一《ひとつ》の雪洞《ぼん》顕《ほりあらわ》れ、一廻りあたりを照す。やがて衝《つ》と翳《かざ》すとともに、美丈夫《びじょうぶ》、秀《ひい》でたる眉《まゆ》に勇壮の気満つ。黒羽二重の紋着《もんつき》、萌黄《もえぎ》の袴、臘鞘《ろざや》の大小にて、姫川図書之助《ずしょのすけ》登場。

唄をききつつ低徊《ていかい》し、天井を仰ぎ、廻廊を窺《うかが》い、やがて燈《ともしび》の影を視《み》て、やや驚く。次《つい》で几帳《きちょう》を認む。彼が入《い》るべき方《かた》に几帳を立つ。図書は躊躇《ちゅうちょ》の後《のち》決然として進む。瞳《ひとみ》を定めて、夫人の姿を認む。剣夾《つか》に手を掛け、気構えたるが、じりじりと退《さが》る。

夫人　（間）誰《たれ》。

図書　はっ。（と思わず膝を支《つ》く）某《それがし》。

夫人　（面《おもて》のみ振向く、――無言。）

図書　私《わたくし》は、当城の大守に仕うる、武士の一人《いちにん》でございます。

夫人　何しに見えた。

図書　百年以来、二重三重までは格別、当お天守五重までは、生《しょう》あるものの参った例《ためし》はありませぬ。今宵、大殿の仰せに依《よ》って、私《わたくし》、見届けに参りました。

夫人　それだけの事か。

図書　かつまた、大殿様、御秘蔵の、日本一《にっぽんいち》の鷹がそれまして、お天守のこのあたりへ隠れました。行方を求めよとの御意でございます。

夫人　翼あるものは、人間ほど不自由ではない。千里、五百里、勝手なところへ飛ぶ、とお言いなさるが可《よ》い。――用はそれだけか。

図書　別に余の儀は承りませぬ。

夫人　五重に参って、見届けた上、いかが計らえとも言われなかったか。
図書　いや、承りませぬ。
夫人　そして、お前も、倖《こ》う見届けた上に、どうしようとも思いませぬか。
図書　お天守は、殿様のものでございます。いかなる事がありましょうとも、私《わたくし》一存にて、何と計らおうとも決して存じませぬ。
夫人　お待ち。この天守は私のものだよ。
図書　それは、貴方《あなた》のものかも知れませぬ。また殿様は殿様で、御自分のものだと御意遊ばすかも知れませぬ。しかし、いずれにいたせ、私《わたくし》のものでないことは確《たしか》でございます。自分のものでないものを、殿様の仰せも待たずに、どうしようとも思いませぬ。
夫人　すずしい言葉だね、その心なれば、ここを無事で帰られよう。私も無事に帰してあげます。
図書　冥加《みょうが》に存じます。
夫人　今度は、播磨が申しきけても、決して来てはなりません。ここは人間の来るところではないのだから。――また誰《たれ》も参らぬように。
図書　いや、私《わたくし》が参らぬ以上は、五十万石の御家中、誰《たれ》一人参りますものはございますまい。皆生命《いのち》が大切でございますから。
夫人　お前は、そして、生命は欲《ほしゅ》うなかったのか。
図書　私《わたくし》は、仔細あって、殿様の御不興を受け、お目通《めどおり》を遠ざけられ閉門のところ、誰《たれ》もお天守へ上《あが》りますものがないために、急にお呼出しでございました。その御上使《ごじょうし》は、実は私《わたくし》に切腹仰せつけのところを、急に御模様がえになったのでございます。
夫人　では、この役目が済めば、切腹は許されますか。
図書　そのお約束でございました。
夫人　人の生死《いきしに》は構いませんが、切腹はさしたくない。私は武士の切腹は嫌いだから。しかし、思い掛《がけ》なく、お前の生命《いのち》を助けました。……悪い事ではない。今夜はいい夜《よ》だ。それではお帰り。
図書　姫君。
夫人　まだ、いますか。
図書　は、恐入ったる次第ではございますが、御姿を見ました事を、主人に申まして差支えはございませんか。
夫人　確《たしか》にお言いなさいまし。留守でなければ、いつでもいるから。
図書　武士の面目に存じます――御免。

雪洞《ぼんぼり》を取って静に退座す。夫人長煙管《ながぎせる》を取って、払《はた》く音に、図書板敷にて一度留《とど》まり、直ちに階子《はしご》の口にて、燈《ともしび》を下に、壇に隠る。

鐘の音。

時に一体の大入道、面《つら》も法衣《ころも》も真黒《まっくろ》なるが、もの陰より甍《いらか》を渡り梢を伝うがごとくにして、舞台の片隅を伝い行き、花道なる切穴の口に踞《うずく》まる。

鐘の音。

図書、その切穴より立顕《たちあらわ》る。

夫人すっと座を立ち、正面、鼓の緒の欄干に立ち熟《じっ》と視《み》る時、図書、雪洞を翳して高く天守を見返す、トタンに大入道さし覗き状《ざま》に雪洞をふっと消す。図書身構《みがまえ》す。大入道、大手を拡《ひろ》げてその前途《ゆくて》を遮る。

鐘の音。

侍女等、凜々《りり》しき扮装《いでたち》、揚幕《あげまく》より、懐剣、薙刀《なぎなた》を構えて出づ。図書扇子を抜持ち、大入道を払い、懐剣に身を躱《かわ》し、薙刀と丁《ちょう》と合わす。かくて一同を追込み、揚幕際《ぎわ》に扇を揚げ、屹と天守を仰ぐ。

鐘の音。

夫人、従容《しょうよう》として座に返る。図書、手探りつつもとの切穴を捜《さぐ》る。(間)その切穴に没す。しばらくして舞台なる以前の階子《はしご》の口より出づ。猶予《ためら》わず夫人に近づき、手をつく。

夫人　（先んじて声を掛く。穏《おだやか》に）また見えたか。

図書　はっ、夜陰と申し、再度御左右《おそう》を騒がせ、まことに恐入りました。

夫人　何しに来ました。

図書　御天守の三階中壇まで戻りますと、鳶《とび》ばかり大《おおき》さの、野衾《のぶすま》*かと存じます、大蝙蝠《おおこうもり》の黒い翼に、燈《ともしび》を煽《あお》ぎ消されまして、いかにとも、進退度《ど》を失いましたにより、灯《ひ》を頂きに参りました。

夫人　ただそれだけの事に。……二度とおいでbut ないと申した、私の言葉を忘れましたか。

図書　針ばかり片割月《かたわれづき》の影もささず、下に向えば真の暗黒《やみ》。男が、足を踏みはずし、壇を転がり落ちまして、不具《かたわ》になどなりましては、生効《いきがい》もないと存じます。上を見れば五重のここより、幽《かすか》にお燈《あかり》がさしました。お咎《とが》めを以《も》って生命《いのち》をめさりょうとも、男といたし、階子《はしご》から落ちて怪我《けが》をするよりはと存じ、御戒《おんいましめ》をも憚《はばか》らず推参いたしてございます。

夫人　（莞爾《にっこり》と笑む）ああ、爽《さわや》かなお心、そして、貴方はお勇《いさま》しい。燈《あかり》を点《つ》けて上げましょうね。（座を寄す。）
図書　いや、お手ずからは恐多い。私《わたくし》が。
夫人　いえいえ、この燈《ともしび》は、明星、北斗星、竜の燈《ともしび》、玉の光もおなじこと、お前の手では、蠟燭《ろうそく》には点きません。
図書　ははッ。（瞳を凝《こら》す。）
夫人、世話めかしく、雪洞《ぼんぼり》の蠟を抜き、短檠《たんけい》*の灯《ひ》を移す。燭《しょく》をとって、熟《じっ》と図書の面《おもて》を視《み》る、恍惚《うっとり》とす。
夫人　（蠟燭を手にしたるまま）帰したくなくなった、もう帰すまいと私は思う。
図書　ええ。
夫人　貴方は、播磨が貴方に、切腹を申しつけたと言いました。それは何の罪でございます。
図書　私《わたくし》が拳《こぶし》に据えました、殿様が日本一とて御秘蔵の、白い鷹を、このお天守へ逸《そら》しました、その越度《おちど》、その罪過でございます。
夫人　何、鷹をそらした、その越度《おちど》、その罪過、ああ人間と云うものは不思議な咎《とが》を被《お》せるものだね。その鷹は貴方が勝手に鳥に合せたのではありますまい。天守の棟に、世にも美しい鳥を視《み》て、それが欲しさに、播磨守が、自分で貴方にいいつけて、勝手に自分でそらしたものを、貴方の罪にしますのかい。

図書　主《しゅう》と家来でございます。仰《おお》せのまま生命《いのち》をさし出しますのが臣たる道でございます。

夫人　その道は曲っていましょう。間違ったいいつけに従うのは、主人に間違った道を踏ませるのではありませんか。

図書　けれども、鷹がそれました。

夫人　ああ、主従とかは可恐《おそろ》しい。鷹とあの人間の生命《いのち》とを取《とり》かえるのでございますか。よしそれも、貴方が、貴方の過失《あやまち》なら、君《きみ》と臣《しん》と云うもののそれが道なら仕方がない。けれども、播磨がさしずなら、それは播磨の過失《あやまち》と云うもの。第一、鷹を失ったのは、貴方ではありません。あれは私が取りました。

図書　やあ、貴方が。

夫人　まことに。

図書　ええ、お怨《うら》み申上ぐる。（刀に手を掛く。）

夫人　鷹は第一、誰のものだと思います。鷹には鷹の世界がある。露霜の清い林、朝《あさ》嵐《あらし》夕風の爽かな空があります。決して人間の持ちものではありません。諸侯《だいみょう》なんどと云うものが、思上った行過ぎな、あの、鷹を、ただ一人じめに自分のものと、つけ上りがしています。貴方はそうは思いませんか。

図書　(沈思す、間) 美しく、気高い、そして計り知られぬ威のある、姫君。——貴方にはお答が出来かねます。

夫人　いえ、いえ、かどだてて言籠《いいこ》めるのではありません。私の申すことが、少しなりともお分りになりましたら、あのその筋道の分らない二三の丸、本丸、太閤丸《たいこうまる》、廓内《くるわうち》、御《ご》家中《かちゅう》の世間へなど、もうお帰りなさいますな。白銀《しろがね》、黄金《こがね》、球《たま》、珊瑚《さんご》、千石万石の知行《ちぎょう》より、私が身を捧げます。腹を切らせる殿様のかわりに、私の心を差上げます、私の生命《いのち》を上げましょう。貴方お帰りなさいますな。

図書　迷いました、姫君。殿に金鉄の我が心も、波打つばかり悩乱をいたします。が、決心が出来ません。私《わたくし》は親にも聞きたし、師にも教えられたし、書《しょ》もつにも聞かねばなりません。お暇《いとま》を申上げます。

夫人　(歎息《たんそく》す) ああ、まだ貴方は、世の中に未練がある。それではお帰りなさいまし。(この時蠟燭を雪洞に) はい。

図書　途方に暮れつつ参ります。迷《まよい》の多い人間を、あわれとばかり思召《おぼしめ》せ。

夫人　ああ、優しいそのお言葉で、なお帰したくなくなった。(袂《たもと》を取る。)

図書　(屹として袖を払う) 強いて、断《た》って、お帰しなくば、お抵抗《てむかい》をいたします。

夫人　（微笑み）あの私に。
図書　おんでもない事。＊
夫人　まあ、お勇ましい、凜々しい。あの、獅子に似た若いお方、お名が聞きたい。
図書　夢のような仰せなれば、名のありなしも覚えませぬが、姫川図書之助と申します。
夫人　可懐《なつかし》い、嬉しいお名、忘れません。
図書　以後、お天守下《した》の往《ゆき》かいには、誓って礼拝《らいはい》をいたします。――御免。（衝《つっ》と立つ。）
夫人　ああ、図書様、しばらく。
図書　是非もない、所詮活《しょせんい》けてはお帰しない掟《おきて》なのでございますか。
夫人　ほほほ、播磨守の家中とは違います。ここは私の心一つ、掟なぞは何にもない。
図書　それを、お呼留め遊ばしたは。
夫人　おはなむけがあるのでござんす。――人間は疑深い。卑怯《ひきょう》な、臆病《おくびょう》な、我儘な、殿様などはなおの事。貴方がこの五重へ上って、この私を認めたことを誰も真個《ほんとう》にはせぬであろう。清い、爽かな貴方のために、記念《しるし》の品をあげましょう。（静に以前の兜を取る）――これを、その記念《しるし》にお持ちなさいまし。

図書　存じも寄らぬ御《おん》たまもの、姫君に向い、御辞退はかえって失礼。あまり尊い、天晴《あっぱれ》な御兜。

夫人　金銀は堆《うずたか》けれど、そんなにいい細工ではありません。しかし、武田には大切な道具。——貴方、見覚えがありますか。

図書　（疑《うたがい》の目を凝《こら》しつつあり）まさかとは存ずるなり、私《わたくし》とても年に一度、虫干のほかには拝しませぬが、ようも似ました、お家の重宝《ちょうほう》、青竜の御兜。

夫人　まったく、それに違いありません。

図書　（愕然《がくぜん》とす。急に）これにこそ足の爪立《つまだ》つばかり、心急ぎがいたします、御暇《おいとま》を申うけます。

夫人　今度来ると帰しません。

図書　誓って、——仰せまでもありません。

夫人　さらば。

図書　はっ。（兜を捧げ、やや急いで階子《はしご》に隠る。）

夫人　（ひとりもの思い、机に頬杖《ほおづえ》つき、獅子にもの言う）貴方、あの方を——私《わたくし》に下さいまし。

薄　（静に出づ）御前様《おまえさま》。

夫人　薄か。
薄　立派な方でございます。
夫人　今まで、あの人を知らなかった、目の及ばなかった私は恥かしいよ。
薄　予《かね》てのお望みに叶うた方《かの》を、何でお帰しなさいました。
夫人　生命《いのち》が欲《ほし》い。抵抗《てむかい》をすると云うもの。
薄　御一所《ごいっしょ》に、ここにお置き遊ばすまで、何の、生命《いのち》をお取り遊ばすのではございませんのに。
夫人　あの人たちの目から見ると、ここにいるのは活きたものではないのだと思います。
薄　それでは、貴方の御容色《ごきりょう》と、そのお力で、無理にもお引留めが可《よ》うございますのに。何の、抵抗《てむかい》をしましたところで。
夫人　いや、容色《きりょう》はこちらからは見せたくない。力で、人を強いるのは、播磨守なぞの事、真《まこと》の恋は、心と心、……（軽く）薄や。
薄　は。
夫人　しかし、そうは云うものの、白鷹を据えた、鷹匠だと申すよ。——縁だねえ。
薄　屹《きっ》と御縁がございますよ。

夫人　私もどうやら、そう思うよ。

薄　奥様、いくら貴女のお言葉でも、これは些《ち》と痛入《いたみい》りました。

夫人　私も痛入りました。

薄　これはまた御挨拶でござります——あれ、何やら、御天守下が騒がしい。（立って欄干に出づ、遥《はるか》に下を覗込む）……まあ、御覧なさいまし。

夫人　（座のまま）何だえ。

薄　武士が大勢で、篝《かがり》を焚《た》いております。ああ、武田播磨守殿、御出張、床几《しょうぎ》に掛《かか》ってお控えだ。おぬるくて、のろいくせに、もの見高な、せっかちで、お天守見届けのお使いの帰るのを待兼ねて、推出《おしだ》したのでござります。もしえもしえ、図書様のお姿が小さく見えます。奥様、おたまじゃくしの真中《まんなか》で、御紋着《ごもんつき》の御紋も河骨《こうぼね》、すっきり花が咲いたような、水際立ってお美しい。……奥様。

夫人　知らないよ。

薄　おお、兜あらためがはじまりました。おや、吃驚《びっくり》した。あの、殿様の漆みたいな太い眉毛が、びくびくと動きますこと。先刻《さっき》の亀姫様のお土産の、兄弟の、あの首を見せたら、どうでござりましょう。ああ、御家老がいます。あの親仁《おやじ》も大分百姓を痛めて溜込《ためこ》みましたね。そのかわり頭が兀《は》げた。まあ、皆《みんな》が図書様を取巻いて、

夫人　お手柄にあやかるのか知ら。おや、追取刀《おっとりがたな》だ。何、何、何、まあ、まあ、奥様奥様。もう可《い》い。

薄　ええ、もう可《い》いではございません。図書様を賊だ、と言います。御秘蔵の兜を盗んだ謀逆人《むほんにん》、謀逆人、殿様のお首に手を掛けたも同然な逆賊でございますとさ。お庇《かげ》で兜が戻ったのに。――何てまあ、人間と云うものは。――あれ、捕手《とりて》が掛った。御忠義と知行で、てむかいはなさらぬか知ら。しめた、投げた、嬉しい。そこだ。御家老が肩衣《かたぎぬ》を撥《はね》ましたよ。大勢が抜連《ぬきつ》れた。あれ危い。豪《えら》い。図書様抜合せた。……一人腕が落ちた。あら、胴切《どうぎり》。また何も働かずとも可《い》いことを、五両二人扶持《ににんぶち》らしいのが、あら、可哀相《かわいそう》に、首が飛びます。

夫人　秀吉時分から、見馴《みな》れていながら、何だねえ、騒々しい。

薄　騒がずにはいられません。多勢《たぜい》に一人、あら切抜けた、図書様がお天守に遁込《にげこ》みました。追掛けますよ。槍《やり》まで持出した。（欄干をするすると）図書様が、二重へ駈上《かけあが》っておいでなさいます。大勢が追詰めて。

夫人　（片膝立つ）可《よ》し、お手伝い申せ。

薄　お腰元衆、お腰元衆。――（呼びつつ忙《せわ》しく階子《はしご》を下り行く。）

夫人、片手を掛けつつ几帳越に階子《はしご》の方を瞰下《みおろ》す。

——や、や、や、——激しき人声、もの音、足蹈《あしぶみ》。——図書、もとどりを放ち、衣服に血を浴ぶ。刀を振《ふる》って階子《はしご》の口に、一度屹と下を見込む。肩に波打ち、はっと息して撞《どう》となる。

夫人　図書様。

図書　（心づき、蹌踉《よろよろ》と、かつ呼吸《いき》せいて急いで寄る）姫君、お言葉をも顧みず、三度《みたび》の推参をお許し下さい。私《わたくし》を賊……賊……謀逆人、逆賊と申して。

夫人　よく存じておりますよ。昨日今日、今までも、お互に友と呼んだ人たちが、いかに殿の仰せとて、手の裏を反《かえ》すように、ようまあ、あなたに刃《やいば》を向けます。

図書　はい、微塵《みじん》も知らない罪のために、人間同志に殺されましては、おなじ人間、断念《あきら》められない。貴女のお手に掛ります。——御禁制《ごきんぜい》を破りました、御約束を背きました、その罪に伏《ふく》します。速《すみやか》に生命《いのち》をお取り下されたい。

夫人　ええ、武士《さむらい》たちの夥間《なかま》ならば、貴方のお生命を取りましょう。私と一所《いっしょ》には、いつまでもお活きなさいまし。

図書　（急《せ》きつつ）お情《なさけ》余る、お言葉ながら、活きようとて、討手《うって》の奴儕《やつばら》、決して活かしておきません。早くお手に掛け下さいまし。貴女に生命を取らるれば、もうこの上のない本望、彼等に討たるるのは口惜《くちおし》い。（夫人の膝に手を掛く）さ、生命《いのち》を、生命を——恁《こ》う云う中《うち》にも取詰めて参ります。

夫人 いいえ、ここまでは来ますまい。

図書 五重の、その壇、その階子《はしご》を、鼠《ねずみ》のごとく、上《あが》りつ下りついたしおる。……余《かね》ての風説、鬼神《おにがみ》より、魔よりも、ここを恐しと存じておるゆえ、聊《いささ》か躊躇はいたしますが、既に、私《わたくし》の、恁《か》く参ったを、認めております。恁《こ》う云う中《うち》にも、たった今。

夫人 ああ、それもそう、何より前《さき》に、貴方をおかくまい申しておこう。（獅子頭を取る、母衣《ほろ》を開いて、図書の上に蔽いながら）この中へ……この中へ——

図書 や、金城鉄壁。

夫人 いいえ、柔い。

図書 仰《おおせ》の通り、真綿よりも。

夫人 そして、確《しっ》かり、私におつかまりなさいまし。

図書 失礼御免。

夫人の背《せな》よりその袖に縋る。縋る、と見えて、身体《からだ》その母衣の裾なる方《かた》にかくる。獅子頭を捧げつつ、夫人の面《おもて》、なお母衣の外に見ゆ。討手どやどやと入込《いりこ》み、と見てわっと一度退《しりぞ》く時、夫人も母衣に隠る。ただ一頭青面《せいめん》の獅子猛然として舞台にあり。

討手。小田原修理《しゅり》、山隅九平《やまずみくへい》、その他。抜身《ぬきみ》の槍、刀。中には仰山に小具足をつけたるもあり。大勢。

九平　(雪洞《ぼんぼり》を寄す)やあ、怪しく、凄く、美しい、婦《おんな》の立姿と見えたはこれだ。

修理　化《ばけ》るわ化るわ。御城の瑞兆《ずいちょう》、天人のごとき鶴を御覧あって、殿様、鷹を合せたまえば、鷹はそれて破蓑《やれみの》を投落す、……言語道断。

九平　他《ほか》にない、姫川図書め、死《しに》ものぐるいに、確《たしか》にそれなる獅子母衣に潜ったに相違なし。やあ、上意だ、逆賊出合《いであ》え。山隅九平向うたり。

修理　待て、山隅、先方で潜った奴《やつ》だ。呼んだって出やしない。取って押え、引摺出《ひきずりだ》せ。

九平　それ、面々。

修理　気を着けい、うかつにかかると怪我をいたす。元来この青獅子《あおじし》が、並大抵のものではないのだ。伝え聞く。な、以前これは御城下はずれ、群鷺山《むらさぎやま》の地主神《じしゅじん》の宮に飾ってあった。二代以前の当城殿様、お鷹狩の馬上から――一人町里《まちさと》には思いも寄らぬ、都方《みやこがた》と見えて、世にも艶麗《あでやか》な女の、行列を颯《さっ》と避けて、その宮へかくれたのを――とろんこの目で御覧《ごろう》じたわ。＊此方《こなた》は鷹狩、もみじ山だが、いずれ戦に負けた国の、上臈《じょうろう》、貴女、貴夫人たちの落人《おちうど》だろう。絶世の美女だ。しゃつ擱出《つかみいだ》いて奉《たてまつ》れ、とある。御近習《ごきんじゅう》、宮の中へ闖入《ちんにゅう》し、人妻なればと、いなむを捕えて、手取足取しようとしたれば、舌を噛んで真俯向《まうつむ》けに倒れて死んだ。その時にな、この獅子頭を熟《じっ》と視《み》て、あわれ獅子や、名誉の作かな。わらわに斯《か》ばかりの力あらば、虎狼《とらおおかみ》の手にかかりはせじ、と吐《ほざ》いた、とな。続いて三年、毎年、秋の大洪水よ。何が、死骸《しがい》取片づけの山神主《やまかんぬし》が見た、と申すには、獅子が頭《かしら》を逆《さかしま》にして、その婦《おんな》の血を舐《な》め舐め、目から涙を流いたと云うが触出《ふれだ》しでな。打続く洪水は、その婦《おんな》の怨《うらみ》だと、国中の是沙汰《これざた》だ。婦《おんな》が前髪にさしたのが、死ぬ時、髪をこぼれ落ちたと云うを拾って来て、近習が復命をした、白木に刻んだ三輪牡丹高彫《さんりんぼたんたかぼり》のさし櫛《ぐし》をな、その時の馬上の殿様は、澄《すま》して袂へお入れなさった。祟《たたり》を恐れぬ荒気の大名。おもしろい、水を出さば、天守の五重を浸して見よ、とそれ、生捉《いけど》って来てな、ここへ打上げたその獅子頭だ。以来、奇異妖変《ようへん》さながら魔所のように沙汰する天守、まさかとは思うたが、目《ま》のあたり不思議を見るわ。——心してかかれ。

九平　心得た、槍をつけろ。

討手、槍にて立ちかかる。獅子狂う。討手辟易《へきえき》す。修理、九平等、抜連《ぬきつ》れ抜連れ一同立掛《たちかか》る。獅子狂う。また辟易す。

修理　木彫にも精がある。活きた獣も同じ事だ。目を狙《ねら》え、目を狙え。

九平、修理、力を合せて、一刀《ひとたち》ずつ目を傷《きず》つく、獅子伏す。討手その頭《かしら》をおさう。

図書　（母衣《ほろ》を撥退《はねの》け刀を揮《ふる》って出づ。口々に罵《ののし》る討手と、一刀合すと斉《ひと》しく）ああ、目が見えない。（押倒され、取って伏せらる）無念。

夫人　（獅子の頭《かしら》をあげつつ、すっくと立つ。黒髪乱れて面凄《おもてすご》し。手に以前の生首の、もとどりを取って提ぐ）誰《たれ》の首だ、お前たち、目のあるものは、よっく見よ。（どっしと投ぐ。）

——討手わッと退き、修理、恐る恐るこれを拾う。

修理　南無《なむ》三宝《さんぽう》。

九平　殿様の首だ。播磨守様御首《みしるし》だ。

修理　一大事とも言いようなし。御同役、お互に首はあるか。

九平　可恐《おそろし》い魔ものだ。うかうかして、こんなところにいべきでない。

討手一同、立つ足もなく、生首をかこいつつ、乱れて退《しりぞ》く。

図書　姫君、どこにおいでなさいます。姫君。

夫人、悄然《しょうぜん》として、立ちたるまま、もの言わず。

図書　（あわれに寂しく手探り）姫君、どこにおいでなさいます。私《わたくし》は目が見えなくなりました。姫君。

夫人　（忍び泣きに泣く）貴方、私も目が見えなくなりました。
図書　ええ。
夫人　侍女《こしもと》たち、侍女たち。――せめては燈《あかり》を――
――皆、盲目《めくら》になりました。誰も目が見えませんのでございます。――（口々に一同はっと泣く声、壁の彼方《かなた》に聞ゆ。）
夫人　（獅子頭とともにハタと崩折《くずお》る）獅子が両眼を傷つけられました。この精霊《しょうりょう》で活きましたものは、一人も見えなくなりました。図書様、……どこに。
図書　姫君、どこに。
さぐり寄りつつ、やがて手を触れ、はっと泣き、相抱《あいいだ》く。
夫人　何と申そうようもない。貴方お覚悟をなさいまし。今持たせてやった首も、天守を出れば消えましょう。討手は直《す》ぐに引返して参ります。私一人は、雲に乗ります、風に飛びます、虹《にじ》の橋も渡ります。図書様には出来ません。ああ口惜《くやし》い。あれ等《ら》討手のものの目に、蓑笠着ても天人の二人揃った姿を見せて、日の出、月の出、夕日影にも、おがませようと思ったのに、私の方が盲目になっては、ただお生命《いのち》さえ助けられない。堪忍《かんにん》して下さいまし。
図書　くやみません！　姫君、あなたのお手に掛けて下さい。

夫人　ええ、人手には掛けますまい。そのかわり私も生きてはおりません、お天守の塵《ちり》、煤《すす》ともなれ、落葉になって朽ちましょう。
図書　やあ、何のために貴女が、美しい姫の、この世にながらえておわすを土産に、冥土《めいど》へ行くのでございます。
夫人　いいえ、私も本望でございます、貴方のお手にかかるのが。
図書　真実のお声か、姫君。
夫人　ええ何の。――そうおっしゃる、お顔が見たい、ただ一目。……千歳百歳《ちとせももとせ》にただ一度、たった一度の恋だのに。
図書　ああ、私《わたくし》も、もう一目、あの、気高い、美しいお顔が見たい。（相縋《あいすが》る。）
夫人　前世も後世《ごせ》も要らないが、せめて恁《こ》うしていとうござんす。
図書　や、天守下で叫んでいる。
夫人　（屹《きっ》となる）口惜《くや》しい、もう、せめて一時隙《いっときひま》があれば、夜叉ケ池のお雪様、遠い猪苗代の妹分に、手伝を頼もうものを。
図書　覚悟をしました。姫君、私《わたくし》を。……
夫人　私は貴方に未練がある。いいえ、助けたい未練がある。
図書　猶予《ゆうよ》をすると討手の奴、人間なかまに屠《ほふ》られます、貴女が手に掛けて下さらずば、自分、我が手で。――（一刀を取直す。）

夫人　切腹はいけません。ああ、是非もない。それでは私が御介錯《ごかいしゃく》、舌を噛切ってあげましょう。それと一所に、胆《きも》のたばねを――この私の胸を一思いに。

図書　せめてその、ものをおっしゃる、貴方の、ほのかな、口許《くちもと》だけも、見えたらばな。

夫人　貴方の睫毛《まつげ》一筋なりと。（声を立ててともに泣く。）

奥なる柱の中に、大音《だいおん》あり。――

――待て、泣くな泣くな。――

工人、近江之丞桃六《おうみのじょうとうろく》、六十《むそ》じばかりの柔和なる老人。頭巾《ずきん》、裁着《たッつけ》、火打袋を腰に、扇を使うて顕《あらわ》る。

桃六　美しい人たち泣くな。（つかつかと寄って獅子の頭《かしら》を撫《な》で）まず、目をあけて進ぜよう。

火打袋より一挺《ちょう》の鑿《のみ》を抜き、双の獅子の眼《まなこ》に当《あ》つ。

――夫人、図書とともに、あっと云う――

桃六　どうだ、の、それ、見えよう。ははは、ちゃんと開《あ》いた。嬉しそうに開いた。おお、もう笑うか。誰《た》がよ誰がよ、あっはっはっ。

夫人　お爺様《じいさん》。

図書　御老人、あなたは。

桃六　されば、誰《たれ》かの椾に牡丹も刻めば、この獅子頭も彫った、近江之丞桃六と云う、丹波《たんば》の国の楊枝削《ようじけずり》よ。

夫人　まあ、（図書と身を寄せたる姿を心づく）こんな姿を、恥かしい。

　図書も、ともに母衣《ほろ》を被《かつ》ぎて姿を蔽う。

桃六　むむ、見える、恥しそうに見える、極《きま》りの悪そうに見える、が矢張《やっぱ》り嬉しそうに見える、はっはっはっはっ。睦《むつま》じいな、若いもの。（石を切って、ほくちをのぞませ、煙管を横銜《よこぐわ》えに煙草を、すぱすぱ）気苦労の挙句は休め、安らかに一寝入《ひとねいり》さっせえ。そのうちに、もそっと、その上にも清《すずし》い目にして進ぜよう。

　鑿を試《こころ》む。月影さす。

そりゃ光がさす、月の光あれ、眼玉。（鑿を試み、小耳を傾け、鬨《とき》のごとく叫ぶ天守下の声を聞く）世は戦でも、胡蝶《ちょう》が舞う、撫子も桔梗も咲くぞ。——馬鹿《ばか》めが。（呵々《からから》と笑う）ここに獅子がいる。お祭礼《まつり》だと思って騒げ。（鑿を当てつつ）槍、刀、弓矢、鉄砲、城の奴等。

——幕——

# 注解・編者解説

**東 雅夫**（ひがし・まさお）
文芸評論家、アンソロジスト。一九五八年、神奈川県生まれ。早稲田大学第一文学部卒。「幻想文学」「幽」の編集長を歴任。二〇一一年、『遠野物語と怪談の時代』で日本推理作家協会賞を受賞。著書に『百物語の怪談史』『クトゥルー神話大事典』『文豪と怪奇』などがある。「文豪怪談傑作選」「文豪怪奇コレクション」など近年はアンソロジー編纂にも力を入れている。

# 注解

## 化鳥

ページ

九　＊橋銭　橋の通行料のこと。本篇の舞台である石川県金沢市の浅野川には、江戸期から明治期にかけて、通行人から橋銭を徴収する「一文橋」と称する小さな橋が、いくつか架かっていたという。

一〇　＊越後獅子《えちごじし》　角兵衛《かくべえ》獅子とも。子供によって演じられる獅子舞のこと。発祥が越後（現在の新潟県）のため、この名で呼ばれる。「春昼／春昼後刻」「陽炎座《かげろうざ》」など、鏡花には越後獅子が登場する印象的な作品がある。

一〇　＊猿廻　飼育する猿にいろいろな芸をさせて、見物客から金銭を得る大道芸。かつては縁起物として、おもに年始に、家々を巡ることが多かった。「さるひき」などとも。

一〇　＊附木　薄い木片の片端に、硫黄《いおう》を塗りつけたもの。火を他のものに移す際に用いられた。「火付木」なども。

一〇　＊元結《もっとい》より　「元結」は、毛髪の髻《もとどり》を結ぶ紙縒紐《こよりひも》。その紐を縒《よ》る仕事で生計を立てている人を指す呼称。

一〇　*目貫《めぬき》　市街地で最も人通りの多い、繁華な場所。

二一　*蛇籠《じゃかご》　円筒形に粗《あら》く編まれた籠の中に、石を詰めたもの。河川の護岸工事などに用いられる。竹蛇籠・粗朶《そだ》蛇籠・鉄線蛇籠などがある。「じゃこ」とも。

二二　*浮世床　近世、男性の髪を結うことを生業《なりわい》とした店。

三〇　*衣兜《かくし》　衣服に付けられた袋状の物入れ（ポケット）。

三七　*業畜《ごうちく》　「業腹な畜生」の略。腹だたしい獣（＝ここでは猿）を指す。

四〇　*緋羅紗《ひらしゃ》のずぼん　「羅紗」は厚手の毛織物。赤く染めた羅紗で出来た陸軍騎兵のズボンを意味する。

## 霰ふる

四九　*銀杏返《いちょうがえ》し　女性の髪の結い方の一つ。髻を二分し、左右に曲げて輪を作り、毛先を元結で根に結んだもの。江戸の中期から行われ、明治以降は、おもに中年女性向きの髪型とされた。

五〇　*お召《めし》　「御召縮緬《ちりめん》」の略。先練り・先染めの着物地。「しぼ」のある高級な絹織物。

五一　*薬研《やげん》　主に漢方の薬種を粉にするための、金属製もしくは硬木製の器具。舟形で、内側は深くV字形に窪《くぼ》んでいる。これに薬種を入れ、軸のついた車輪様のものを軋《きし》らせて薬種を砕く。「薬おろし」とも。

五一　＊乾坤寂《けんこんじゃく》となる　「乾坤」は易《えき》における「乾」と「坤」。転じて「天地」の意味に用いる。「寂」は静かで、ひっそりした様子。

五一　＊地誌略　「地誌」は地理学の一分野で、ここでは地元の郷土誌や市町村誌の類《たぐい》を指す。地域の自然・社会・文化などの特性を研究・記述した書物。「略」はその概要。加賀百万石の文化都市・金沢は、藩政期以来、地誌の類が豊富に編まれた土地柄だった。

五二　＊目かずら　顔の上半部を覆《おお》う大きさの紙に髪や眉《まゆ》を描き、目の部分を切り抜き、紐で耳にかけて顔面を覆う、簡略な仮面（アイマスク）。「百眼《ひゃくまなこ》」とも。

五四　＊尉《じょう》　炭火が燃えて、白く灰になったもの。

五四　＊破蓮《やればす》　晩秋、枯れ萎《しお》れて無残な姿になった蓮の葉。「やれはちす」とも。秋の季語。金沢市街には今も蓮池が点在し、「蓮寺」の通称で知られる名刹《めいさつ》「持明院」がある。

五五　＊観世捩《かんぜより》　紙を細長く切って縒《よ》ったもの。一説に、能の観世大夫《だゆう》（シテ方観世流の家元）が始めたとされることから、この名がある。カンジンコヨリ（勧進紙縒）の訛《なまり》とも。

五六　＊雪女郎　雪中に出没するという妖怪《ようかい》「雪女」の異称。冬の季語。

五六　＊油舐坊主《あぶらなめぼうず》　「油舐め」「油舐小僧」とも。江戸期の化物画に登場。行燈《あんどん》の油を舐めようとしている小坊主の姿で描かれる。

五六　＊とうふ買小僧　「豆腐小僧」とも。頭に笠《かさ》をかぶり、盆に乗せた豆腐を手にした子供の姿で描かれる妖怪。おもに江戸後期以降の草双紙《くさぞうし》や錦絵《にしきえ》などに描かれるため、この頃の創作上の存在とされるが、不明点も多い。「一つ目小僧」に類似。現代では、アダム・

五八 カバットや京極夏彦の著作に取り上げられ、広く知られるようになった。

五九 ＊按摩《あんま》の笛 揉《も》み療治（マッサージ）を業《なりわい》とする人（＝按摩）が、笛を吹いて客に来訪を知らせたこと。霰が激しくなると、客を求めて街中を出歩くこともままならない。鏡花と親しかった民俗学者の柳田國男《やなぎたくにお》は、宿泊先で按摩を頼んでは、土地の伝承を聴くことを好んだという。

六〇 ＊海坊主《うみぼうず》 嵐《あらし》のなか海上に顕《あら》われて、航海に不吉なことを起こすとされる海の妖怪。深川や千葉など江戸周辺の海浜では、ときに海坊主が陸《おか》に上がって来るともいわれ、鏡花は弟子の岩永花仙から聴いた房州の怪談実話をもとに、小説「海異記」を執筆している。

六〇 ＊荒金の 「荒金」は、山から採掘したままの、まだ精錬していない金属。なまがね。鉄の異称としても用いられる。「荒金の」は、「土」にかかる枕詞《まくらことば》である。

六〇 ＊雷神《はたたがみ》 「霹靂神」とも書く。激しい雷のこと。

六四 ＊お納戸《なんど》 「御納戸色」の略。ねずみ色を帯びた暗い藍《あい》色。

六七 ＊来山《らいざん》 江戸前期の談林系俳人・小西来山（一六五四～一七一六）のこと。「我がねたを～」は来山の句。

七〇 ＊向山 卯辰《うたつ》山のこと。鏡花の母の墓所もここにあった。

七〇 ＊おくつき 奥津城。墓。墓所。

外科室

七二　＊腕車《わんしゃ》　「人力車」の別称。

七四　＊綾羅《りょうら》　「あやぎぬ」（模様が浮きでるように織った絹織物）と「うすぎぬ」（薄地の絹織物）を指す。

七七　＊紛紜《ふんぬん》　揉めごと。騒動。

七八　＊温乎《おんこ》として　「温乎」は、穏やかで物静かな様子。

七九　＊我折《がお》れ　「我を折る」は、他人の意見に従うこと。

七九　＊森寒《しんかん》　ひっそりとして冷気を感ずるさま。鏡花愛誦《あいしょう》の李賀の詩に見える語。

八〇　＊関雲長《かんうんちょう》　中国後漢末期の武将「関羽」のこと。雲長《うんちょう》は字《あざな》。

八一　＊辞色　語り方と顔色。

八三　＊国手　「国を医する名手」の意から名医、腕の立つ医師を意味する。また、医師の敬称としても用いられる。

八五　＊煙突帽《ちくぜん》　「シルクハット」のこと。円筒形からの呼称。

八五　＊蓄髯　顔にひげを生やしていること。

八六　＊しゃぐま　「赤熊《しゃぐま》」と書く。「赤熊髷《まげ》」の略。女性の髪の結い方の一つで、「赤熊」と呼ばれる入れ毛を用いて結ったもの。

八六　＊銀杏《いちょう》　「銀杏返し」の略。四九頁の注参照。

八六　＊本読《ほんよみ》が納まらねえ　本読は出演者を集めて脚本を読んで聞かせ、意見を求めるなどすること。また、役者が脚本中の台詞《せりふ》を声に出して読み合わせること。よみあわせ。ここで

八六　は「藤色」の形容だけでは不十分、といった意味合いか。
八六　＊足下《そこ》　人称代名詞。対等かそれ以下の相手に対して用いる。「足下《そっか》」の音が変化したもの。
八七　＊北廓《なか》　新吉原遊郭の異称。北の字は江戸城の北方に位置したことから。塀と堀に囲まれた大門《おおもん》の中なので「なか」といった。
八八　＊あてこともない　とんでもない。途方もない。

## 高桟敷

九二　＊鳥打《とりうち》　「鳥打帽子」の略。おもに狩猟などに用いられたことから「鳥打」の名がある。前びさしのついた平たい帽子。「ハンチング」とも。
九二　＊卵塔場　「墓場」の異称。
九二　＊羅苧屋《らおや》　羅苧を売る店。「羅苧」は煙管《きせる》の火皿と吸口を接続する竹管。ラオスから渡来した黒斑竹《くろふ》を用いたことから、この名がある。
九四　＊抜裏《ぬけうら》　通行人が、自由に通り抜けができる裏道。
九四　＊門札《かどふだ》　そこに住む住人の氏名を書いて、家の門に貼《は》り付けておく名札。表札。
九四　＊彦左衛門《ひこざえもん》　田舎武士の蔑称《べっしょう》。また「頑固親爺《おやじ》」「一徹者」といった意味も。
九四　＊手絡《てがら》　丸髷などの根元に掛けるきれ。縮緬《ちりめん》などで作られる。
九四　＊炭取　暖房用の炭を小出しに入れておく器。木製や竹製が多い。「すみかご」などとも。

冬の季語。柳田國男の『遠野物語』に描かれた、幽霊の裾《すそ》に触れて、くるくる回る炭取の描写は名高く、三島由紀夫もそのリアリティを絶賛した。鏡花『草迷宮』に登場する、ぐるぐると廻転するランプの趣向も同様に超現実の侵犯を示すものだろうと、澁澤龍彦は『思考の紋章学』で説いている。

九七　＊五輪　「五輪塔」の略。いわゆる「五大」の形にかたどった五層から成る塔。下から地輪は方、水輪は球、火輪は三角、風輪は半球、空輪は宝珠形を成す。平安期の中頃から、供養《くよう》塔や墓塔として用いられた。石造が多い。鏡花の名作「春昼後刻」に登場する、謎《なぞ》めいた「○□△」記号との関連や、いかに⁉

九八　＊足代《あしろ》　高所へ登るため、材木を組み立てて作られた仮設物。足場。

一〇〇　＊独鈷《とっこ》「ドッコ」とも。独鈷・独鈷杵《しょ》は密教の法具・金剛杵《こんごうしょ》で、両端が分岐していないもののこと。また、縦縞《たてじま》状に独鈷の形を連ねた文様を織り出した厚地の織物や、その文様をも指し、ここでは帯の文様。

二三羽――十二三羽

一一〇　＊嵐雪《らんせつ》　江戸中期頃の俳人・服部《はっとり》嵐雪（一六五四～一七〇七）のこと。蕉門《しょうもん》十哲の一人。江戸・湯島に生まれ、長らく武家に奉公。宝井其角《きかく》と共に、蕉門古参の高弟であった。「はれて雀《すずめ》のものがたり」は、嵐雪の句――「元日や晴れてすずめのものがたり」から引く。

一一二　＊背戸《せど》　家の裏口。また、裏門。

一一四　＊なぞえに　斜めに。

一一四　＊畷《なわて》　ここでは、田圃《たんぼ》の間を通る道（＝あぜ道）を指す。

一一五　＊鳴子《なるこ》も引板《ひた》も　引板は鳴子の異称。田畑を荒らす小鳥を、音で脅して追い払うのに用いる仕掛け。小板に細い竹管を掛け連ねたものを縄から下げて、縄を引けば管が板に触れて音を発する仕組み。

一一七　＊挽割《ひきわり》麦　大麦を石臼《いしうす》や専用の機械で、粗く挽き割ったもの。「割麦」とも。

一一八　＊有島家　東京市麴町《こうじまち》区下六番町（現・千代田区六番町）の鏡花邸の向いには、文学史に名を残す有島三兄弟（長兄の作家・武郎《たけお》、次兄の画家・生馬《いくま》、四男の作家・里見《さとみ》弴《とん》）が住んでいた。里見弴は鏡花に師事し、その最期《さいご》を看取ったことで、鏡花ファンに知られる。

一一九　＊田越村《たごえむら》　現・神奈川県逗子《ずし》市。鏡花は一九〇五（明治三十八）年夏から一九〇九年春まで足かけ五年間、胃腸病治療のため同地で転地療養生活を送った。

一二一　＊廂合《ひあわい》　廂《ひさし》が両側から突き出ている、家と家との間の狭い箇所。日光が通らない場所。「ひあい」とも。

一二一　＊玉章《たまずさ》　手紙・文などを意味する。タマアヅサ（玉梓）の変化した語で玉は美称。かつて手紙を梓の枝などに結んで使者が持参したことに由来する。

一二三　＊練稚児《ねりちご》　稚児たちの行列。

一二七　＊御油《ごゆ》から赤坂　東海道五十三次の中で、江戸から三十五番目の宿場である御油宿と三十六番目の赤坂宿を指す（現・愛知県豊川市）。東海道の宿場の中で最も間隔が短かく、もとは一つの宿駅に数えられていたほどで、距離が近いことの比喩《ひゆ》としても使われていた。「御油の松並木」は景勝地として有名。

一二八　＊火牛《かぎゅう》の修羅の巷《ちまた》　北陸道の倶利伽羅峠《くりからとうげ》（富山と石川の県境）で一一八三（寿永二）年、木曾義仲《きそよしなか》が、火牛の計（『史記　田単伝』に記された中国戦国時代の戦術）に倣《なら》い、角に松明《たいまつ》を点《つ》けた牛の大群を放ち、平維盛《たいらのこれもり》の軍勢を敗退させた故事を踏まえる。

一二九　＊ごんごんごま　植物学者の塚谷裕一は著書『異界の花――ものがたり植物図鑑』で、大野浩子による教示をもとに「ヤブガラシ」と推定している。

一二九　＊﨟《ろう》たけた　洗練されて気品がある様子。

一三一　＊きびら　「黄帷子」と書く。漂白しない布地で作られた帷子《かたびら》。夏の季語。

一三二　＊糠袋《ぬかぶくろ》　糠を入れた布製の小袋。入浴時に、これで肌をこすって洗う。

一三五　＊畚褌《もっこふどし》　短い布の前後に紐を通して、脇《わき》で結ぶようにした褌。「もっこうふんどし」などとも。

一三七　＊九月一日《いちにち》のあの大地震　関東大震災のこと。一九二三（大正十二）年九月一日午前十一時五十八分に発生した相模トラフ沿いの断層を震源とする大地震（マグニチュード七・九）。激震と火災による関東一円の死者・行方不明者は合せて十万五千人とされる。鏡花は現在の迎賓館《げいひんかん》近くの公園で二昼夜を明かし、番町の居宅が幸い延焼を免れたため、無事に帰宅することができた。その時の体験を被災記「露宿」(一九二三)にリアルかつ幻想的に記している。

## 絵本の春

一四一　*絡繹《らくえき》として　人馬の流れが、後から後から繋《つな》がり、往来が絶えない様子。
一四一　*褄端折《つまばしょり》　女性が和服の褄などを折りかかげて帯に挟んださま。
一四四　*五経《ごきょう》　儒教で重視される五種類の経書。「易経」「書経」「詩経」「礼記《らいき》」「春秋」を指す。
一四四　*七星　中国の星学における「貪狼《どんろう》」「巨門《こもん》」「禄存《ろくそん》」「文曲《ぶんきょく》」「廉貞《れんてい》」「武曲《ぶきょく》」「破軍《はぐん》」の七つの星を指す。
一四七　*陪臣　直臣ではない家来のこと。この場合は、金沢藩の家臣を指す。
一四八　*またもの　陪臣と同じ。
一五〇　*逢魔《おうま》が時　日暮れ時の薄暗い刻限。たそがれ。「おうまどき」なども。「オオマガトキ(大禍時)」から転じて、禍《わざわ》いの起こりがちな時刻を意味した。鏡花には、夕景の魅力を説いた随筆「たそがれの味」がある。
一五〇　*草双紙　江戸中期以降に刊行された、通俗的な絵入り読物。表紙の色や製本の仕方で、「赤本」「黒本」「青本」「黄表紙」「合巻」などがあり、時代を追って発展した。鏡花は幼少期、実母が江戸から持参した草双紙の絵柄に魅了され、母にその絵解《えとき》をせがんだという。

一五〇　＊きつね格子《ごうし》　板戸の一種。格子の裏に板を張ったもの。

一五一　＊常夏《とこなつ》の花　ナデシコの古名。ナデシコは、秋の七草の一つ。日当りのよい草地や川原などに自生し、八～九月頃、淡紅色の花を開く。

## 縷紅新草

一五七　＊塗師屋《ぬしや》　漆器を製造したり、販売したりする稼業《かぎょう》、また、それを業《なりわい》とする人をも指す。

一六一　＊樹下石上　樹《き》の下と石の上の意味から、野山や路傍などに露宿することをいう。僧が各地を行脚《あんぎゃ》する境涯を、たとえて言った。

一六一　＊はっち坊主　鉢《はち》坊主、すなわち、托鉢《たくはつ》して歩く、乞食《こつじき》僧のこと。

一六一　＊喜撰《きせん》　喜撰法師とも。平安初期の歌人で「六歌仙」の一人。山城国に生まれ、出家して醍醐《だいご》山に入り、宇治山に隠れて仙人となったと伝えられる。ここでは、喜撰が登場する歌舞伎《かぶき》舞踊を指す。五変化「六歌《ろっか》仙容彩《せんすがたのいろどり》」の一つで、一八三一（天保二）年初演。喜撰法師に茶汲《ちゃく》み女が絡《から》む舞踊。

一六七　＊一《いち》うち　一打ち。まるで「一」の字を書いたようなという意。「眉」の別称でもある。

一六七　＊箔屋《はくや》　金箔・銀箔などを製造したり、販売したりする店や人。箔打とも。金・銀の箔は、金沢市の名産でもある。

一六七　＊泥塗《だみ》た　濃く塗りつぶした。

一六八　＊怪我《けが》にも　（下に打消を伴い）全然。まちがっても。けがな、とも言う。

一七一　＊咲容《えまい》して　にこにこ笑って。ほほえんで。

一七五　＊酒買い狸《たぬき》　笠をかぶり、片手に酒徳利を、片手に通い帳を提げた姿で造形される陶器製の縁起物。「たぬき＝他を抜く」などとされ、信楽焼《しがらきやき》に始まるという。

一七七　＊お納所《なっしょ》　寺院で盆などに際し、信徒が持ち寄る施し物を納めたり、会計などの寺務を司《つかさど》る僧を指す。「納所坊主《ぼうず》」とも。

一七八　＊鞠子《まりこ》の宿《しゅく》　鞠子宿《じゅく》は、東海道五十三次の江戸から二十番目の宿場町である。「丸子宿」とも書く（現在の静岡県静岡市駿河区）。「とろろ汁」が名物で、歌川広重《うたがわひろしげ》の浮世絵や松尾芭蕉の俳句にも登場している。

一七九　＊女万歳　年始に、烏帽子《えぼし》姿で腰鼓《こしつづみ》を打ち、賀詞を唄《うた》い舞って、滑稽《こっけい》な掛け合いを演じる門付芸を「万歳」という。その女性版。

一八三　＊女﨟《じょうろう》　ここでは、高貴な身分の女性を指す。上﨟《じょうろう》とも。

一八三　＊お部屋方　ここでは、母である側室が亡《な》くなり、その私的な使用人（＝部屋方／部屋子）だった縁者に引き取られた……という設定。

一八六　＊お転婆《てんば》　セビリアの煙草《たばこ》工場で働いているという設定の、歌劇などで知られる「カルメン」の主人公カルメンを指す。

一八七　＊中将姫　藤原豊成《とよなり》の娘。若くして出家し大和（現在の奈良県）の当麻寺《たいまでら》に入り、「法如《ほうにょ》」と号したという。蓮茎の糸で観無量寿経の内容を表した曼荼羅《まんだら》を織ったとされる、伝説上の女性。能や浄瑠璃に登場。

一九一　＊比翼《ひよく》　「比翼の鳥」はそれぞれが一目一翼で常に雌雄一体で飛ぶという伝説上の鳥で、相思の男女の深い契《ちぎ》りのたとえに用いられる。
一九五　＊どんつく　「鈍付布子」の略。地糸が太くて節くれだった安価な木綿地の布子（綿入れ）。おもに人足の作業着などに用いられる。
一九九　＊檀越《だんおつ》夫人　お布施、施しものをする檀家の夫人。「檀越」は梵語《ぼんご》の「dāna-pati」（施主）から。
二〇〇　＊冷めし草履《ぞうり》　緒も藁《わら》でできた粗末な藁草履。
二〇〇　＊磽确《こうかく》たる　石が多く痩《や》せている。
二〇三　＊総斎《そうどき》　寺院で午前中に摂《と》る食事を「斎《とき》」という。総斎は、一斉に食事をすること。
二〇五　＊大智識　ここでは「高徳な僧侶《そうりょ》」の意味。
二〇七　＊頓生菩提《とんしょうぼだい》　仏教で速やかに菩提（悟り）を得ることを言う。追善・回向《えこう》の功徳《くどく》によって、死者の成仏《じょうぶつ》を祈る言葉として用いられる。
二〇七　＊華頭窓《かとうまど》　「火灯窓」とも書く。上部が曲線状になっている窓。禅宗寺院建築様式の一つとして、中国から日本に伝来したとされる。
二一〇　＊豆府《とうふ》　鏡花は持ち前の潔癖症（＝細菌恐怖）と言霊《ことだま》信仰から、好物である「豆腐」の「腐」の字を嫌い、多く「豆府」と記した。

# 天守物語

二一二　＊白鷺城《しらさぎじょう》　兵庫県姫路市にある姫路城の別称。五層六階の大天守と、三つの小天守を備えた、白亜の佇《たたず》まいに由来する。十四世紀に赤松貞範《さだのり》が築城し、十六世紀に豊臣秀吉が改築。十七世紀初頭に池田輝政が拡張し、現在の形となる。国宝で、世界文化遺産にも登録されている。天守閣最上階には、天守の主であったという伝承のある妖怪「刑部《おさかべ》姫」が祀《まつ》られた祠《ほこら》が現存する。

二一二　＊朱《しゅ》の盤坊《ばんぼう》　「朱の盤」などとも。朱色に染まった、世にも恐ろしい容貌《ようぼう》を見せて、人を驚かせる妖怪とされる。鏡花が本作の底本に用いた『老媼茶話《ろうおうさわ》』では、巻之参「会津諏《す》訪《わ》の朱の盤」に登場。ある若侍が会津の諏訪の前付近で、二度にわたり朱の盤に脅かされ、百日目に死んだとされる。その時の容貌は「眼《まなこ》は皿の如《ごと》くにて額に角壱ツ付き、顔は朱のごとく頭《かしら》の髪は針のごとく、口耳の脇迄《まで》きれ、歯たたきをしける音いかつち(雷)のごとく」であったという。

二一二　＊舌長姥《したながうば》　「舌長婆《ばば》」とも。会津の千本松原に出没したとされる、老婆《ろうば》の姿をした妖怪。『老媼茶話』巻之参「舌長姥」によると、一見、普通の老婆のようだが、舌が五尺(約一・五メートル)もあり、眠っている人間を、その舌で嘗《な》め回し、肉を削《そ》ぎ取って喰らうとされる。諏訪の朱の盤とは、仲が良いらしい。鏡花は「天守物語」で、会津ゆかりの朱の盤と舌長姥を、亀姫《かめひめ》の眷属《けんぞく》(従者)に起用している。

二一二　＊禿《かむろ》「かぶろ」とも。髪を短く切り揃《そろ》えて垂らす、禿の髪型をした幼童。

二一四　＊突通《つきとお》し　貫通させること。ここでは、鼈甲《べっこう》の櫛《くし》で髪を束ねていることを指す。

二一八　＊鎧櫃《よろいびつ》　甲冑《かっちゅう》を入れて置く、大型の蓋《ふた》つきの箱。

二一八　＊母衣《ほろ》　ここでは、獅子舞の獅子の体になる部分の布を指す。加賀地方では獅子舞が盛んで、巨大な獅子と侍姿の若者との勇壮な殺陣《たて》が、街中で演じられる。

二一八　＊赫燿《かくよう》　真っ赤に照り輝く様子。

二二〇　＊夜叉《やしゃ》ヶ池《いけ》　福井県と岐阜県の県境に位置する、山頂の大池。周囲は原生林に覆《おお》われ、太古に起きた地滑りで出来た窪地《くぼち》に、雨水や周辺の山からの伏流水が溜まり、池になったと考えられている。竜神伝説が伝えられており、鏡花はその伝承を用いて名作「夜叉ケ池」（戯曲）を創作し、続く「天守物語」でも言及したものと思われる。

二二一　＊澪《みお》「水の緒《お》」の意。河や海の中で、船が通行するのに適した底深い水脈。「みよ」とも。

二二一　＊あやい笠「綾藺笠」とも書く。藺草《いぐさ》を綾織に編んで、裏面に布を張った笠。髷《まげ》を結った男子が、外出する際に着用する。

二二三　＊尾上《おのえ》　山の高いところ。峰続きになった高所。

二二四　＊青五《あおご》輪《わ》　正しくは「あおごりん」か。『近世奇談全集』収録の『老媼茶話』によれば、飯寺《にいでら》村慈現院壇東向いにある五輪は夜になると大山伏や黒入道に化けて出たという。

二二四　＊允殿館《いんでんかん》『近世奇談集成　二』の解題で、高橋明彦は、「「允殿館」は会津の地誌類に当たれば、ジョウドノヤカタあるいはジョウドノガタテと訓《よ》むべきところ。鏡花は、続帝国文庫に在る誤りのルビをそのまま利用しているのである」と記している。

二三七 *虚空蔵《こくうぞう》 虚空のように広大無辺の福徳・智慧《ちえ》を蔵し、衆生《しゅじょう》の諸願を成就《じょうじゅ》させるとされる菩薩。ここでは日本三大虚空蔵の一つとされる、会津・円蔵寺の「柳津《やないづ》虚空蔵」を指すか。

二二九 *かくや 「覚弥」とも書く。沢庵《たくあん》などの漬物を細かく刻んで塩出しし、醬油《しょうゆ》をかけたもの。江戸初期、家康の料理人・岩下覚弥が考案したとも、高野山・隔夜堂の歯の弱い老僧のために作られたとも伝わる。

二二九 *金花糖《きんかとう》 雛祭《ひなまつ》りの風物として、藩政期から欠かすことのできない、金沢の伝統菓子。鯛《たい》や果物、野菜をかたどり彩色した砂糖菓子である。

二三一 *尾籠千万《びろうせんばん》 大変に失礼なこと。

二三二 *蘭麝《らんじゃ》 蘭の花と麝香《じゃこう》の香り。得も言われぬ良い香りのこと。

二三三 *吉祥天女《きっしょうてんにょ》 「吉祥天」はインド神話で、ヴィシュヌ神の妃。仏教に入って毘沙門《びしゃもん》天の妃。衆生に福徳を与えるという。その像は容貌端麗、天衣・宝冠を着け、手に如意珠《にょいじゅ》を捧《ささ》げる。ここでは、「ありがたや!」といったほどの意味合い。

二三三 *諸白《もろはく》 掛米《かけまい》と麴《こうじ》の両方に精白米を用いて醸《かも》した酒。江戸時代においては、上質の酒の総称であった。

二三四 *利験《りげん》 大きな利益。ありがたい役得。

二三六 *思《おも》ざし 意中の相手に、盃《さかずき》をさすこと。

二三六　＊修羅かれがために破らる　修羅場は、阿修羅王が帝釈天《たいしゃく》と戦う場所、から転じて、血なまぐさい戦乱、勝負を争う激しい闘争の行われる場所。「修羅かれがために破らる」は『太平記』の一節である。

二三八　＊推参な　ここでは「無礼なふるまい」を意味する。

二四四　＊野衾《のぶすま》「ムササビ」の異称。またムササビのような姿をして、人の血を吸う妖怪の意味でも用いられた。

二四五　＊短檠《たんけい》　灯火具の一種。本来は丈の低い燭台《しょくだい》のことだが、一般には、油皿が柱の中途につき、柱立の台を箱形に作ったものをいう。

二四八　＊おんでもない事　「言うまでもない」「もちろんのこと」といった意味。

二五五　＊とろんこの目　酒に酔ってとろんとした、また眠たそうな目つき。

# 編者解説

東　雅夫

新潮文庫から出ている鏡花の既刊書には、『歌行燈《うたあんどん》・高野聖《こうやひじり》』と『婦系図《おんなけいず》』の二冊がある。解説はいずれも鏡花研究の……というよりも国文学界の大いなる重鎮だった碩学《せきがく》・吉田精一が担当している。共にオリジナル版は昭和二十年代の刊行であり、前者に至っては、令和五年の時点で、実に八十六刷を数える。あやかりたいものである。

このほど新潮文庫から、新たな鏡花アンソロジーを編みませんか？　と、お誘いをいただき、ふたつ返事で応諾したのには然るべき理由があった。『歌行燈・高野聖』の解説中には次のような注目すべき一節が認められるからだ。

「この書には、「お化け」の好きな鏡花の作品中、『高野聖』を除いて、妖怪変化《ようかいへんげ》の活躍しない名作を収めた。合理主義と科学精神にやしなわれた昭和の人々にあっては、このへんから入って鏡花文学の味を知り、鏡花世界になじみが出来てから、更に幽玄神怪な不自然の境域に進むのが順序かも知れない」

ちなみに同書に収められた全五篇のラインナップは、以下のとおり。巻頭に「高野聖」、巻末に「歌行燈」の両傑作を配して、間に「女客」「国貞えがく」「売色鴨南蛮《ばいしょくかもなんばん》」と続く、まことに個性的な並びであった。

さるにても……総数三百篇を超え、その過半が、いわゆる〈幻想と怪奇〉の文学である鏡花作品の中から、敢《あ》えて「妖怪変化の活躍しない名作」をセレクトするとは！　まるで宝の山から目を背けて、求めて難行苦行に挑戦するかのごとき姿勢ではないか。

しかし、当時の時代状況を勘案すれば、それもまた無理からぬところであったのだろうと、思わざるをえない。昭和二十年代における鏡花といえば、義理と人情に縛られた古めかしい新派劇の原作者……といったイメージが、通り相場だったのだから。まさに『婦系図』の世界であり、そこから〈お化け〉たちが手を取り合い、軽やかに輪舞する「天守物語」の魔界へと一気に飛翔するのは、あまりに時期尚早であり、頑迷なるリアリズム至上の文学風土に、まずは蟻《あり》の一穴なりと開けてから……と国文学の泰斗が危惧《きぐ》したのは、無理からぬ現実的な判断だったと思われる。

〈鏡花復権〉へ向けて、時代が大きく動くのは、それからおよそ二十年後――昭和四十年代なかばまで待たねばならなかった。

具体的な契機を作ったのは、戦後の文豪・三島由紀夫である。祖母が熱狂的な鏡花ファンで、十代の頃からその作品に親しんでいたという早熟な三島は、みずから解説を担当した中央公論社版〈日本の文学〉で、次のように記している。
「さるにても鏡花は天才だった。時代を超越し、個我を神化し、日本語としてもっとも危きに遊ぶ文体を創始して、貧血した日本近代文学の砂漠の只中《ただなか》に、咲きつづける牡丹園《ぼたんえん》をひらいたのである。（略）日本語のもっとも奔放な、もっとも高い可能性を開拓し、講談や人情話などの民衆の話法を採用しながら、海のように豊富な語彙《ごい》で金石の文を成し、高度な神秘主義と象徴主義の密林へほとんど素手で分け入ったのである」（中央公論社『日本の文学4　尾崎紅葉・泉鏡花』解説／一九六九年一月刊より）
そして次のように結論づけているのだ。
「私は今こそ鏡花再評価の機運が起るべき時代だと信じている。（略）すなわち、鏡花は明治以降今日にいたるまでの日本文学者のうち、まことに数少ない日本語（言霊《ことだま》）のミーディアムであって、彼の言語体験は、その教養や生活史や時代的制約をはるかにはみ出していた」（前掲書／ミーディアム＝霊媒《れいばい》、仲介者）
一種のアジテーションと言っても過言ではないこの言葉に、諸手《もろて》をあげて賛意を示したのが、澁澤龍彦や種村季弘、紀田順一郎ら、当時にわかに擡頭《たいとう》した〈幻想と怪奇〉の文学の紹介者たちであったのは当然と言えよう。かく申す私もまた、中学時代、右の三島の言葉に触れて、それまでの文学観が一変するくらい甚大な衝撃をうけた一人である。

かくして、鏡花文学の深奥《しんおう》に息づく、稀有《けう》なる「日本語（言霊）のミーディアム」たる真骨頂を示す新たな代表作集として、ここに誕生したのが、全六篇の短篇小説に随筆と戯曲各一篇を加えて成った、本書『外科室・天守物語』である。

以下、鏡花の生涯を辿《たど》りつつ、初期から晩年に到る収録作の変遷を跡付けてみたい。


泉鏡花、本名・鏡太郎は、明治六年（一八七三）十一月四日、石川県の金沢町（現・金沢市）下新町二十三番地に生まれた。金工職人だった父・清次（当時三十二歳）と、母・鈴《すず》（二十歳）の長男（二男二女、弟・豊春も泉斜汀《しゃてい》の名で作家となる）。鈴の実家は、加賀藩江戸詰の能楽師（葛野《かどの》流大鼓《おおかわ》師）・中田家で、鈴自身は江戸下谷の生まれ。鈴の実兄（＝鏡花の伯父）・松本金太郎も、後に著名な能楽師（宝生流シテ方）となる。

「母に草双紙《くさぞうし》の絵解《えとき》を、町内のうつくしき娘たちに、口碑、伝説を聞く」と、自筆年譜にある。幼い頃から娘たちに愛される優男だったとおぼしい。

鏡花十歳のとき流行病《はやりやまい》で母が急逝、生家近くの卯辰山《うたつやま》に埋葬される。若くして美しいまま逝《い》った母の面影は、鏡花の脳裏に深く刻まれ、生涯にわたり創作の源泉ともなった。

本書の巻頭に据えた、初期作品「化鳥《けちょう》」（「新著月刊」第一号／一八九七年四月）にも、亡《な》き母の記憶は慕わしく、色濃い。零落し、今は「橋番」で生計を営む母子。夢見がちな少年の目に映じる川辺の光景は、草木虫魚禽獣《きんじゅう》が肩寄せ合って生きるアニミズムの楽土さながら。小学校の教師や町の名士といった俗物たちと対比して描かれる、「翼《はね》の生えたうつくしい姉さん」の正体とは？

鏡花が試みた初の口語体小説である本篇について、幻想文学にも造詣《ぞうけい》の深かった英文学者の由良君美《ゆらきみよし》は「「化鳥」は主人公である少年の〈内的独白〉をそのままに文章化したものであって、日本近代文学史上、極めて画期的な地位を占めるものとして、この点もっと評価されてよいものである」と手放しの賛辞を送っている（「鏡花における超自然」より）。

つづく「霰《あられ》ふる」（「太陽」第十八巻第十五号／一九一二年十一月）も、やはり小学校時代だが、主人公は少し成長していて、九つか十歳の頃の話。親しい友人を招いて、深夜自宅で試験勉強に励んでいた「民也」は、誰もいないはずの二階から、二人の女人が連れだって降りてくるのに出くわす。

「その一人は、年紀《とし》の頃、どんな場合にも二十四五の上へは出ない……一人は十八九で、この少《わか》い方は、ふっくりして、引緊《ひきしま》った肉づきの可《い》い、中背《ちゅうぜい》で、……年上の方は、すらりとして、細いほど瘠《や》せている」

二十年が経《た》っても、その容姿がまったく変わらない女怪《にょかい》めく婦人たち……霰や妖怪・雪女郎に象徴される北国の夜更《よふけ》の裏淋《うらさび》しい情景が、読む者の身に切々と迫るかのようだ。

さて、北陸英和学校を中退後、鏡花は私塾の講師などを務めながら、生涯の師となる尾崎紅葉の文学に傾倒してゆく。そして明治二十三年（一八九〇）、十八歳で翻然、紅葉の弟子となるべく上京を決意するのだった。もっとも、紅葉邸の玄関先まで赴きながら門を敲《たた》く勇気が出ず、一年近い日々を知り合いの医学生宅などを転々としながら、寄る辺ない放浪の日々を過ごすことになる。翌二十四年十月十九日、知人の添書を手にした鏡花は紅葉邸を再訪、ただちに入門を許され、翌日から「玄関番」として同居、文学修行に研鑽《けんさん》することとなるのだった。

小石川植物園を一舞台とする「外科室」（「文芸倶楽部」第六編／一八九五年六月）は、執筆時期としては収録作中もっとも早く、「夜行巡査」などと並んで〈観念小説〉と称され、初期鏡花の文名を世に知らしめた出世作である。現在では、坂東玉三郎の脚本・監督による映画化作品で有名だろう。

伯爵夫人と青年医師の恋愛至上を謳《うた》いあげるあまり、いっそ超自然的とも云えそうな筋立てになっているが、多くの意味で同時代の読者に深刻な衝撃を与えたのは間違いない。

一方、四谷町《たにまち》にかつて存在した貧民窟を舞台とする「高桟敷《たかさじき》」(「新日本」第一巻第三号/一九一一年六月)は、いかにも鏡花らしい超現実風味の散策小説であり、入り組んだ陋巷《ろうこう》の頭上高く張り出した能舞台さながらの高楼と女性たちといい、愛読する柳亭種彦の読本『逢州執着譚《おうしゅうしゅうじゃくものがたり》』を彷彿《ほうふつ》させる鋸《のこぎり》の怪音といい、一読慄然《りつぜん》、妖《あや》し さ満点の作品だ。

ここで随筆を一篇。「二三羽——十二三羽」(「女性」第五巻第四号/一九二四年四月)は、終《つい》の棲家《すみか》となった番町の家の庭に飛来する雀《すずめ》たちへの慈愛に満ちたまなざしと、後半に登場する樹間の家の不思議で無気味な挿話が、何より印象的な作品。稚《いとけな》きものを庇護する心の強さは、「化鳥」の頃から晩年まで、いささかも変じていないことが読み取れよう。

ちなみに、本篇では前年九月に発生し、関東一円に甚大な被害を齎《もたら》した関東大震災が、思いがけない場面でヌッと顔を出し、物語は謎《なぞ》めいた形で強制終了を迎える。震災に際して鏡花は妻のすず(奇しくも亡《な》き母と同じ名!)や住み込みのお手伝いさんと共に番町の家を出て、近くの公園（今の迎賓館附近？）で一夜を明かしたという。そのときの体験を幻想的に描いた随筆に「露宿」（一九二三）がある。

「唯今《ただいま》、寝おびれた幼《おさない》のの、熟《じっ》と視《み》たものに目を遣《や》ると、狼《おおかみ》とも、虎《とら》とも、鬼とも、魔とも分らない、凄《すさま》じい面《つら》が、ずらりと並んだ。……いずれも差置《さしお》いた荷の恰好《かっこう》が異類異形の相を顕《あらわ》したのである。

最も間近かったのを、よく見た。が、白い風呂敷《ふろしき》の裂けめは、四角にクワッとあいて、しかも曲《ゆが》めたる口である。結目が耳である。墨絵の模様が八角の眼《まなこ》である。たたみ目が皺《しわ》一つずつ、いやな黄味《きみ》を帯びて、消えかかる提灯《ちょうちん》の影で、ひくひくと皆揺れる、狒々《ひひ》に似て化猫《ばけねこ》である。

私は鵺《ぬえ》と云《い》うは此《これ》かと思った」

幸いにも番町の家は延焼を免れ、鏡花は住み慣れた我が家で、愛する妻と知友に看《み》取《と》られながら、昭和十四年（一九三九）九月七日、従容《しょうよう》と臨終の時を迎えるのだった……。享年六十七。

震災後、鏡花は故郷・金沢へ、すず夫人を伴って、幾度か帰省している。そして〈怪奇ハンター〉よろしく郷里の妖しい伝承地を探訪していた若き日の自分を思い出すかのように、再び作品化に取り組むこととなった。柳田民俗学とコラボするかのような晩年の大作「山海評判記」(一九二九)をはじめとする諸作は、こうして生み出された。

「絵本の春」(「文藝春秋」第四年第一号/一九二六年一月)も、そのようにして着手された一篇で、浅野川沿いの鏡花揺籃《ようらん》の地を舞台に、凄惨《せいさん》な過去を秘めた路地裏に幻めいて見え隠れする貸本屋、ワラワラと水辺に湧《わ》きいずる蛇たちの大群など、いかにも鏡花らしい面妖なる道具立てに満ちている。

「縷紅新草《るこうしんそう》」(「中央公論」第五十四年第七号/一九三九年七月)は、首尾一貫した形で遺《のこ》された作品としては、事実上の〈絶筆〉となった。蜻蛉《とんぼ》の刺繍《ししゅう》を嘲罵《ちょうば》され、お堀に身を投げた零落の工女の逸話は、若い鏡花の実体験に基づいており、初期の「鐘声夜半録」や「女客」などにも繰り返し語られている。

三島由紀夫は本篇について「昼間の空にうかんだ燈籠のように、清澄で、艶《あで》やかで、細緻で、いささかも土の汚れをつけず、しかもまだ灯されない、何かそれ自体無意味にちかいような果敢《はか》なさの詩である」(前掲書)と絶賛し、「私はこういう明るい詩を、鏡花がその晩年、しかも戦争の影が重くのしかかる時代に書いたことに、一つの遺書の意味を見ずにはいられない。鏡花の一生の仕事はこのような淡い美しい白昼夢にすぎなかったかもしれないが、白昼夢が現実よりも永く生きのこるとはどういうことなのか」と記している。まことに意味深い指摘であろう。

さて、〈幻想と怪奇の泉鏡花〉の精華とすべく編まれた本書の掉尾《とうび》を飾るのは、戯曲の最高傑作「**天守物語**」(「新小説」第二十二年第十号／一九一七年九月)だ。冒頭近く姫路天守の侍女たちが、露で秋草を釣り上げるという陶然たる趣向に始まり、妖怪らの賑《にぎ》やかでコミカルな狼藉《ろうぜき》ぶり、後段は一転、侍たちの丁々発止の大立ち回りに、落涙必至の大恋愛讃歌……と続く一大娯楽篇である。

「「深沙大王」の禿げ仏、「草迷宮」の悪左衛門《あくざえもん》等はいずれも神秘の薄明りの中にわれわれの善悪を裁いている。彼等の手にする罪業《ざいごう》の秤《はかり》は如何《いか》なる倫理学にも依《よ》るものではない。ただわれわれの心情に訴える詩的正義に依るばかりである。それにもかかわらず――というよりも寧《むし》ろその為に彼れ等は他に類を見ない、美しい威厳を具《そな》え出した。「天守物語」はこういう作品の最も完成した一つである。われわれの文学は「今昔物語」以来、超自然的存在に乏しい訳ではない。且《かつ》また近世にも「雨月物語」等の佳作のあることは事実である。けれども謡曲の後《のち》シテ以外に誰がこの美しい威厳を彼れ等の上に与えたであろうか?」(芥川龍之介「鏡花全集に就いて」)

ここに描かれる妖怪たちの気品の高さは、かつて芥川龍之介がいち早く瞠目《どうもく》したように、まことに比類がなく、その台詞《せりふ》廻しの見事さも、三島由紀夫が嘆賞するとおり

（「このような強い、リズムのある、イメージに富んだすばらしいセリフの前に、日本の新劇の作家たちは慚死《ざんし》すべきであろう」前掲書より）、他に類を見ない。
お化けの実在を確信し、言葉の霊力を確信して、生涯を自分流に全うした泉鏡花。その孤影が、現在の私たちに示唆《しさ》するものは、はかり知れない。

（二〇二三年八月、アンソロジスト）

# 表記について

本書の文字表記については、原文を尊重するという見地に立ち、次のように方針を定めました。

一、旧仮名づかいで書かれた口語文の作品は、現代仮名づかいに改める。
二、旧字体で書かれているものは、原則として新字体に改める。
三、難読と思われる語には振仮名をつける。
四、漢字表記の代名詞・副詞・接続詞等のうち、特定の語については仮名に改める。

第四項に該当する語は次のようなものである。

| | | |
|---|---|---|
| 否→いえ、いいえ | 其→その | 爾→その |
| 彼→あれ | 且→それ | 此→この |
| 其処→そこ | 此処→ここ | 然う→そう |
| 左様→そう | 何処→どこ | 彼方→あちら |
| 此方→こちら、こっち | 居る→いる・おる | 在る→ある |
| 呉れる→くれる | 如く→ごとく | 雖も→いえども |
| 先ず→まず | 殆ど→ほとんど | 忽ち→たちまち |
| 寧ろ→むしろ | | |

『鏡花全集』二巻、三巻、十三巻、十四巻、二十三巻、二十四巻、二十六巻、二十七巻（岩波書店刊　一九七三〜七六年）を底本とした。その上で、『鏡花全集』（春陽堂刊）を適宜参照した。

【読者の皆様へ】

本選集収録作品には、今日の人権意識に照らし、不適切な語句や表現が散見され、それらは、現代において明らかに使用すべき語句・表現ではありません。

しかし、著者が差別意識より使用したとは考え難い点、故人の著作者人格権を尊重すべきであることという点を踏まえ、また個々の作品の歴史的文学的価値に鑑み、新潮文庫編集部としては、原文のまま刊行させていただくことといたしました。

決して差別の助長、温存を意図するものではないことをご理解の上、お読みいただければ幸いです。

（新潮文庫編集部）

泉 鏡花著

# 歌行燈・高野聖

淫心を抱いて近づく男を畜生に変えてしまう美女に出会った、高野の旅僧の幻想的な物語「高野聖」等、独特な旋律が奏でる鏡花の世界。

泉 鏡花著

# 婦系図

『湯島の白梅』で有名なお蔦と早瀬主税の悲恋物語と、それに端を発する主税の復讐譚を軸に、細やかに描かれる女性たちの深き情け。

尾崎紅葉著

# 金色夜叉

熱海の海岸で、許婚者の宮の心が金持ちの他の男に傾いたことを知った貫一は、絶望の余り金銭の鬼と化し高利貸しの手代となる……。

芥川龍之介著

# 地獄変・偸盗《ちゆうとう》

地獄変の屛風を描くため一人娘を火にかけて芸術の犠牲にし、自らは縊死する異常な天才絵師の物語「地獄変」など〝王朝もの〟第二集。

芥川龍之介著

# 侏儒《しゆじゆ》の言葉《ことば》・西方《さいほう》の人

著者の厭世的な精神と懐疑の表情を鮮やかに伝える「侏儒の言葉」、芥川文学の総決算ともいえる「西方の人」「続西方の人」など4編。

伊藤左千夫著

# 野菊の墓

江戸川の矢切の渡し付近の静かな田園を舞台に、世間体を気にするおとなに引きさかれた政夫と二つ年上の従姉民子の幼い純愛物語。

井伏鱒二著　駅前旅館

昭和30年代初頭。東京は上野駅前の旅館を舞台に、番頭たちの奇妙な生態や団体客が巻き起こす珍騒動を描いた傑作ユーモア小説。

井伏鱒二著　荻窪風土記

時世の大きなうねりの中に、荻窪の風土と市井の変遷を捉え、土地っ子や文学仲間との交遊を綴る。半生の思いをこめた自伝的長編。

井上靖著　孔子　野間文芸賞受賞

戦乱の春秋末期に生きた孔子の人間像を描く。現代にも通ずる「乱世を生きる知恵」を提示した著者最後の歴史長編。野間文芸賞受賞作。

井上靖著　夏《なつ》草《ぐさ》冬《ふゆ》濤《なみ》（上・下）

両親と離れて暮す洪作が友達や上級生との友情の中で明るく成長する青春の姿を体験をもとに描く、『しろばんば』につづく自伝的長編。

稲垣足穂著　一千一秒物語

少年愛・数学・星・飛行機・妖怪・A感覚……近代文学の陰湿な風土と素材を拒絶して、時代を先取りした文学空間を構築した短編集。

内田百閒著　百鬼園随筆

昭和の随筆ブームの先駆けとなった内田百閒の代表作。軽妙洒脱な味わいを持つ古典的名著が、読やすい新字新かな遣いで登場！

遠藤周作著
# 侍
野間文芸賞受賞

藩主の命を受け、海を渡った遣欧使節「侍」。政治の渦に巻きこまれ、歴史の闇に消えていった男の生を通して人生と信仰の意味を問う。

遠藤周作著
# 影に対して
—母をめぐる物語—

両親が別れた時、少年の取った選択は生涯ついてまわった。完成しながらも発表されなかった「影に対して」をはじめ母を描く六編。

大岡昇平著
# 俘虜記
横光利一賞受賞

著者の太平洋戦争従軍体験に基づく連作小説。孤独に陥った人間のエゴイズムを凝視して、いわゆる戦争小説とは根本的に異なる作品。

大岡昇平著
# 野火
読売文学賞受賞

野火の燃えひろがるフィリピンの原野をさまよう田村一等兵。極度の飢えと病魔と闘いながら生きのびた男の、異常な戦争体験を描く。

織田作之助著
# 夫婦善哉《めおとぜんざい》
決定版

思うにまかせぬ夫婦の機微、可笑しさといとしさ。心に沁みる傑作「夫婦善哉」に、新発見の「続 夫婦善哉」を収録した決定版！

岡本かの子著
# 老妓抄

明治以来の文学史上、屈指の名編と称された表題作をはじめ、いのちの不思議な情熱を追究した著者の円熟期の名作9編を収録する。

川端康成著

掌《てのひら》の小説

自伝的作品である「骨拾い」「日向」、「伊豆の踊子」の原形をなす「指環」等、著者の文学的資質に根ざした豊穣なる掌編小説122編。

川端康成著

少年

彼の指を、腕を、胸を、唇を愛着していた……。旧制中学の寄宿舎での「少年愛」を描き、川端文学の核に触れる知られざる名編。

開高健著

輝ける闇

毎日出版文化賞受賞

ヴェトナムの戦いを肌で感じた著者が、戦争の絶望と醜さ、孤独・不安・焦燥・徒労・死といった生の異相を果敢に凝視した問題作。

開高健著

夏の闇

信ずべき自己を見失い、ひたすら快楽と絶望の淵にあえぐ現代人の出口なき日々——人間の《魂の地獄と救済》を描きだす純文学大作。

北杜夫著

幽霊

—或る幼年と青春の物語—

大自然との交感の中に、激しくよみがえる幼時の記憶、母への慕情、少女への思慕——青年期のみずみずしい心情を綴った処女長編。

北杜夫著

楡家の人びと

(第一部～第三部)

毎日出版文化賞受賞

楡脳病院の七つの塔の下に群がる三代の大家族と、彼らを取り巻く近代日本五十年の歴史の流れ……日本人の夢と郷愁を刻んだ大作。

菊池寛著
藤十郎の恋・恩讐の彼方に
元禄期の名優坂田藤十郎の偽りの恋を描いた「藤十郎の恋」、仇討ちの非人間性をテーマとした「恩讐の彼方に」など初期作品10編を収録。

D・キーン
松宮史朗訳
思い出の作家たち
―谷崎・川端・三島・安部・司馬―
日本文学を世界文学の域まで高からしめた文学研究者による、超一級の文学論にして追憶の書。現代日本文学の入門書としても好適。

国木田独歩著
牛肉と馬鈴薯・酒中日記
理想と現実との相剋を越えようとした独歩が人生観を披瀝する「牛肉と馬鈴薯」、人間の孤独を究明した「酒中日記」など16短編を収録。

上田和夫訳
小泉八雲集
明治の日本に失われつつある古く美しく霊的なものを求めつづけた小泉八雲（ラフカディオ・ハーン）の鋭い洞察と情緒に満ちた一巻。

幸田文著
おとうと
気丈なげんと繊細で華奢な碧郎。姉と弟の間に交される愛情を通して生きることの寂しさを美しい日本語で完璧に描きつくした傑作。

幸田文著
木
北海道から屋久島まで木々を訪ね歩く。出逢った木々の来し方行く末に思いを馳せながら、至高の名文で生命の手触りを写し取る名随筆。

# 外《げ》科《か》室《しつ》・天《てん》守《しゅ》物語《ものがたり》

新潮文庫　い－6－3

令和五年十一月一日発行
令和六年十一月十五日二刷

著者　泉《いずみ》鏡《きょう》花《か》
発行者　佐藤隆信
発行所　株式会社新潮社

郵便番号　一六二—八七一一
東京都新宿区矢来町七一
電話　編集部(〇三)三二六六—五四四〇
　　　読者係(〇三)三二六六—五一一一
https://www.shinchosha.co.jp

価格はカバーに表示してあります。

乱丁・落丁本は、ご面倒ですが小社読者係宛ご送付ください。送料小社負担にてお取替えいたします。

印刷・株式会社三秀舎　製本・株式会社植木製本所
Printed in Japan

ISBN978-4-10-105605-0 C0193